문학으로 읽는
나의 인권감수성

문학으로
읽는 ──────── 나의
인권감수성

초판 1쇄 펴낸날 | 2019년 8월 1일
초판 2쇄 펴낸날 | 2020년 8월 1일

지은이 | 김경민
펴낸이 | 류수노
펴낸곳 | 한국방송통신대학교출판문화원
        (03088) 서울시 종로구 이화장길 54
        전화 (02) 3668-4764
        팩스 (02) 741-4570
        홈페이지 http://press.knou.ac.kr
        출판등록 1982년 6월 7일 제1-491호

출판위원장 | 백삼균
편집 | 이두희 · 심성미
편집 디자인 | 성지이디피
표지 디자인 | 김민정

ⓒ 김경민, 2019
ISBN   978-89-20-03437-4   03810

값 15,500원

■ 잘못 만들어진 책은 바꾸어 드립니다.

이 도서의 국립중앙도서관 출판예정도서목록(CIP)은 서지정보유통지원시스템 홈페이지
(http://seoji.nl.go.kr)와 국가자료종합목록 구축시스템(http://kolis-net.nl.go.kr)에서 이용하
실 수 있습니다.(CIP제어번호: CIP 2019027212)

문학으로
읽는 ───── 나의
인권감수성

김경민 지음

지식의날개

근래, 인권이라는 주제와 직간접적으로 관련 있는
문학적 성과가 상당히 많이 축적되었다. 개별 작품에 대한
소개나 비평은 있었지만, 인권이라는 단일한 주제의식을 가지고
작품들을 체계적으로 정리하여 독자에게 일목요연하게 안내하는
도서가 드물던 차에, 이러한 지적 공백을 충실하게 메워 줄
《문학으로 읽는 나의 인권감수성》이 출간되었다.
이 책은 여성이자 노동자로서의 삶, 천부인권 가운데 하나로서의
거주권, 국가폭력에 대한 문학적 재심, 가해자의 반성과
피해자의 용서, 국민과 인간 사이에서의 딜레마 등 한국 사회가
짊어진 역사적·사회적 고통의 현실을 문학이라는 렌즈로 읽고
이해할 수 있게 해 준다. 《문학으로 읽는 나의 인권감수성》을
읽고 나면, 인권에 눈뜰 수 있는 여러 길 중에서도
문학이 왜 그토록 독창적이고 매력적인 경로인지 깨닫게 된다.
문학적 상상력과 사회의식을 겸비한 민주 시민들을
이끌어 줄 기관차 같은 지성의 가이드북이다.
이 책은 인간 존엄에 대한 흔들리지 않는 확신,
도덕적 분노와 열망, 그리고 지은이의 학문적 성실성이 한데
어우러진 문학과 인권 모두의 분야에서 흔치 않은 노작이다.

조효제 (한국인권학회장, 성공회대 교수)

문학의 인권감수성이라는 숨결

정유성

서강대학교 교육대학원 교수

이 땅의 봄, 참 잔인하다. 가뜩이나 웅크린 겨울과 그악한 여름 사이 쪼크라든 데다, 이맘때면 어김없이 찾아오는 결코 잊지 말아야 할 날들 너무 많아서다. 4·3이며 5·18, 6·25··· 그날마다 피 맺히고 눈물 솟는다. 얼마나 사람 생각 않고 대접 소홀한 시절 살아왔는지 새삼 돌아봐야 할 날들이다. 그나마 살 만해졌다고 기억마저 흐릿하고, 요즘 들어 부쩍 이런 날들 새기는 일조차 말도 많고 탈도 많다. 제대로 짚어 보고 되새기지 못하니 저들끼리 나뉘고 갈라져 다투고 싸우기 일쑤다. 이래서는 사람다운 세상에 사람답게 살기는 애저녁에 그른 게 아닐까? 이렇게 사뭇 성마르고 온통 버석대는 봄에 단비 같은 책이 나왔다. 문학의 인권감수성이라니!

문학을 업으로 삼거나 공부한 터수는 아니지만, 오래도록 꾸준히 읽고 아껴 온 내게 문학과 인권은 떼려야 뗄 수 없는 사이다. 한때 우리네 학문이나 언론이 영글거나 올곧지 못할 때, 인권침해나 유린에 경종 울리고 치이고 어그러진 사람, 삶, 살림에 귀 기울이고 그 얼굴이며 목소리 지켜 온 것이 문학이다. 이를테면 마구잡이 산업화 그늘에 짓시달려 고단하기 짝이 없는 노동현실 처음 드러내고 널리 알려 준 일이 그렇다. 나 스스로 한창 머리 클 때 사회 문제며 인간 주제 대부분 문학에서 보고 배웠다. 또 지금껏 교육 공부하고 가르치며 어떻게든 실천 끝자리나마 찾아 거들고 나선 서툰 꼴 또한 문학에 빚진 바 크다. 아무튼 문학은 다른 몫도 있겠지만 이 땅에 사람답게 살 권리 앗기고 짓밟혀 온 아리고 쓰린 겪음들 모두고 그려 내는 기억과 추체험 자리라는 제 구실 다하고자 애써 왔다. 지금처럼 여러 학문담론이며 대중매체에서 서로 발끈하며 자못 떠들썩하게 인권 문제 다루고 떠드는 와중에도 이 노릇과 자리 더욱 소중하다. 바로 느낌 울리고 마음 나누는 감수성으로 인권의 숨결 담고 길어 올리기 때문이다.

문학과 인권감수성 주제를 줄기차게 붙안고 씨름하며 이를 고운 실로 풀어내 줄거리 삼고 탄탄한 이야기 짓는 김경민 같은 연구자가 있다는 건 정말 고마운 일이 아닐 수 없다. 그는 내 가까이서 공부해 늘 만나고 지켜봐 온 터다. 진작부터 사람생각 깍듯하고 사람대접 남다른 바탕에 제 뜻 바로 세우고, 쉽지 않은 주제에 서슴없이 다가들고, 벅차고 겨운 일 마다않고 애써 왔다. 이 땅에는 아무리 좋고 옳더라도 뜻만 앞세워 큰소리, 아니 흰소리 치는 남성 어른들 너무 많다. 여기에 다른 목소리로, 조곤조곤, 그러면서도 결마다 줄마다 제 뜻과 마음속 조촐하면서도 꿋꿋하게 담아내는 사람들이 있다. 김경민이 그렇다.

이를테면 책 앞머리에 글 쓴 까닭 전하는 데서부터 이런 매무새 드러난다. 이 책이 "여러 편의 이야기책을 대신해, 인권침해의 고통을 겪은, (…) 여러 사람의 입장을 공감해 볼 수 있는 기회가 될 것"이라고 지긋이 운을 뗀다. 그러면서 "인권이라는 주제로 이야기할 수 있는 대상은 한 권의 책에 담을 수 없을 만큼 많기에, 이 책에서는 여성, 도시, 국가폭력, 전쟁, 국민이라는 다섯 가지 주제를 중심으로 인권에 대해 함께 이야기해 보려고 한다"고 운을 단다. 그런데 이 다섯 주제는 서로 이어지고 맞물리며 지난 근대화 과정 엮어 내는 한 편의 서사구조를 이룬다. 문학이라는 공간에서 인권감수성이라는 숨결로 되살아나 공감으로 어우러지는 맞춤한 이야기판 벌인다.

먼저 '여성'이라는 이유, 게다가 '노동자'라는 이유로 '최후의 식민지'처럼 억눌리고 내던져진 이야기로 말문 연다. 여기부터 벌써 이 책의 쓸모와 값어치 배어난다. 그러니까 초기 산업화 주역이었던 여성들 노동현장에서 겪은 고달프고 애달픈 삶 돌아보는 데 그치지 않고, 무엇보다 이들이 '스스로 낯설게'(타자화)되도록 사람답게 살 권리에 앞서 '사람'에조차 끼지 못하거나 끼워 주지 않았던 인권 및 감수성 부재 시대로 아릿하게 짚어낸다. 그러고는 오늘날 《82년생 김지영》까지 이어지는 여성들 팍팍한 노동과 안쓰러운 삶의 현실로 잇대는 것도 잊지 않는다.

이어서 이들이 '엄마의 말뚝'처럼 버텨 내며 겨우겨우 마련하고 지켜온 삶터, 살림터인 '집'이 어떻게 물신物神, 그리고 발전국가의 개발논리로 빼앗기고 부서지는지 절절하게 그려 낸다. 산업화로 공동체에서 내쫓겨 도시 언저리 주변화된 삶터에 장만한 터전마저 거덜 나자 가족은 뿔뿔이 흩어지고 개인마저 결딴나곤 했던 시절 그 자취는 곳곳에 남아 있다. 게다가 지금도 이른바 '둥지 내몰림gentrifi-cation'이라는 서글픈 이름으로 젊은 세대에 이르기까지 사람답게 살 권리가 길바닥 헤매는 쓸쓸한 형편까지 잇따른다.

이런저런 희생 먹이 삼아 괴물로 자라 온갖 권력과 폭력 완비한 국가폭력이, 광주에서 그예 살벌한 공격성과 악마성 드러내 시민들 대놓고 학살한 '야만의 시간'을 어찌 놓칠 수 있을까? 무엇보다 우리네 현대사에 가장 큰 이 비극을 그 사건 자체뿐 아니라 '살아남은 자의 슬픔'부터 시작해서 여태 해내지 못한 과제인 '기억', '성찰' 등 화두로 다면적·입체적으로 되짚는다. 널리 알려진 한강의 글귀처럼 말이다. "그러니까 광주는 고립된 것, 힘으로 짓밟힌 것, 훼손된 것, 훼손되지 말았어야 했던 것의 다른 이름이었다. 피폭이 아직 끝나지 않았다. 광주가 수없이 되태어나 살해되었다. 덧나고 폭발하며 피투성이로 재건되었다."(《소년이 온다》, 207) 광주는 이렇게 우리네 인권감수성의 가늠자고 잣대일 수밖에 없지 않겠는가?

그리고 전쟁이라는 날것 그대로의 폭력을 한국전쟁에서 피해자로, 또 베트남전쟁에서 가해자로 겪는 이야기에서, 전쟁의 가학·피학성뿐 아니라 여전히 우리네 일그러지고 그릇된 정체성과 심성으로 녹아든 사람답게 살기 어렵사리 만든 '외상후증후군'으로 되잡는다. 마무리로 이제 살 만하다고 제 옛 기억은 물리고, '갑질' 마구잡이로 휘두르며 스스로 사람답지 못하게 뒤틀리는 지금 여기 소수자 문제를 이주노동자, 재중동포, 난민, 북한이탈주민 등 하나씩 또박또박 짚어 가며 밀린 숙제로 내민다. 이 모든 주제들이 지금 여기 살아가는 우리네 뒤꼭지에, 저 깊은 속내 안에 똬리 튼 과거며 현재다. 하나같이 사람답게 살 권리, 인권을 어김없는 지금과 앞날의 과제로 삼아야 할 까닭이다.

이 책 읽기 결코 쉽지 않다. 어렵게 쓰고 복잡하게 늘어놓아서가 아니라 그 주제 자체가 무겁고 버겁다. 여기 다룬 주제들, 사건들, 이 모두 몸소 겪고 지켜보고 가슴앓이 해 온 나에게는 더욱 그렇다.

그렇지만 다시는 이런 일이 일어나지 않게 하려면, 기억해야 한다. 그것도 머리로뿐 아니라 마음으로 몸으로 짚고 또 새겨야 한다. 이 책은 바로 그런 온 존재로 감당해야 할 기억의 화두를 짯짯이 그러면서도 올올이 섬세하게 담아내고 있다. 그래서 김경민도 이렇게 마무리한다. "이 책을 읽는 동안 얼마나 불편했는지, 또 얼마나 부끄러웠는지 떠올려 보길 바란다"며, "그것이 바로 현재 당신의 인권감수성"이라고. 그러면서 불편함과 부끄러움을 제대로 느끼도록 이 책에서 다룬 작품들 읽어 보라고 권한다. "당신의 인권감수성을 예민하게 또 풍부하게 하는 가장 좋은 방법"일 것이라면서….

그렇다. 바로 감수성이다. 나도 평화교육이네, 인권교육이네, 다문화교육이네 이 책 주제와 관련된 수업도 하고 대중강연도 적잖이 하고 다니지만 '불편함'과 '부끄러움'은 가르칠 수 있는 게 아니다. 핵심은 '공감'이다. 그래서 학교를 비롯한 숱한 교육현장에서 이 책으로 '불편함'과 '부끄러움' 느끼고 나눌 수 있는 기회 두루 열리기 간절히 바란다. 그리고 이 책에 소개된 하나하나 소중하고 귀한 작품들 읽고 또 읽는 것으로 더 열어 갔으면 한다. 이렇게 문학을 통해 인권을 추체험하고 기억하는 자리를 지키고 넓히며, 그 자리 늘 살아 있게 되살리는 인권감수성이라는 숨결 담뿍 나누면서 말이다.

머리말

　박사학위논문 주제를 '인권'으로 결정하고 난 다음부터 직업병 처럼 습관적으로 '인권'이라는 말에 반응하고는 했다. 인권에 관한 뉴스는 그냥 지나치지 않았고, SNS에서도 '공유하기'를 꼭 눌렀는가 하면, '인권'이라는 단어가 들어간 제목의 책은 무조건 사 모았다. 이 런 나를 두고, 그리고 '인권'이라는 연구 주제만 듣고 오해하는 사람 도 있었다. 평소 다른 사람의 삶이나 사회 문제에 관심이 많겠다든 가 이타심이 강하고 공익과 같은 가치를 추구하는 정의로운 사람일 것이라고.

　그러나 가장 싫어하는 단어 중 하나가 '오지랖'일 정도로 나는 다른 사람의 삶에 그다지 관심이 없고, 누군가 내 삶에 간섭하는 것 도 원하지 않는 호의를 내게 베푸는 것도 반기지 않는다. 사회 문제 에 관심은 많지만 적극적으로 나서서 행동하기에는 게으르고 소심 하다. 그래서 그저 투덜이 스머프처럼 혼자 구시렁거리며 넘길 뿐이다. 이타심이니 배려니 양보니 하는 단어는 도덕 교과서에서나 봤을 뿐이고 그것들을 삶의 가치로 삼은 적은 한 번도 없었다. 오히려 공익과 같은 표현을 쉽게 입에 올리는 사람들을 보면 그들의 저의를 의심하기부터 했다. 한마디로 나는 타인의 인권이나 사회 정의에 특별한 관심이나 대단한 의식을 가진 사람이 아니라는 말이다.

이런 내가 텔레비전 뉴스를 보며 눈물을 흘릴 때가 있다. 위안부 할머니들이 한 분씩 세상을 떠나실 때마다 눈물을 흘렸고(비록 어릴 때였지만 정작 친할머니께서 돌아가셨을 때도 그렇게 울진 않았던 것 같다), 바닷가에 쓰러져 있는 난민 아이를 보면서도 한참을 울었다. 그리고 아이를 잃고 슬픔에 잠긴 부모 앞에서 폭식투쟁이라는 야만적 행동을 하는 이들과 평범한 시민이 공권력이라는 미명하에 무장한 물대포 앞에서 쓰러지는 모습을 보면서는 분노의 눈물을 흘리기도 했다.

그렇게 눈이 뻘게지도록 울다 말고 문득 '참 오지랖도 넓다'는 생각을 하면서 혼자 웃을 때가 있다. 타인의 문제에 조금도 관심 없던 내가, '오지랖'이라는 말을 가장 싫어하던 내가, 나와 아무 상관도 없는 생면부지인 이들의 고통에 함께 아파하는 이유는 무엇일까? 또 고통과 분노의 감정을 경험하는 것이 힘들다고 투덜대면서도 '인권'이라는 주제를 놓지 못하고 어쭙잖은 글이나마 계속해서 쓰고 있는 이 모순된 행동은 또 어떻게 설명해야 할까?

인류애나 정의감 따위의 멋진 말은 지구를 지키는 어벤져스에게

나 어울리지 내 행동을 설명하기에는 적절하지 않은 듯하다. 생각해 보니, 이런 오지랖의 시작은 내가 처한 상황에 대한 불만과 투덜거림이었다. 남녀 차별이 공공연하게 이루어지던 시대에 여자로 태어났고, 비정규직으로 고용 불안에 시달려 왔으며, 내 집 마련은 다음 생에나 가능할 것 같은 상황에서 내가 선택할 수 있는 길이란 그리 많지 않았다. 많은 사람이 그렇듯 사다리의 높은 곳으로 올라가기 위해 더 열심히 노력하고 인내하는 것. 그렇게 사다리의 위쪽만 쳐다보며 아등바등 제자리걸음을 하던 중 문득 나의 의지나 선택과 무관하게 주어진 이 상황에 의문이 생겼다. 이 문제의 원인이 나의 게으름이나 능력 때문이 아니라 다른 것일 수 있겠다는 생각이 든 것이다. 그리고 내 아이가 나와 같은 고민을 하며 살아가지 않았으면 하는 바람을 갖기 시작했다.

하지만 내가 할 수 있는 일이란 그리 많지 않았다. 그래서 투덜거리기 시작했다. 나를 괴롭히는 수많은 차별과 불공정에 대해서. 그러다 보니 나처럼 투덜거리는 다른 사람들의 목소리도 조금씩 들리기 시작했다. 그들의 불만과 억울함, 고통과 슬픔에 관심을 갖게 된 것이다. 나보다 더 어렵고 힘든 상황에 놓인 사람들을 보면서, 나는 저들보단 낫다고 위안을 삼기도 했지만 한편으로는 나도 언젠가는 저들처럼 될지 모른다는 불안함에 휩싸이기도 했다.

여자로 태어나고 비정규직으로 일해야 했던 것이 내 선택이 아니었던 것처럼 무차별적으로 가해지는 혐오의 시선과 인권유린의 피해 또한 자신의 의지와 노력으로 피할 수 있는 것이 아니다. 한날 한시에 바다에 빠져 목숨을 잃은 것도, 전쟁이 일어나 어느 날 갑자기 난민 신세가 되거나 위안부로 끌려간 것도, 동네 냇가에서 놀다 계엄군의 총알받이가 된 것도 모두 그 사람들의 실수나 잘못 때문이 아니었다. 군이 설명하자면, 그들은 그저 '운이 없었을 뿐'이었다. 이는 나도 얼마든지 그들과 같은 처지가 될 수도 있음을 의미한다. 유독 나만 불운을 피해 가란 법은 없으니까. 이런 생각에 미치자, 타인의 문제나 고통이 더 이상 그들만의 것이 아니게 되었다. 언젠가는 나에게도 향할 수 있는 화살이고, 나에게도 닥칠 수 있는 불운이기에, 그들을 모른 척할 수 없었다.

이런 이유에서 시작된 인권에 대한 관심이 조금씩 쌓이다 보니, 내가 뱉은 말을 책임지기 위해서라도 조금 더 의식하면서 행동하게 되었고, 어느 순간 '인권'은 내가 '지켜야 하는 가치'가 되어 버렸다. "생각한 대로 살지 않으면 사는 대로 생각하게 된다"는 말의 무서운 힘을 믿기에 생각한 대로 살려고 노력했고, 그럴수록 내 생각의 무게가 느껴졌다. 그래서 귀찮고, 두렵고, 관심이 느슨해질 때마다 의식적으로 주의를 기울였고, 내 생각을 떠들고 다녔다. 떠들썩하게 말해 놓으면 다른 사람들의 시선을 의식해서라도 행동하게 될 것 같아서. 이 책을 쓴 것 또한 그렇게 살고자 하는 내 의지의 표현이자 그것을 실천하는 한 방법이다.

두서없이 머리말이 길어진 이유는 혹시라도 '인권'이라는 주제가 딱딱하고 어렵게 느껴져 이 책에 거부감이나 낯선 두려움을 가질 사람들을 위해서다. 이 책을 쓴 사람은 결코 남다른 정의감이나 인류애를 가진 사람이 아니며 타인의 간섭과 관심이 무엇보다 싫은, 내 삶에서 나의 행복을 가장 중요하게 생각하는 철저한 개인주의자로, 이 책의 제목만 보고 왠지 모를 부담을 느꼈을 당신과 그리 다르지 않은 사람이라는 점을 말해 두고 싶었다.

마지막으로 덧붙이고 싶은 말. 타인의 삶에 관심도 없고 내 삶이 간섭받는 것도 싫은 개인주의자임에도 불구하고 얼마든지 '인권'을 이야기할 수 있고 풍부한 인권감수성을 가질 수 있다고. 그리고 인간으로서 최소한의 존엄을 지키지 못하는 처지에 놓인 이들을 무시하거나 외면하지 않고, 그들을 향해 혐오와 부정의 말을 내뱉지 않으며, 더 나아가 내가 누군가의 인권을 침해하는 가해자의 편에 서지 않음은 물론, 그런 가해자들을 비판하는 데 기꺼이 목소리를 내는 것은 그 누구도 아닌 우리 자신을 위한 행동이라고. 그러니 당신과 가족의 삶을 위해서라도 '인권'에 관한 이야기에 잠깐이라도 관심을 가져 보라고.

이렇게 쓰고 보니 지금껏 늘어놓은 궁색한 사설은 내가 좋아하는 분이 남긴 이 한마디로 충분할 듯하다.

자신을 사랑할 줄 아는 사람은 세상을 사랑합니다. 세상을 사랑하는 사람들은 불의에 대해서 분노할 줄 알고 저항합니다.
– 故 노무현 대통령, 〈참여정부평가포럼 월례강연〉, 2007. 6. 2

이런 고민들이 귀찮고 무겁게 느껴질 때면, 떠올리는 사람들이 있다. 나의 인권감수성이 무뎌지지 않게 함께 고민해 준 오랜 친구들과 그 고민이 한 권의 책으로 만들어질 수 있도록 많은 가르침을 주신 김경수, 정유성 두 분 선생님께 그동안 못했던 감사의 말씀을 이 책으로 대신하고자 한다. 어쩌면 이 책은 그 많은 분들의 사랑과 격려에 부끄럽지 않은 삶을 살고자 했던 노력의 흔적이다. 그리고 '인권'이라는 주제에 관심을 가져 준 방송대출판문화원과 오랜 시간 나보다 더 많은 애정으로 이 책을 살펴 주신 이두희 편집자께도 감사의 말씀을 드린다. 끝으로 매일 저녁 함께 뉴스를 보면서 나의 가장 좋은 이야기 친구가 되어 주는 어머니께 사랑과 감사의 마음을 전하고 싶다.

따스한 햇살을 누리지 못하고 떠나야만 했던
많은 이들의 죽음이 먼저 떠오르는 계절에,

김경민

차 례

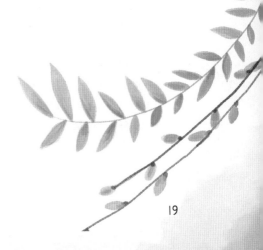

일러두기

- 이 책의 본문에 인용된 소설들은 모두 원문을 그대로 인용하였습니다. 소설의 판본에 따라 띄어쓰기와 표기법은 다를 수 있으며, 인용된 작품의 경우, 책의 뒤편에 실린 소설 목록에서 원문을 끌어다 쓴 출처를 확인하실 수 있습니다.
- 각 소설의 저작권은 저작권자에게 있으며, 작품의 인용은 소설가에게 직접 이용 허락을 받아야 합니다. 인용된 소설을 제외한 본문의 사용과 게재를 원할 경우에는 반드시 (사)한국방송통신대학교출판문화원과 이 책의 저작권자인 지은이 양쪽 모두의 허가를 얻어야 합니다.
- 인용된 소설의 서지는 작품명과 쪽수만 표기하였습니다. 상세 서지는 책의 뒤편에 실린 작품 안내에서 찾아보실 수 있습니다.

프롤로그

인권을 중시하는 문화의 등장은 도덕과 관련한 지식이 늘어난 것과는 전혀 무관하며, 전적으로 슬프고 감상적인 이야기를 많이 들은 덕분이다.[1]

민주주의와 개인의 자유라는 가치는 오랫동안 우리 사회에서 중요한 화두이자 쟁취의 대상이었다. 2년 전 겨울, 광장을 밝힌 촛불은 이러한 가치에 대한 많은 사람들의 간절한 염원이 절정에 달한 것이었다. 이렇듯 민주주의와 개인의 자유, 정의 등에 대한 가치를 요구하는 목소리가 커지고 있지만 우리 사회의 한편에서는 이런 현상이 무색할 정도로 문제적인 사건들이 일어나고 있는 것 또한 부인할 수 없는 사실이다. '극혐', '여혐'이라는 신조어를 만들어 낸 각종 혐오 현상이나, 장애인학교 설립을 반대하고 성소수자를 부정하는 구호를 외치는 행태가 대표적인 예다. 물론 타인에 대한 차별과 폭력은 어느 시대, 어느 사회에서나 있었지만, 개인의 자유와 권리, 정의와 민주주의를 이야기하는 광장의 촛불을 떠올려 봤을 때 이런 차별과 폭력이 여전히 우리 주변에서 일어나고 있다는 사실은 분명 아이러니가 아닐 수 없다. 지금 이 책을 읽는 당신은 장애인이나 여성, 성소수자 등 이른바 사회적 약자라 불리는 이들에게 단 한 번도 차별적 발언과 행동을 한 적이 없으며, 따라서 그들의 인권을 침해한 적이 없었다고 자신할 수 있는가? 이 책은 이러한 물음에서 시작한다.

인권은 오랫동안 우리나라뿐 아니라 세계 모든 나라에서 매우 중요한 화두였으며 여전히 중대하면서도 논쟁적인 가치다. 민주주의 국가인 대한민국에서 인권의 역사는 결코 짧지 않다. 비록 미국과 유엔UN을 흉내 내는 정도에서 인권을 이해하고, 행사로서의 인권이라는 수준을 넘지 못했지만 현행 법제도 속으로 그 개념을 처음 들여온 것은 이승만 정권이었다. 그리고 헌법 조항에만 명시된 채 실질적으로는 사문화된 개념에 가까웠던 인권이 사회적으로 확대되고 재생산되었던 시기는 놀랍게도 박정희 정권 때였다. 검찰국에 인권옹호과가 신설되었으며, 인권잡지 발행과 인권옹호주간 행사 등 인권사업에 대한 홍보도 적극적으로 이루어졌다. 그러나 이는 어디까지나 정치적 목적에서 기획된 담론이었을 뿐 많은 사람에게 인권이란 요원한 희망에 지나지 않았다. 이런 역사 속에서 인권은 권력자로부터 지키고 보호해야 할 대상으로서의 **나의 권리**라는 이미지가 강하게 부각될 수밖에 없었다.

또한 학교에서의 인권교육 역시 대부분 사회과 과목에서 담당함에 따라 인권과 관련된 법제도와 이론을 배우는 형태의 교육이 되었다. 이는 실제 삶 속에서 대면하는 다양한 인권 문제에 제대로 대응하지 못한다는 점에서 한계를 갖는다. 그뿐만 아니라 개념과 이론 중심의 교육방식은 '인권=나의 권리'라는 왜곡되고 제한적인 인식과 개념이 형성되는 요인으로 작용할 수 있다. 이러한 개념의 인권은 자신의 이익을 추구하고 지키는 상황에서 배타적인 권리 행사의 형태로 오용되는 반면, 타인의 인권 문제에 대해서는 오히려 무관심하고 수동적으로 대응하게 만든다는 점에서 더 큰 문제로 이어질 가능성을 전제한다. 자신의 권리가 침해받는 상황에서는 민감하게 반응하고 인권을 운운하던 사람들이 집값이 떨어질 것을 우려해 동네에 들어설 장애인학교는 반대하는 모순적인 상황도 이런 이유와 무관하지 않다.

인간은 합리적인 원칙이나 객관적 지식에 의거해 옳고 그름을 따져 본 후에 행동하는 것이 아니라 대부분 습관적으로 행동하는 경향이 있다. 그러므로 인권침해 상황에서의 적극적 행동이 습관화되려면 무엇보다 그 문제가 타인의 문제가 아니라 자신의 문제라고 인식하는 훈련이 필요하다. 자기문제화하지 않은 채 거리를 둔 상태에서 이루어지는 사고와 판단만으로는 구체적인 행동과 실천으로 이어지기 어려우며, 결국 문제해결에 이르지 못하기 때문이다. 따라서 오늘날 우리에게 필요한 것은 인권이론과 지식이 아니라 실제로 인권침해가 이루어지는 상황에서 문제의 부당함에 민감하게 반응할 수 있는 감수성이다. 자신의 인권이 침해받는 상황을 넘어, 타인의 인권이 침해받는 상황에서도 발현되어야만 비로소 진정한 인권감수성이라고 할 수 있다.

타인의 문제를 자기 문제로 받아들이고 이해하기 위해서는 그에 대한 공감이 이루어져야 한다. 인권을 주제로 한《불편해도 괜찮아》를 펴낸 법학자 김두식은《앵무새 죽이기》의 주인공 에티커스 핀치의 말을 인용해 '다른 사람의 입장이 되어 보는 것'이 인권감수성의 중요한 출발점이라고 정의한 바 있다. 공감은 자신의 입장과 처지에서 상대에게 호의적인 반응을 보이는 동정이나 연민과는 구분된다. 직접 그 상대의 처지에 스스로를 이입해 보는 것이야말로 진정한 공감이라 할 수 있다. 자아라는 한계를 벗어나 타인의 입장이 되어 그의 고통을 경험하는 것이 그리 쉽지만은 않겠지만, 물리적 한계를 극복하고 타인의 삶을 경험해 볼 수 있게 하는 문학이라는 더할 나위 없이 훌륭한 기회를 통해서라면 이는 충분히 가능한 일이 된다.

내가 나의 것이 아닌 다른 세상에 있다는 걸 처음 깨달은 것은 책을 통해서였다. 다른 사람이 되어보면 어떤 기분일까. 처음으로 상상해

보았다.[2]

소설가 줄리언 반스Julian P. Barnes는 문학 작품을 읽는 것이야말
로 타인에 공감하는 경험을 할 수 있는 최적의 방법이라고 말한다.
일상생활에서는 자칫 둔감해지고 무뎌질 수 있는 상상력이 소설 속
의 구체적인 상황이나 감성과의 만남을 통해서 자극을 받고 예리해
질 수 있으며, 그 날카로운 상상력이 타인을 이해하고 존중하는 기
반이 된다는 것이다. 독자는 문학을 통해 자신의 처지에서는 보이지
않았던 사람들을 인식하고, 이야기 속에서 고통받는 사람이 나일 수
도 있다는 생각을 하게 된다. 이러한 공감을 가능하게 하는 것이 바
로 상상력의 힘이다. 독자는 상상력을 통해 자신과 다른 상황에 처
해 있으며, 다른 종류의 감정과 사고를 갖고 있는 타인의 상황과 감
정으로 옮겨 갈 수 있다. 또한 문학은 다양한 인간의 모습과 삶의 형
상이 재현되는 공간, 한마디로 인생의 축소판이라 할 수 있다. 실제
로 미국의 로스쿨에서는 '법과 문학'이라는 강의에서 문학을 텍스트
삼아 다양한 사건의 모의 상황을 경험하는 연습을 하기도 한다.

이 책은 여러 편의 이야기책을 대신해, 인권침해의 고통을 겪은
혹은 겪고 있는 다양한 사람의 입장을 공감해 볼 수 있는 기회가 될
것이다. 인권이라는 주제로 이야기할 수 있는 대상은 한 권의 책에
담을 수 없을 만큼 많기에, 이 책에서는 여성, 도시, 국가폭력, 전쟁,

문학으로 읽는 나의 인권감수성

국민이라는 다섯 가지 주제를 중심으로 인권에 대해 함께 이야기해 보려고 한다.

1장에서는 '여성'과 '인권'을 주제로 한때 '공순이'로 불리기도 했던 여성노동자들의 삶과 그들을 둘러싼 사회적 차별과 편견을 살펴본다. 여성은 인권담론에서 **빼놓**을 수 없는 중요한 대상이다. 전통적으로 사회적 약자였으며 현재까지도 여성 인권은 문제적인 상태에 있다. 최근 우리 사회에 생겨난 '여혐'과 같은 신조어는 여전히 여성 인권이 관심과 논의의 대상임을 보여 준다. 여성과 관련된 인권 문제는 책 한 권에 담기에도 넘칠 정도로 심도 있는 논의가 필요하다. 그만큼 여성은 대표적인 사회적 약자로 오랫동안 차별과 배제의 대상이 되어 왔다. 여성을 둘러싼 여러 문제 가운데 여성노동자의 문제에 주목한 이유는 여기에 복합적인 인권 문제가 혼재되어 있기 때문이다. 여성노동자는 '여성'과 '노동자'라는 두 개의 정체성이 뒤섞인 존재로, 그만큼 차별과 배제, 인권침해에 노출되는 빈도가 잦을 수밖에 없다.

이 장에서는 1970년대와 2000년대 여성노동자의 삶을 그들의 자전적 글을 통해 들여다볼 것이다. 여성노동자 문제를 이야기할 때 1970년대는 **빼놓**을 수 없는 시기다. 1970년대를 전후로 급속히 증가한 '여공'은 일하는 여성의 상징이자, 대한민국 성장에 **빼놓**을 수 없는 존재다. 그러나 이들은 상품화되고 대상화된 **여성**노동자로, 혹은 성별이 거세된 채 산업역군이라는 미명 아래 희생을 강요받는 여성**노동자**로 살아갈 수밖에 없었다. 이러한 이중의 차별적 잣대는 오늘날까지 이어져 노동현장에서는 유리천장에 가로막혀 있거나 비정규직으로 고통을 겪는 한편 가정에서는 '슈퍼맘'의 강박에 시달리는 것이 현실이다. 가정에서는 견고한 가부장제의 가치관으로 인해 양보와 희생을 요구받았고, 작업장에서는 남성노동자로부터 차별과 멸시를 당해야 했으며, 사회적으로는 일하는 여성이라는 이유로 곱지 않은 시선을 받아야만 했던 여성노동자들의 이야기를 통해 여성으로서의 삶과 인권에 대해 생각해 본다.

'도시'와 '인권'을 다루는 2장에서는 대도시 서울이 탄생한 1970년대와 오늘날을 오가며 재개발과 성장의 미명 아래 주거권과 생존권이 위협받는 상황을 들여다본다. 인권 문제를 살펴봄에 있어 빼놓을 수 없는 대상 중 하나가 바로 도시라는 공간이다. 전통적으로 도시는 가난과 범죄, 오염 등의 부정적 이미지로 재현될 정도로 도시라는 공간에서의 인권 문제는 다양하고도 복합적인 형태로 제기되어 왔다. 특히 한정된 공간에 다수의 사람이 모여 살기 시작한 산업화시대 이후로 도시에서의 주거권은 심각한 인권 문제의 하나로 부상했다. 소설에서 주거권 문제가 본격적으로 형상화되었던 계기는 1970년대 초에 일어났던 이른바 광주대단지사건이었다. 이 사건 전후로 이루어진 대대적인 개발과 산업화의 결과 서울이라는 대도시

문학으로 읽는 나의 인권감수성

가 형성되었고 이후 서울은 주거권을 둘러싼 갈등이 끊이지 않는 공간이 되었다.

소설과 영화, 다큐멘터리 등을 통해 계속 환기되고 있는 용산참사가 그렇고, 최근 불거진 장애인학교 설립 문제 또한 여기에 해당한다. 이렇듯 가장 빈번하게 우리 주변에서 일어날 수 있는 문제이며 개인의 재산권과 이해관계가 충돌하는 첨예한 문제인 만큼 생각할 거리도 많다. '도시'와 '인권'이라는 주제로 장을 마련한 또 다른 이유는 과거 1970년대에 주거권을 둘러싼 인식과 갈등의 양상과 그로부터 40여 년이 지난 오늘날의 모습을 비교해 보기 위함이다. 주거권이라는 동일한 대상이 정치·사회·경제적 변화에 따라 다르게 해석되고 수용되는 양상을 두 시대의 문학 작품을 통해 비교해 봄으로써, 우리 사회에서 인권감수성이 변화되는 과정을 살피는 것 또한 인권을 이야기할 때 한 번쯤 살펴볼 필요가 있다.

3장의 주제는 '국가폭력'과 '인권'이다. 한국 근현대사에서 가장 대표적인 국가폭력으로 손꼽힐 뿐만 아니라 여전히 문제로 남아 있는 5·18민주화운동과 그로 인한 인권침해의 고통에 공감해 보고자 한다. 우리 근현대사에서는 국가의 힘이 개인이나 시민사회의 힘보다 훨씬 더 강력했던 시기가 절대적으로 길었던 만큼, 국가폭력으로 인한 개인의 인권침해 문제는 너무나 많이 산재해 있다. 법적으로는 이미 심판과 처벌이 끝난 과거사일 수 있지만 당시의 트라우마와 후

유증이 계속되는 한 이 사건들은 현재진행형의 문제일 수밖에 없다. 그런 과거를 현재로 소환하는 작업을 하는 것이 바로 문학이다.

이 장에서 집중적으로 살펴볼 5·18민주화운동 역시 법적으로 는 이미 처벌과 보상이 모두 이루어진 '과거의 사건'이지만 한편으로 는 피해의 고통이 여전히 남아 있는 '현재의 사건'이기도 하다. 또한 대부분의 국가폭력이 특정 지역이나 집단의 사람들에게만 이루어짐 으로써 피해를 직접 경험하지 못한 이들에게는 자신과는 무관한 '그 들만의 문제'로 남겨진 채 무관심해질 수 있다는 점도 문제로 지적할 수 있다. 이것이야말로 법적 문제해결의 한계이자 문학적 접근을 통 해 살펴볼 수 있는 몫이라는 점에서 함께 이야기해 볼 충분한 가치 가 있다.

4장에서는 '전쟁'과 '인권'을 다루어 전쟁 가해자로서의 모습과 피해자로서의 모습이 공존하는 한국의 상황을 살펴보고 그들의 아 픔에 공감해 보고자 한다. 전쟁은 수많은 인권유린을 야기한다는 점 에서 대표적인 반인권 행위로 꼽을 수 있으며, 일반적인 인권담론에 서도 중요한 소재다. 흔히 전쟁과 관련된 인권침해 문제를 다룰 때 는 희생자 혹은 피해자의 위치에서 접근하기 마련이지만 이 장에서 는 조금 관점을 달리하여 우리가 가해자였던 상황에 대해서도 살펴 본다.

전쟁의 피해자로 현재까지 사과와 보상이 제대로 이루어지지 않아 고통받고 있는 상징적인 인물이 일본군 '위안부'라면, 베트남에도 이들과 유사한 고통을 안고 살아가는 또 다른 피해자들이 있다. 문제는 이때의 가해자가 바로 우리라는 사실이다. 비록 이 땅에서 일어나지는 않았지만 베트남전쟁 역시 한국 근현대사에서는 빼놓을 수 없는 중요한 사건이다. 베트남전에 참전해 그곳 여성들을 성적 도구로 삼고 민간인을 학살했던 가해자가 한국군이었음을 부정해서는 안 된다. 그러나 가해자로서의 한국에 대해서는 그간 충분한 논의와 반성이 이루어지지 않았던 것이 사실이다. 문학이야말로 정치적 담론으로는 쉽지 않았던 가해자로서의 반성을 하기에 적합한 자리일 것이라는 점에서 이 문제 또한 이 기회를 통해 다루어 볼 만하다. 무엇보다 이들의 고통은 역사적 특수성이 반영된 인권 문제이며, 현재에도 지속되고 있다는 점에서 반드시 다루어야 할 대상이라 할 수 있다.

마지막으로 5장에서는 '국민'이라는 배타적인 이름 때문에 인간으로서의 존엄과 최소한의 인권마저 제대로 보장받지 못하는 이들의 고통에 공감해 보고자 한다. 이 주제는 인권담론에서 새롭게 주목받고 있는 대상이다. 현대 사회에서 인권은 누구에게나 부여되는 천부인권의 개념이 아니라 국가라는 정치기구와 제도 속에서 실현된 권리다. 따라서 인권의 실현은 근대국가의 형성과 긴밀한 관계를 이룰 수밖에 없다. 그러나 최근 신자유주의와 세계화로 국민국가의 경계가 점점 더 모호해지는 상황 속에서 인권의 이런 속성이 다시 논란의 중심으로 떠올랐다. 최근에 이슈가 된 난민 문제가 이에 해당될 것이며, 오랫동안 제기되어 왔던 이주노동자들의 인권 문제가 여기에 해당될 것이다. 국민을 전제 조건으로 한 기존의 인권 개념을 적용할 경우 인권보호의 사각지대에 놓이는 이들을 국적이라는 조건만을 내세워 배제하는 것은 엄연한 반인권 행위라 할 수 있다.

　한편 이들과는 다른 의미로 우리가 인권감수성을 발휘해야 하는 이들이 있다. 법적으로는 국민의 자격을 갖추었지만 부당한 인권침해를 당하고도 법의 보호를 제대로 받지 못하는 것은 물론이고 여전히 대다수 사람들에게 차별과 배제의 대상이 되는 북한이탈주민이 이에 해당한다. 이들이 겪는 문제는 분명 인권이라는 보편적 차원에서의 관심과 접근이 필요한 것이지만, 지금까지는 무관심으로 일관했던 것이 사실이다. 정치적 차원에서의 문제해결 못지않게 인권의 측면에서 개개인이 겪는 고통과 피해를 파악하고 기억하는 것도 우리의 과제다.

　사실 이 다섯 가지 주제는 지극히 개인적인 관심과 필요에서 비롯되었다고 할 수 있다. 첫 번째 장에서 다룰 '여성'과 '노동자'는 현재의 나를 설명하는 가장 중요한 정체성이기에 먼저 이야기할 수밖에 없었다. 인권감수성은 자신의 권리가 침해받는다고 생각할 때 가장 예민하게 반응하기 마련이다. 그리고 이러한 상황이 바로 인권감수성이라는 낯선 개념이 자기 안에서 생겨나고 있음을 인지하는 첫 단계이기도 하다. 따라서 개인마다 이 첫 단계에 해당하는 문제의 대상은 모두 다를 것이다. 다만 나의 삶에서 가장 먼저 그리고 가장 예민하게 반응했던 문제가 바로 여성, 그중에서도 노동자로서의 여성이었기에 이 주제를 책의 맨 앞에 놓았다.

나의 삶과 맞닿아 있는 문제에서 비롯된 인권감수성은 내가 살고 있는 사회의 문제로 조금씩 옮겨 가기 시작했다. 두 번째 장과 세 번째 장에서 다룰 주제는 예전에도 또 지금도 여전히 우리 사회에서 가장 뜨거운 화두로 꼽히는 것들이다. 도시 재개발과 주거권 문제가 계급 간의 갈등이라면 5·18민주화운동은 지역 간의 갈등이다. 이러한 문제들이 지금 당장은 내 삶과 직접적인 관계가 없을지 모르지만, 조금만 들여다보면 나의 친구나 이웃의 문제일 수 있으며, 언젠가는 나 또한 이러한 문제의 피해자나 가해자 중 하나가 될 수 있다는 점에서 결코 모른 척하고 있을 수만은 없다. 그리고 나와 직접적인 이해관계가 없는 이런 문제를 나는 어떤 태도로 대하는지 살펴봄으로써 현재 나의 인권감수성이 어느 정도인지를 가늠해 볼 수도 있다.

네 번째 장과 다섯 번째 장은 인권에 관한 관심을 우리 사회 바깥의 세계로까지 확장하고 싶다는 의도에서 마련한 주제다. 여기에는 자신의 잘못과 치부를 숨기려 하는 우리의 이기적인 본능을 건드리고 싶은, 조금은 짓궂은 마음도 담겨 있다. 명백히 우리가 가해자의 위치에 놓인 문제들을 다룸으로써, 누구나 알고 있지만 인정하고 싶지 않아 외면하고 합리화하기에 급급했던 우리의 민낯을 드러내고 공론화하고자 했다. 비록 그것을 마주하고 시인하는 과정은 힘들겠지만, 그 과정에서 생겨난 굳은살이 우리의 인권감수성을 훨씬 더 예민하게 만들 것이다. 이렇듯 인권감수성은 지극히 개인적인 관심과 필요에서 비롯되지만 그러한 문제의식이 내가 아닌 우리의 문제로 이어지고, 심지어 우리가 가해자인 문제에 대해서도 솔직하게 인정하고 시인하는 단계로까지 나아갈 때 비로소 진정한 가치를 발할 수 있다.

인권은 '인간'과 '권리'가 결합된 개념이다. 따라서 권리만 강조해서는 제대로 된 인권실현을 이룰 수 없다. '권리'에 내재된 법적 논리나 판단 못지않게 '인간'이라는 개념에 내재된 인도적 정신이 필요하다. 다시 말해, 타인의 고통에 공감하고 이를 행동으로 표출하는 것이야말로 피상적인 권리 운운을 넘어선 진정한 의미의 인권이라 할 수 있다. 이 책은 이러한 일련의 과정의 첫 단계인 공감의 경험이 문학을 통해 이루어질 수 있음을 보여 주고자 한다. 실제로 《톰 아저씨의 오두막》을 읽고 난 뒤 노예제 반대운동에 나선 사람들과 《올리버 트위스트》를 읽은 뒤 노동집약형 공장 시스템에 반대하는 운동을

벌인 사람들이 있었으며, 《앵무새 죽이기》가 출판된 이후 흑인 인권
운동이 사회적으로 확산된 사례가 있었음을 기억하는 것만으로도
문학의 힘에 대한 설명은 충분하리라 생각한다. 이제는 한국의 《올
리버 트위스트》와 《앵무새 죽이기》를 만날 시간이다.

🌿 미주

1. 앤드류 클래펌, 박용현 옮김, 《인권은 정치적이다》, 한겨레출판, 2010, 28쪽.
2. www.theguardian.com/books/2012/jun/29/my-life-as-bibliophile-julian-barnes

Ⅰ

'여성'이자 '노동자'로 살아가기
— 여성노동자들의 인권 이야기

‘여성 인권’과 ‘노동권’은 전 세계적으로 가장 오래된 인권 투쟁의 대상이자 가장 복잡한 인권 문제 중 하나다. 이는 한국에서도 다르지 않다. 한국 사회에서는 ‘여성’이라는 정체성도, ‘노동자’라는 정체성도 여전히 사회적 약자이자 상대적 소수자이며, 이른바 ‘을’의 위치에 있다. 따라서 여성노동자는 필연적으로 여성으로서의 차별과 노동자로서의 차별을 함께 겪을 수밖에 없으며 이들의 인권 문제 또한 복합적일 수밖에 없다. 우리 사회에서 여성노동자로 살면서 겪어야 하는 혹은 겪을 수밖에 없는 문제들을 다루기 위해 한때 ‘여공’ 혹은 ‘공순이’라 불렸던 이들의 이야기부터 살펴보려 한다. 오늘날 여성노동자의 인권 문제를 이야기하는 자리에서 왜 40~50여 년 전 그들을 떠올려야 하는가에 대한 답은 이 장의 마지막에서 찾을 수 있을 것이다.*

그들은 왜 공순이가 되었나? 🌿

1970~80년대 여성노동자들이 겪었던 인권침해 상황을 마주하기 전에 그들이 왜 공장으로 갔는지를 먼저 살펴볼 필요가 있다. 이 과정에서부터 그들에 대한 차별은 시작되었기 때문이다.

《서울로 가는 길》을 쓴 송효순은 열일곱 살에 화학공장에 취직해 '여공' 혹은 '공순이'라는 이름으로 불리게 된다. 그는 왜 열일곱이라는 어린 나이에 고향과 가족을 떠나 공장으로 갔을까? 물론 그 이유가 한 가지는 아닐 것이다. 답답한 농촌사회와 가족으로부터 벗어나 더 많은 교육을 받고 독립된 삶을 살고 싶은 개인적인 욕망도 작용했을 것이며, 경제성장을 위한 국가의 적극적인 부름도 한몫했을 것이다. 쿠데타로 집권에 성공한 박정희는 정권의 안정을 위해 경제성장이라는 달콤한 열매를 국가의 목표로 내걸었다. 내세울 수

---

* 이 장에서 언급된 여성노동자들의 수기는 모두 다섯 편이다. 송효순의 《서울로 가는 길》(1982), 석정남의 《공장의 불빛》(1984), 장남수의 《빼앗긴 일터》(1984), 김진숙의 《소금꽃나무》(2007), 신순애의 《열세 살 여공의 삶》(2014)은 1970~80년대에 여성노동자로 살았던 이들의 자전적 글이다. 이들의 고향과 나이, 직장은 모두 다르지만 십대 초중반에 공장에 취직해 최장의 노동 시간과 최고의 노동 강도로 악명 높은 노동 현장에서 이들이 겪은 온갖 불평등과 억압적 상황은 다섯 편의 수기가 마치 한 편의 이야기인 것처럼 유사하다. 그만큼 1970~80년대 당시 여성노동자들이 겪었던 문제는 특정 작업장에서의 예외적 상황이 아니라 일반적이고 보편적인 것이라 할 수 있다. 여성노동자로서 그들이 작업장 안팎에서 겪었던 차별과 부당함에 관한 자세한 이야기는 본문에서 다룰 것이기에 이 다섯 편의 수기 각각에 대한 줄거리 소개는 생략한다.

있는 자원이라고는 값싼 노동력이 전부였던 당시로서는 저임금을 기반으로 하는 수출 주도형 산업을 육성하는 것이 유일한 방법이었고, 섬유·직물·의류·신발 등을 만드는 제조업 분야에 여성노동자의 수요가 급증하였다. 실제로 1960~80년 당시 경제활동 참가율과 취업자 수를 살펴보면 여성의 경제활동 참가율은 37%에서 42.8%로, 취업자 수는 260만 명에서 520여 만 명으로 증가한 것을 알 수 있다.[1]

이런 상황과 맞물려 농촌 경제가 급격히 악화되었다는 점도 문제의 배경으로 꼽을 수 있다. 농촌과 농업을 희생시켜 도시와 제조업을 발전시키고자 했던 박정희 정권의 정책에 따라 제조업의 노동력 수요는 증가한 반면 농업을 기반으로 하던 이들은 더욱 살기 어려워졌다. 농촌 경제가 어려워지면서 우선은 입 하나를 덜기 위해, 더 나아가 가족의 어려운 생계를 해결하기 위해 가족 구성원 중 누군가는 새로운 일자리를 찾아 도시로 떠나야 했다. 전통적인 가부장제 문화가 강력한 힘을 행사하던 당시로서는 가족을 위한 희생이 당연한 것으로 여겨졌으며, 희생은 대개 가족 내에서 가장 약자라 할 딸들의 몫이었다. 전통적으로 가족 부양은 남성의 역할이었지만 장차 가장이 되어 가족을 책임질 아들들은 더 좋은 직업을 위해 공부를 해야 했고, 이들의 학비를 비롯해 가족의 생계에 대한 책임은 자연스럽게 딸들에게 돌아갔던 것이다.

여공 혹은 공순이라 불렸던 이들의 탄생은 이렇게 다양한 요인들이 맞물려 작용한 결과였다. 이 요소들 가운데 어느 것이 더 큰 비중을 차지했는가는 개인에 따라 다를 것이며 또한 중요하지 않다. 이 책의 관심은 1970~80년대의 많은 여성들이 노동자가 되는 과정과, 노동자가 된 이후에도 가족 부양에 대한 책임이 강요되었으며 실제로 수입의 상당 부분이 가족을 위해 사용되었다는 것에 있다. 상속권은 모두 큰아들에게 넘기고 나머지 가족들은 돌보지 않은 채 외도까지 하는 아버지와 헤어져 홀로 어린 사남매를 키우던 어머니를 위해 송효순은 국민학교(지금의 초등학교)를 졸업하자마자 가게 사환으로 취직한다. 그 후 나이가 어려 다른 사람의 이름을 빌려서까지 공장에 취직했던 송효순은 "왜 가난하게 태어나 너무나 어려 공장에서도 받아주지 않는 나이에 공장에 들어가야만 되는가"(《서울로 가는 길》, 32)라고 아버지에게 편지를 쓰지만 돌아오는 것은 "모든 것을 숙명으로 받아드리고 살아가라"(《서울로 가는 길》, 32)는 오빠의 답장이었다. 이런 스토리는 비단 송효순뿐 아니라 당시 여성노동자들의 수기에 빠지지 않고 등장하는 단골 레퍼토리다.

《빼앗긴 일터》를 쓴 장남수는 부잣집 논에 떨어진 이삭을 주우러 다녀야 할 정도로 가난한 집안에서 태어났으며, 공부를 잘했지만 부잣집 아이에게 우등상을 뺏겨야 했고 입 하나라도 덜기 위해 열다섯 어린 나이에 공장에 나가야 했다. 《열세 살 여공의 삶》을 쓴 신순애 역시 다르지 않았다. 신순애가 병환 중인 아버지와 어머니, 오빠들을 대신해 거짓말을 하면서까지 평화시장의 시다로 취직했던 나이는 불과 열세 살이었다. 그렇게 시작된 여공 신순애의 삶은 곧 가족을 위한 삶이었다. 가족의 생활비와 부모님 용돈, 심지어 조카들 용돈까지, 신순애가 책임져야 할 가족은 점점 많아졌고 신순애를 향한 가족들의 기대도 점점 커졌다. 게다가 열여덟 살에는 돈이 없어 결혼을 망설이던 오빠에게 그동안 모아 놓은 돈과 앞으로 탈 곗돈까지 미리 끌어다가 결혼자금을 마련해 주기도 한다.

여전히 국립국어원의 표준국어대사전에는 '가장家長'이 '한 가정을 이끌어 나가는 사람'이라는 뜻과 함께 '남편을 달리 이르는 말'로 정의되어 있다. '가정을 이끌어 나간다'는 말에는 부양 책임뿐 아니라 의사결정 권리도 포함되어 있다. 따라서 사전적 정의에 따라 해석하면 가정에 대한 책임과 권리는 남편, 즉 남성의 몫이 된다. 가장으로서의 권리를 가진 사람을 뜻하는 '가부장' 역시 언제나 남성, 즉 아버지나 아들에게만 주어지는 이름이었다. 한 집안의 주인을 뜻하는 '호주戶主' 역시 호주제가 폐지된 2008년까지는 남성만이 독점했던 또 하나의 상징적 권력이었다. 문제는 호주 혹은 가부장이라는 이름과 함께 가장으로서의 모든 권리는 아버지 혹은 아들인 남성들에게 있었지만 실질적으로 가족의 생계를 책임졌던 것은 그 집안의 딸들이었다는 점이다. 그 책임을 다하기 위해 십대 소녀들은 가족을 떠나 공장으로 갈 수밖에 없었다.

이렇듯 가족 내에서 여성은 더 이상, 아니 어쩌면 처음부터, 보호받아야 할 존재가 아니었다. 그들은 오히려 현재의 가부장인 아버

문학으로 읽는 나의 인권감수성

지와 미래의 가부장인 오빠나 남동생을 대신해 실질적인 가장 역할을 해야만 했다. 이런 현상의 배경에는, 여자는 순종적이어야 하고 가족을 위해 희생해야 한다는 전통적인 관습이 전제되어 있었다. 그뿐만 아니라 모성이란 곧 사랑과 희생이며, 이러한 '모성'을 '여성'과 동일한 것으로 간주하는 모성담론이 더해지면서 가족을 위한 딸들의 희생은 '당연한' 것이 되었다.

여성노동자들을 희생양으로 보는 시각을 비판하는 견해도 있다. 당시 여성들이 노동자가 된 것을 가족을 위한 일방적인 헌신으로만 해석하는 것은 여성을 주체적인 생각과 욕망이 결여된, 수동적이고 소극적인 존재로 보는 것이기에 이 또한 위험한 생각이라는 것이다. 실제로 여성노동자들의 수기에서는 상급학교로 진학하거나 취업해서 돈을 벌고자 하는 다양한 욕망이 발견된다. 따라서 몇몇 정황만을 두고 섣불리 그들의 직업 선택을 희생이나 헌신이라는 이름으로 미화하는 것 또한 그들을 온전한 주체로 인정하지 않았다는 점에서 폭력적 해석일 수 있다는 것이다. 이런 비판에는 전적으로 동의하지만, 실제로 여성노동자들이 벌어들인 수입의 상당량이 자신이 아닌 가족의 생활비나 남자 형제의 교육비로 사용되었다는 정황 또한 엄연한 사실이었음을 간과해서는 안 된다.

또 하나의 가족, 또 하나의 아버지 🌿

자의든 타의든 가족을 떠나왔던 소녀들은 '또 하나의 가족'을 만나게 된다. 예나 지금이나 '또 하나의 가족'은 기업이 즐겨 쓰던 표현이었다.* "나나 반장을 회사의 관리자다 하고 어렵게 생각하지 말고 친 언니나 오빠 혹은 아버지처럼 생각하고 어려운 일이 있으면 언제 무슨 일이라도 의논을 해요. 그렇게 해서 좀더 따뜻하고 가족적인 분위기에서 일해 봅시다"(《공장의 불빛》.14)라며 상사는 자신이 어린 여성노동자들의 새로운 가족임을 자처한다. 그러나 그 새로운 가족 또한 철저하게 가부장적 문화를 기반으로 조직된 터라 친언니나 오빠 혹은 아버지처럼 생각하라는 직장 상사의 말이 마냥 고맙게 들리지만은 않는다. 아버지임을 자처하는 사장은 가부장으로서의 권한과 위엄만을 내세웠고, 자식과도 같다던 사원들에게는 가족과 부모를 위한 헌신과 공경만이 요구되었다. 이렇듯 '또 하나의 가족'이라는 꽤나 따뜻해 보이는 수식어는 노동자의 일방적인 희생과 차별을 정당화하기 위해 고용주가 내세우는 그럴듯한 명분에 지나지 않았다.

---

* '또 하나의 가족'은 1997년 봄 첫 선을 보인 삼성의 기업이미지 광고 문구로도 유명하다. 그해 수많은 광고상을 수상할 정도로 성공적인 기업이미지 광고로 꼽히는 이 광고 속에는 행복한 가족의 일상이 그려지고 삼성전자가 그 일상의 공간에 '또 하나의 가족'으로 함께하고 있음을 보여 준다. 이렇듯 노동자나 소비자를 대상으로 기업을 친근하고 가까운 관계의 상징인 가족에 비유하는 전략은 오랫동안 꾸준히 사용되어 왔다.

1979년 YH무역 농성 사건 당시 여공들(《신동아》)

불공정한 노동환경을 개선해 달라는 고발장을 노동청에 제출한
사실을 알고 "누가 집안 일을 밖으로 끌고 나가서 이야기하느냐"(《서
울로 가는 길》, 68) "나쁜년들 (⋯) 누가 아버지를 고발하느냐"(《서울로 가는
길》, 132)며 야단을 치는 사장에게 노동자는 계약이라는 관계로 맺어
진 동등한 입장의 상대가 아니라 아버지와 자식이라는 엄격한 상하
관계의 상대일 뿐이다. 고용주와 고용인은 적어도 법적으로는 계약
으로 맺어진 수평 관계임에도 불구하고, 한국에서는 여전히 이 둘을
상하 관계로 생각하는 이들이 적지 않다. 이런 인식의 기저에는 직
장은 또 하나의 가정이며, 사장은 어버이, 사원은 자식이라는 유교
적 가족 공동체의 논리가 자리 잡고 있다. 이런 논리는 심지어 '먹을
것' 앞에서도 적용되었다. "가정에서도 아버지나 어른들은 좋은 반

찬을 주지 않느냐, 회사도 가정하고 똑같아서 어른 대우를 해야 한
다"《서울로 가는 길》, 52)며 회사 간부들에게만 좋은 반찬을 주는 차별까
지 회사 내에서 버젓이 이루어졌던 것이다.

공과 사의 구분도 가족이라는 논리 앞에서는 무색해진다. 퇴근
이후나 휴일의 활동도 회사는 '자식 걱정하는 부모'의 심정으로 단속
하고 규제한다. 노동자들이 여가시간에 이른바 노조라는 '나쁜 짓'
을 할까 봐 걱정하는 마음에서 노동자의 근무 외 시간도 엄격하게
관리하는 것이다. 마치 자식이 어긋난 길로 들어설까 염려되어 자식
의 생각과 행동까지 단속하고 훈육하는 것처럼 말이다. 그리고 잘못
된 행동을 했을 때는 부모가 사랑의 매를 들듯 엄격하게 야단친다.
휴일 특근은 분명 노동자의 선택 사항이었지만 회사는 휴일 특근을
하지 않는 것을 '불미스러운 일'로 규정하고 이를 위반한 이들을 한
명씩 불러다 야단치고 경위서를 쓰게 한다.

이런 상황을 회상하는 여성노동자들의 수기에는 사장이나 회사
간부로부터 '야단을 맞았다'는 표현이 많이 눈에 띈다. '야단하다'는
주로 아랫사람의 잘못에 대하여 엄격하게 나무랄 때 사용하는 표현
으로, 이 한마디야말로 당시 회사 간부들이 여성노동자들을 어떻게
여겼는지를 단적으로 보여 준다. 업무 과정 중 실수나 잘못이 있을 때
정해진 원칙에 따라 정당하게 징계하는 것이 아니라 어른이 아이를
나무라듯 야단치고 훈계하는 방식으로 일을 처리하는 것 또한 노동
자를 온전한 인격체로 인정하지 않았음을 보여 주는 하나의 사례다.

가부장적 서열 구조를 기반으로 한 직장 내 인간관계는 더 나아가 장유유서長幼有序의 논리로까지 이어진다. 나이를 기준으로 윗사람과 아랫사람을 구분하고 서열화하여 이를 권력구조로 계급화하는 논리는 가장 일반적인 유교 문화 중 하나다. 우리 사회에서 '나이'란 가장 손쉽게 사람들을 서열화하여 누군가를 차별하고 통제하기 좋은 구실이다. 이런 논리가 통용되는 사회에서 윗사람과 아랫사람은 결코 동등한 인간일 수 없다. 권리와 자격의 차이는 정당한 것이 되고 아랫사람은 단지 '어리다'는 이유만으로 모든 차별과 부당함을 기꺼이 감내해야 한다. 윗사람의 훈계와 간섭 또한 아랫사람이라면 응당 받아들여야만 한다.

회사가 마련한 교양강좌에서 강연자는 여성노동자들에게 "출근할 때는 자기에게 있는 모든 자존심이나 인권을 경비실에 맡겨 놓고 출근을 하여 윗사람이 시키면 무조건 '예'하고 감사하게 받아드리라"(《서울로 가는 길》, 116~117)며 회사 간부에 대한 무조건 복종을 강조한다, 자존심과 인권은 퇴근할 때 찾아가라는 말과 함께. 이렇듯 인권과 자존심은 나이와 직급, 서열 앞에서 무의미한 것이 된다. 고용인과 고용주의 관계를 계약으로 맺어진 대등한 위치가 아니라 부모와 자식 혹은 연장자와 연소자의 관점에서 접근하는 순간 노동자는 자신의 권리를 요구할 수 있는 주체적 인간이 아니라 그저 보호와 가르침을 받아야 하는 수동적이고 종속적인 객체로 전락하고 만다. 적어도 노동자로 근무하는 동안은 사장과 동등한 인간이 아니기에 인권 따위는 잠시 경비실에 맡겨 두고 출근하라는 충고도 가능한 것이다.

이는 당시 박정희 정권이 내세웠던 기조와도 유사하다. 국가 지도자를 아버지, 국민을 자식으로 비유하는 이런 논리에 따라 국민의 책임과 희생을 강조하는 것이 당시 대통령 연설의 주요 골자였다. 근로자의 날을 비롯해 각종 공식석상에서 했던 대통령의 연설을 관통하는 논리는 한마디로 국가 지도자는 아버지이자 가장이며 국민은 자식이므로 아버지는 자식들을 잘 이끌고 자식들은 아버지의 말에 따라 각자 맡은 바 역할을 잘해야 한다는 것이었다. 이 논리는 새삼스럽지 않다. "임금은 아비이고/ 신하는 사랑하는 어미이고/ 백성은 어린아이"이기에 "임금은 임금답고 신하는 신하답고 백성은 백성답게 한다면 나라가 편안하리라"고 하던 통일신라시대의 말씀은 천 년의 시간이 지난 후에도 효력을 발휘하고 있었던 것이다.

이런 논리를 전제로 한 대통령의 담화 내용은 대개 두 가지 종류로 구성되는데, 하나는 가르침과 훈계이며, 다른 하나는 칭찬과 격려다. 특히 노동자를 향해서는 산업전사 혹은 산업역군 등을 운운하며 민족을 위해 엄청난 일을 하고 있다는 자부심을 부여하는 칭찬과 격려가 가득한 연설을 쏟아 냈다. 물론 칭찬은 고래도 춤추게 하는 엄청난 힘을 가진 긍정적인 표현이다. 그렇지만 칭찬 한마디로 불공정한 임금정책과 열악한 노동환경, 심각한 인권침해 등을 모두 감내하라고 하는 것은 부당하다. 인권침해는 단지 그럴듯한 말 한마디로 갚을 수 있는 천 냥 빚이 아니다. 그러나 언제부턴가 우리 사회에서 칭찬과 격려는 이런 용도로 많이 사용되고 있다.

그들은 단지 '여성'이었다 🌿

1970~80년대 여성노동자의 삶에 관한 연구에 따르면 남성노동자의 임금을 100으로 할 때 여성의 임금은 1975년에는 42.2, 1980년에는 42.9로 남성의 절반에도 미치지 못하는 수준이었다.[2] 노동운동가였던 조화순은 남녀 임금격차에 대한 당시의 경험을 이렇게 기억한다. "그때 나는 120원의 일당을 받았고 남자들은 300원, 나이 어린 여성 근로자는 80원을 받고 있었어요. 내가 어떤 여성노동자에게 임금차별에 대해 화를 내며 이야기했더니 당연하다는 듯이, '남자는 남자라서, 언니는 나이가 많아서 당연히 많이 받는 것'이라고 대답했어요."[3] 이렇듯 임금 결정에 중요한 요소는 능력과 성과가 아니라 성별과 나이였다. 앞서 살펴본 것처럼 직장 내에서 나이가 서열을 결정하는 쉽고도 중요한 요소 중 하나였다면 성별은 그보다 더 편리하고 분명한 차별의 기준이었다.

성별에 따라 임금격차가 생기는 이유는 남성노동자들에 비해 여성노동자들이 맡은 일이 주로 저임금의 비전문적인 단순작업이었기 때문이다. 그렇다면 여성노동자에게는 왜 이런 종류의 작업만 주어진 것일까? 이에 대한 답 또한 가부장제에서 찾을 수 있다. 여성이 '원래' 있어야 할 공간은 가정이며 모든 여성은 결혼과 함께 가정으로 돌아가는 것이 당연했기에, 여성의 일이란 결혼과 동시에 중단될 임시직이라는 것이 일반적인 생각이었다. 이런 전제에 따라 여성의 노동력을 비효율적이며 가치가 낮은 것이라 판단했고, 처음부터 여성노동자에게는 중요한 업무나 직책은 물론이고 전문적이며 고차원적인 업무를 부여하지 않았던 것이다. 또한 회사가 곧 가족이라는 논리에 따라 사장이 가부장으로서의 절대적인 권리와 위엄을 가진 것처럼, 남성노동자와 여성노동자의 관계는 남아선호사상이 절대적이었던 가족 내의 아들과 딸의 관계와 다르지 않았다. 미래에 가장이 될 아들에게는 교육을 비롯한 지원이 있었던 반면 딸에게는 일방적인 희생과 양보만 요구했듯이, 직장에서도 중요한 역할은 언제나 남성노동자가 맡았고 여성노동자에게는 부수적이고 보조적인 일만 주어졌다.

또 다른 이유 역시 전통적인 사상에 뿌리를 두고 있다. 그것은 바로 남성은 우월하고 여성은 열등하다는 전형적인 남존여비사상이다. 남성은 여성보다 우월하기에 지배적 위치에서 결정하고 명령하는 역할을 맡아야 하며, 남성보다 열등하고 수동적이며 소극적인 여성은 종속적인 위치에서 복종하는 역할을 맡는 것이 관습이었던 당시로서는 여성에게 비전문적이며 단순한 작업만 부과하는 것이 '합리적'인 결정이었다.

더 큰 문제는 이러한 차별이 성별에 따른 분업과 그로 인한 임금 격차에 그치지 않고 또 다른 노동권 침해 문제로까지 이어진다는 것이다. 특별한 기술이나 오랜 숙련기간 없이 누구나 쉽게 할 수 있는 작업의 특성상 하고자 하는 사람이 많을 수밖에 없다. 노동시장에서 수요보다 공급이 많은 경우 노동자는 절대적으로 불리한 입장이며 언제나 해고 위협에 시달리게 된다. 당연히 이런 상황에서 노동권이나 인권은 요원한 것이 될 수밖에 없다. 이때 고용보장과 임금 등을 조건으로 한 남성노동자의 강요와 폭력이 일어나기도 하는데, 이는 대부분 성性과 관련된 형태였다. 그 참혹한 실상은 잠시 후 마주하게 된다.

　　아이러니하게도 이런 차별적 현상은 이른바 민주노조라 불리던 집단 내에서도 그대로 재현되었다. 어용노조에 맞서 민주적 가치를 추구하고 노동자의 인권을 주장하던 민주노조원들에게도 '여성노동자'의 인권은 낯선 것이었다. 여성의 인권을 이야기하는 것은 마치 노동권 보장과 노동환경 개선과 같은 대의에 걸림돌이 되는 것처럼 여겨졌고, 이런 암묵적 분위기 속에서 여성노동자의 인권은 또 한 번 희생될 수밖에 없었다. 조합원의 성비가 동일함에도 불구하고 지부장을 비롯한 임원은 언제나 남성 차지였고, 회사 측에서도 '말 많고 눈엣가시 같은' 여자 집행부를 말 잘 듣는 남자 집행부로 바꾸려는 시도를 계속하는 등 노동조합 안팎에서 여성노동자는 공공의 적이 되어 갔다.

이렇듯 1970~80년대 여러 생산현장에서 조직되기 시작한 노동조합은 남성적 문화와 가치를 기반으로 형성된 탓에, 여성노동자의 권리나 이해관계는 자연스럽게 간과되거나 무시되었다. 오히려 여성노동자의 권리를 운운하면 노동운동을 분열시키고 세력을 약화시키는 이기적 발상이라며 비판의 대상이 되었던 것이 당시 노동운동의 부끄러운 민낯이었다. 심지어 이런 현상은 노동자계급이 진보적인 사회 변혁세력으로 급부상한 1980년대 후반에도 계속되었다.

여성노동자가 대부분이었던 공장에서조차 여성 노조위원장이 배출되지 않았던 이유는 노동자의 인권이라는 진보적 가치보다도 더 강력한 힘을 발휘했던 가부장제의 관습 때문이었다. 많은 사람을 통솔하고 집단을 이끌어야 하는 노조 지도자로는 능동적이고 주체적이며, 책임감과 리더십이 투철한 남성이 적격이라는 인식과 "여자가 너무 똑똑하면 시집 못 간다", "여자와 북어는 사흘에 한 번씩 두들겨야 정신을 차린다" 등의 인식이 공존하던 시대였다. 한마디로 "암탉이 울면 집안이 망한다"는 논리가 만연해 있었던 것이다. 이런 상황에서 여성노동자는 노조 활동에서 배제되거나 주변부로 밀려날 수밖에 없었고, 노조에 가입하고 시위에 나서는 이들에게는 이른바 '무서운 빨갱이'라는 낙인을 찍어 여성노동자의 노조 활동을 위축시켰다.

노동조합 내에서 여성노동자에게 가해진 차별은 이것만이 아니었다. 노조 활동에 대한 책임으로 누군가의 희생이 필요할 경우 남성노동자의 한결같은 핑계는 '처자식을 부양해야 할 책임이 있는 몸'이라는 것이었다. 이른바 가장이라는 만사형통의 명분을 이 상황에서도 꺼내 드는 것이다. 남성은 가족 부양의 책임이 있으나 상대적으로 여성은 그런 책임으로부터 자유로우며 여차하면 가장인 남성에게 종속된 피부양자로 살아도 되니, 취업이나 승진에서는 남성이 우선되어야 하고 정리해고의 상황에서는 여성이 희생해야 된다는 논리였다. 이렇듯 직장에서 여성노동자와 남성노동자는 '동同료'일 수 없었다. '노동자'라는 공통의 정체성보다 '남성'과 '여성'의 성별 차이라는 더 거대하고 견고한 벽이 가로막고 있었다. '노동자'여서 겪은 차별과 인권유린보다는 '여성'이라는 이유로 겪을 수밖에 없는 차별이 더 많았음은 부정할 수 없는 사실이다.

그러한 문제의 정점에 직장 내 성폭력 문제가 있다. 제법 규모가 큰 공장이나 평화시장의 소규모 공장, 버스회사 등 직종과 작업장 환경을 가리지 않고 직장 내 성폭력은 그야말로 '보편적'이고 '일상적'으로 일어났다. 특정 작업장이나 직업군의 문제도 아니었으며 몇몇 개인의 일탈이나 도덕성을 문제 삼기에는 너무나 빈번하게 일어났다. 상사인 남성노동자들이 "애들 엉덩이를 만지고 지휘봉 같은 걸 애들 등에 넣어 브래지어 끈을 끊고 해도 그냥 예쁘다고 장난 좀 친 걸로"(《소금꽃나무》. 40) 되는 상황은 마치 원래부터 그랬던 자연스러운 문화인 양 대부분의 작업장에 만연해 있었다. 이는 문제의 책임을 단지 가해 남성 개인에게만 돌려서는 안 된다는 것을 의미한다.

또한 일반적인 성폭력과 달리 직장 내에서 일어나는 성폭력은 위계에 의한 강압이라는 점에서 좀 더 문제적이다. 앞서 살펴본 것처럼 직장 내에는 이미 성별에 따라 서열화된 권력구조가 전제되어 있었기에 여성노동자의 생사여탈권은 상사인 남성노동자에게 있었고, 이것은 직장 내 성폭력이 구조화되고 정당화되는 결정적인 이유가 되었다. 예쁘다는 이유로, 불량품을 만들어 냈다는 이유로, 여성노동자는 남성 간부들의 장난감이 되어야 했다. 이는 명백히 생사여탈권을 가진 자가 겁박하여 이루어진 위계에 의한 성폭력에 해당한다. 문제는 이 모든 일들이 "한 달 2만 원이 채 안 되는 월급에 다 포함되는 일"(《소금꽃나무》, 40)로 여겨졌다는 것이다. 따라서 상사의 성폭력에 저항하거나 문제제기를 한다는 것은 '한 달 2만 원이 채 안 되는 월급'을 포기해야 함을 의미했다.

놀랍게도 여전히 이런 상황을 여성의 자발적 선택으로 해석하는 이들이 많다. 얼마든지 저항하거나 거부할 수 있었음에도 불구하고 더 많은 월급과 편한 일자리를 위해 여성들이 스스로 선택하지 않았느냐는 비판이다. 그러나 위의 상황 속 여성노동자에게 '2만 원이 채 안 되는 월급'은 결코 쉽게 포기할 수 있는 선택의 문제가 아니었다. 많은 여성노동자들이 부당한 상황 앞에서 당당하지 못했던 것은 용기 있게 저항한 이들이 결국에는 훨씬 더 비굴하고 주눅 든 모습으로 돌아오는 것을 지켜봤기 때문이다.

당당하게 저항하고 회사를 나갔던 이들은 왜 다시 돌아온 것일까? 답은 간단하다. 앞서 말한 것처럼 직장 내 성폭력 문제는 특정 작업장이나 개인의 문제가 아니라 여성노동자가 근무하는 거의 모든 작업장에서 마치 자연스러운 문화인 듯 자행되고 있었기에 직장을 옮기는 것만으로는 부당한 상황에서 벗어날 수 없었기 때문이다. 게다가 이런 여성에게는 어김없이 '우는 암탉'이라는 낙인이 찍혀 다른 직장에 취직하는 것도 어려웠기에 용기 있게 울타리를 박차고 나간 이들은 비굴한 모습으로 다시 돌아올 수밖에 없었던 것이다. 당시 많은 노동자에게 직장은 선택 사항이 아니라 생존을 담보로 하는 선택불가의 대상이었기에 직장 내 성폭력에 저항하는 것은 생사를 걸어야 할 정도의 상당한 용기와 각오가 필요한 행동일 수밖에 없었다.

알몸이었다.

광자 언니도 영애도 순진이도⋯⋯.

배차 주임이나 기사들 정비사들이 줄지어 늘어서서 담배를 꼬나물고 히물거리고 서 있는 것보다 더 이상했던 건, 알몸으로 서 있는 여자들의 무연한 태도였다. 남자들 앞에 알몸으로 선 그들의 표정이나 몸짓들이 하도 심상해서 내 눈에만 저들이 알몸으로 보이나 하는 생각까지 들었다.

앞의 아이들이 마치 여탕에서처럼 벗을 때와 마찬가지로 옷들을 주섬주섬 입고, 사감은 그날 내가 배차받았던 차 '남바'를 부르고 장부를 보며 입금액을 부른다.

1970년대 버스 안내양(국가기록원)

  눈앞에서 번연히 벌어지고 있는 적나라한 현실들이 본 적은 물론 들은 적도 없는 비현실이어서 사감이 "모 하노? 버스라!" 하는데 웃었던 것 같다.

  "니는 입금이 유달시리 짝네. 돈 어쨌노? 니는 똥구멍까지 오지게 베끼야겠다. 내가 베끼까, 니가 버슬래?"

  옷을 거머쥐고 그냥 서 있었다. 그들의 명령이 부당해서라기보다는 그들이 내가 미처 숙지하지 못한 버스 회사에서만 통하는 일종의 게임 같은 걸 하는 것으로 보였기 때문이다.

  "겡찰 부리까?" 하는 사감의 말이 떨어지기가 무섭게

  "쟈는 겡찰 불러야겠네. 단다히 꼬불쳤는갑다."

  "겡찰서 저나하까요? 겡찰서가 몇 번이고?"

  "빙시야. 몇 번은 몇 번이고? 일릴리 누질리고 여게 도둑 잡았심니다, 하마 오지."

둘러선 짐승들이 다들 한마디씩 했고 한 마리는 진짜로 전화기를 들기까지 했다. 그때까지 내게 경찰은 순사였다. 울어도 잡아가고 숙제를 안 해도 잡아가고 남의 밭에 콩을 훔쳐 먹어도 잡아가는.

내가 삥땅을 안 했다는 결백함을 증명하는 유일한 방법은 옷을 벗는 일밖에는 없었고, 그래서…… 했다. 씨발. 아무리 합리적인 근거가 있다 해도 변명일 수밖에 없는 경우가 있고 아무리 어쩔 수 없는 상황이었다 해도 용서되지 않는 일이 있다. 그들을 용서할 수가 없는 게 아니라 나를 용서할 수가 없었다.(《소금꽃나무》, 51~53)

이렇게 권력의 차이가 절대적이어서 문제제기를 하는 것조차 쉽지 않을 때 이들을 대신해 문제를 해결하고 가해자들을 처벌하는 역할을 하는 것이 바로 공권력이다. 그러나 당시의 공권력도 가해 남성과 다르지 않았다. 위의 상황을 보면 경찰은 직장 내 집단 성희롱을 감시하고 단속하는 역할이 아니라 오히려 이 상황을 정당화하는 데 한몫하고 있음을 알 수 있다. 더 나아가 경찰과 검찰은 성폭력의 직접적인 가해자이기도 했다. 당시 여성노동자 사이에서 가장 큰 공포의 대상이 경찰과 검찰의 성고문이었을 정도로 성폭력에 대한 공권력의 인권감수성 역시 상당히 문제적이었다.

인권과 정의를 추구한다는 공권력으로부터, 노동자의 권리 보호를 외치던 남성 동료로부터 지지와 위로를 받기는커녕 오히려 그들의 폭력에 일방적으로 당할 수밖에 없었던 여성노동자들이 성폭력 문제에 맞서 할 수 있었던 유일한 대응은 이것을 '기억'하는 것이었다. 당장의 문제해결은 불가능했지만 적어도 이런 문제를 숨기거나 잊지 않고 기억함으로써 나중에라도 이를 고발하고 비판하고자 했고, 그 덕분에 우리는 당시의 참혹한 상황들을 마주할 수 있게 되었다. 물론 그 또한 엄청난 용기가 필요한 작업이었다. 당연한 권리를 요구하고 피해 사실을 말하는 데도 눈치를 보고 용기를 내야 하는 상황, 이것부터가 당시 여성노동자의 인권이 어떤 상태였는가를 짐작할 수 있게 해 준다.

존귀한 산업역군에서 문란한 공순이로 🌿

경제발전의 중요한 원동력이자 산업의 근간이었던 1970~80년대 여성노동자에게 사회는 '산업역군', '산업개발의 전사', '존귀한 원동력' 등의 찬사를 아끼지 않았다. 그러나 아이러니하게도 정작 여성노동자에게 요구되었던 가장 중요한 자질은 노동자가 아닌 현모양처로서 갖추어야 할 덕목이었다. 앞서 살펴본 것처럼 여성에게 직장에서의 일이란 결혼하기 전에 일시적으로 하는 부수적인 것일 뿐, 가부장의 피부양자로 편입되는 것이 모든 여성의 궁극적인 목표인 시대였기 때문이다. 이런 시대가 요구하는 여성의 가장 중요한 자질 중 하나는 바로 교양이었다. 1970~80년대는 이른바 교양의 시대였다. 모든 여성은 한 가정의 아내와 어머니의 역할을 맡아야 하기에 어머니와 아내의 역할에 어울리는 행위 규범, 즉 교양을 갖추어야 한다는 것이다. 1971년에 출간된 《현대여성교양전집》에 담긴 내용이 요리, 영양, 에티켓, 건강, 서한, 의복, 미용, 육아, 교육 등인 것만 보더라도 이 시기의 교양이란 결국 현모양처를 위한 덕목임을 알 수 있다. 한마디로 모든 여성은 신사임당이 되어야 했다.

'여자다운' 조신한 옷차림과 교양은 여성노동자에게도 예외 없이 요구되었다. 회사 측이 마련한 교양강좌의 주제는 "남편에게 사랑받는 데 있어서 여자들이 취해야 할 점"(《서울로 가는 길》, 117)이었고, 강연자는 한 달 월급이 5만 원 남짓인 여성노동자에게 "청바지 입으면 공순이 티 나고 교양이 없어 보이니"(《서울로 가는 길》, 117) 유명 백화점에 가서 5~6만 원**밖에** 안 하는 옷 한 벌씩 사 입으라고 충고한다. 이런 생각이 사회적 통념이었던 시대인 만큼 여성노동자 스스로도 그저 얌전히 있다가 좋은 남자를 만나서 시집만 잘 가면 된다는 인식을 갖는 것이 당연했다. '노동자'로서의 정체성보다 '여성'으로서의 역할이 더 중요했기에 직업은 어디까지나 결혼하기 전까지의 일시적인 것으로 여겨졌다. 《공장의 불빛》을 쓴 석정남이 회사 도서실에 있는 많은 책을 3년 동안 다 읽겠노라 다짐한 이유 역시 책을 읽고 교양을 쌓는 것이 현모양처로서 갖추어야 할 미덕이었기 때문이다.

그러나 여성노동자의 현실은 교양과는 거리가 먼 삶이었다. 이들이 처한 노동환경이란 지금까지 살펴본 것처럼 일상적인 차별과 부당한 대우, 심지어 성폭력마저도 당연한 것으로 참고 견뎌야 하는 극한의 상황이었고, 이런 환경에서 책을 읽고 교양을 쌓는다는 것은 그야말로 꿈같은 이야기였다. 그러나 사회는 이런 현실에는 아랑곳하지 않고 여성노동자에게도 교양 있는 여성이 되기만을 요구했다.

심지어 여성노동자들은 같은 또래인 여대생과 자주 비교되기도 했다. 여대생이 외국인과 연애하면 국경을 초월한 사랑으로 미화되지만, 여성노동자가 연애를 하면 성의식이 문란하다며 손가락질한다. 여대생의 경우라면 실수라고 넘어갈 법한 일도 노동자가 하면 '천한 것들'이라고 폄훼당하기 일쑤다. 이러한 시선 속에는 노동자로서의 역할과 정체성에 대한 고려는 전혀 포함되어 있지 않다. 여성노동자는 그저 **여성**노동자일 뿐이었다.

상황이 이렇다 보니 여성노동자 사이에서는 여대생 따라하기가 유행할 정도였다. 대학생과 연애 한번 해 보는 것이 소원이었으며, 여대생처럼 '보이기' 위해 "두꺼운 책을 옆구리에 끼고 다니는 게 유행이었고 헤세나 니체 같은 책들을 미싱 바늘 갈듯이 서로 바꿔 가며 끼고 다니다가 밤엔 베고 자고"(《소금꽃나무》, 217) 했다는 김진숙의 회고는 결코 웃어넘길 일이 아니다. 사회가 일방적으로 만들어 놓은 기준과 타인이 강요하는 조건에 맞추기 위해 스스로 자신의 정체성을 부끄러워하고 부정할 뿐 아니라 다른 사람의 삶을 흉내 내기까지 해야 했던 상황을 반성할 사람은 그들이 아니라 바로 우리다.

여성노동자에게 가해진 차별적 시선의 정점은 이들을 '문란한 공순이'라는 프레임으로 규정해 버리는 것이었다. 앞서 살펴본 직장 내 성폭력 문제를 공론화하지 못한 중요한 이유 중 하나가 해고에 대한 불안이라면 또 다른 이유는 낙인에 대한 두려움이다. 이른바 '소문'의 주인공이 되어 노동자로서의 삶뿐만 아니라 여성으로서의 삶까지 모두 망가질 것을 두려워한 것이다. 이들의 걱정을 기우로만 볼 수 없는 것은 "평화시장에는 처녀가 없다"는 식의 소문이 당시 기정사실인 양 공공연하게 떠돌았기 때문이다. 오늘날의 개념으로 말하면 2차 피해에 시달리는 셈이다. 실제로 당시 여성노동자를 둘러싼 작업장 바깥의 담론은 남성의 시각으로 해석된 것이 대부분이었고, 그것들은 모두 폭력적이고 부정적인 내용이었다.

여성노동자들이 직접 쓴 수기로는 그들을 향한 타인의 시선을 확인하는 데 한계가 있을 수밖에 없다. 그렇다면 1970~80년대 당시 발표된 소설에서 여성노동자는 어떤 모습으로 재현되었을까?

합숙소 배달을 나갔다가 방문 근처를 가보면 계집애들은 대개 옷을 벗은 채로 지내는 일이 많았다.

어떤 애들은 젖가리개와 팬티만 꿰차고 말 새끼처럼 실내를 아무렇게나 뛰어다니고, 어떤 애들은 아예 온몸을 담요 자락에 둘둘 말아 감고서 시들시들 방바닥을 뒹굴고 있기도 했다. 가슴에다 젖가리개만 걸고 있는 년들은 버스 회사 가운을 입고 길거리를 짓까불고 다닐 때와는 달리 그 가슴들이 너무도 단단하고 어마어마해 보여서 갑자기 숨길이 다 막혀오는 것 같을 때가 있었다.

얇고 좁은 천 조각 사이로 허연 살덩이가 꾸역꾸역 꿰어져 나오고 있는 엉덩이살을 코앞에 보게 될 때도 나의 느낌은 대략 늘 그런 식이었다. 사실은 그게 내겐 무엇보다도 화가 나는 일이었지만 그런 차순이란 년들은 그런 모습을 하고서도 내 앞에선 전혀 부끄러워할 줄을 모르는 것이었다.(〈별을 기르는 아이〉, 252)

"앞으로 몇년만 참으면, 기술이라두 배우잖어?"

"기술 좋아하네. 그런 게 기술이면 밥짓는 것두 기술이구 연애하는 것두 기술이겠다, 애."

"그러엄, 기술이지…… 잘만 물어봐."

"홀에나 나갈까, 아니면 놈씨나 하나 잡을까."

"공돌이?"

"걔들은 안돼. 십년 지나야…… 겨우 반장쯤인걸."

그때, 도구를 챙겨 메고 밖으로 나가던 노인이 투덜거렸다.

"온…… 천하에 못돼먹은 년들 같으니. 내외할 줄두 모르구, 버젓이 밤중에 쏘다니면서 상소리나 해? 그저 내 딸년 같으면 다리몽갱이를……"(…)

"너 지지난달에 제품부에 들어온 명자 알지? 걔는 요새 생활비가 딸려서 여관에 출장나간대. 고게 공장 와서는 혼자 얌전을 다 떤다구. 누가 봤다면서 슬쩍 찔렀더니, 화장실루 데려가서 울면서 사정을 하더래, 애."(〈돼지꿈〉, 250~253)

인용한 두 소설은 모두 한국문학사에서 내로라하는 작가들의 작품이다. 이들의 소설에 재현된 여성노동자들은 자신의 육체를 이용해 쉽게 돈을 버는 방법에만 관심이 있다. 한마디로 "천하에 못돼먹은 년"이며, "말만 잘하믄 주는 거"로 묘사되어 있다. 그뿐만 아니라 자신들을 나무라거나 조롱하는 남성들에 대해서도 여성노동자들은 언짢아하거나 불편해하지 않으며 오히려 성적 농담으로 되받아치기까지 한다. 심지어 이들은 나체에 가까운 육체를 드러내고도 부끄러워하거나 수치심을 느끼기보다는 아무렇게나 뛰어다니는 '말 새끼'처럼 그려진다.

여성노동자를 묘사한 이러한 시선이 작가 개인의 것이었는지 혹은 당시의 보편적인 시선이었는지는 중요하지 않다. 중요한 것은 공순이와 차순이(여성노동자라는 표현도 위의 상황에는 어울리지 않고, 그야말로 '공순이'와 '차순이'라는 어감이 가장 어울린다)를 향한 이런 시선이 당시 실제로 존재했다는 사실이다. 일부 여성노동자 가운데 실제 이런 경우가 있었을 수도 있다. 그러나 설령 그런 사람들이 있었다 하더라도 그것이 비난이나 질타를 받아야 할 일은 아니며, 따라서 그러한 사실 여부를 따지는 것은 중요하지 않다. 우리가 주목해야 할 부분은 많은 사람이 이런 시선과 소문을 너무나도 쉽게 믿고 옮긴다는 점이다.

이보다 더 안타까운 점은 왜곡과 편견으로 가득한 이러한 이미지를 여성노동자들이 내면화하여 스스로를 비하하고 부정한다는 것이다.

그렇게 일을 하면서 나는 오늘 모임에서 있었던 일을 가만히 생각해 본다. 제일 이해가 안가는 사람들이 그 선생이라는 사람들이다. 홍자의 말에 의하면 그들은 모두 명문대학을 나왔다고 한다. 내가 보기에도 겉모습은 괜찮았고 말하는 폼도 좀 배운 사람 같기도 했다. 명문대학을 다녔다는 말이 거짓말 같지는 않은데 왜 그런 곳에 와 있을까. 다 쓰러져 가는 초가집에서 더구나 하는 일도 우리같이 천한 공장 애들이나 상대하는…… 쯧. 그 사람들도 아마 취직하기가 힘들고 되게도 갈 곳이 없었나 보다. 그런데 여기는 아까운 사람들 같은데…… 하는 동정심까지 들었다. (…) 그 얘기라는 것이 주로 어디 무슨 공장에서 문제가 있었고 어느 공장에 노조가 결성되었는데 노조를 만들기 위하여 그곳 노동자들이 어떻게 싸웠다는 등의 내용이었다. 이런 이야기를 다른 애들은 퍽 관심있게 귀를 기울이고 필기까지 열심히 하였으나 나는 그저 지루한 모임이 빨리 끝나기만을 기다렸다. 이렇게 젊은 애들이 모인 장소에서 좀더 아름답고 고상한 얘기도 할 수 있을 텐데 왜 저렇게 비참하고 지저분하고 괴로운 이야기를 하는 걸까 이해할 수가 없었다.(《공장의 불빛》, 22~23)

"천한 공장 애들", "공장에서 일이나 하는 주제에"라며 노동자를 비하하는 표현으로 가득한 이 글은 놀랍게도 여성노동자 석정남이 쓴 것이다. 그에게 노동 혹은 노동자와 관련된 이야기는 비참하고 지저분하고 괴로운 것이었으며, 아무렇게나 취급해도 전혀 아깝지 않은 것이었다. 기업의 일방적인 정리해고를 비판하며 310일 동안 크레인 위에서 농성했던 김진숙 또한 어린 시절 근로 야학의 입학원서를 작성할 때 옆 사람이 직업란에 '노동자'라고 쓰는 것을 보고 놀랐다고 한다. 그 상황을 본 그의 정확한 표현은 "세상에 원 근로자도 아니고 '노동자'라니!"《소금꽃나무》, 45~56)였다.* 그의 눈에 '노동자'라는 표현은 직업란에 그 단어를 채워 넣고 있던 아이의 꾀죄죄한 모습과 일치하는 것이었다. 그래서 그는 직업란에 당당하게 '회사원'이라고 써 넣는다. 그의 열등감은 이후에도 계속된다.《어느 청년 노동자의 삶과 죽음: 전태일 평전》이라는 책을 선물 받았을 때 그의 첫인상은 궁상스럽다는 것이었다. 역시나 '노동자'라는 말이 마음에 안 들어 펴 보지도 않은 채 먼지만 앉히고 있었다고 한다. '그따위 책'은 그렇게 취급해도 아깝다는 생각이 전혀 들지 않았다던 그가 귀하다고 여기고 품고 다녔던 것은 니체와 이상, 김춘수와 김남조가 쓴 책이었다.

과거의 자신을 비롯해 많은 노동자들이 이렇게 생각하고 있는 상황을 김진숙은 "인간임을 끊임없이 부정당하다 보면 스스로 부정하게 되고, 오로지 연명하는 일이 지상 과제이자 존재 이유인 이

---

* 2018년 봄, 대한민국에서 새삼 '노동자'와 '근로자'라는 단어가 수면 위에 떠오른 일이 있었다. 개헌 논의를 앞두고 대통령이 발의한 개헌안에는 헌법에 적시된 '근로자'라는 표현 대신 '노동자'로 바꿀 것을 제안하는 내용이 담겨 있었다. 이를 계기로 많은 사람들이 '근로자'와 '노동자'의 의미 차이를 알 수 있었는데, '부지런히 일하다'는 의미의 '근로'는 정당한 대가를 지급하지 않은 채 국가를 위해 그저 '부지런히' 일할 것을 강요하기만 했던 과거의 시대정신이 반영된 것이다. 이에 반해 '사람이 생활에 필요한 물자를 얻기 위해 육체적·정신적으로 노력을 들이는 행위'를 뜻하는 '노동'은 노동하는 사람의 주체적 의지가 전제된 개념으로 노동에 대한 존중의 의미가 더 많이 반영된 것으로 해석할 수 있다.

농성을 마치고 크레인에서 내려오는 김진숙
(《미디어오늘》)

들에게 인간의 품위와 계급적 자존감이란 깨달을수록 성가신 일일 뿐"(《소금꽃나무》. 53)이라고 설명한다. 즉, 열등감과 자기비하가 계속되면 어느 순간에는 부당한 상황에 문제제기를 하는 감각조차 무뎌지는 상태에 이른다는 것이다. 이는 곧 자신의 인권이 침해당하는 상황에서조차 그것을 문제로 인식하지 못하게 됨을 의미한다. 더 나아가 이런 태도는 잘못의 책임이 피해자인 자신에게 있다는 자책으로 이어져 가해자를 비판과 처벌로부터 자유롭게 만들기도 한다.

그렇다면 오해와 편견으로 가득한 이런 시선은 1970~80년대에만 있었던 것인가? 공순이들은 으레 교양이 없고 문란할 것이라는 등의 부정적 이미지로 가득했던 당시로부터 40~50여 년이 지난 오늘날의 우리는 얼마나 나아졌는가? 1970~80년대의 폭력적이고 차별적인 시선을 당당히 비판할 수 있을 만큼 우리는 그런 편견과 차별적 인식으로부터 자유로운가?

몇 해 전 대학 강의에서 '학교에서 일하고 있는 노동자를 만나 인터뷰를 해 보라'는 과제를 내준 적이 있다. 몇 학기 동안 같은 과제를 냈는데 교수를 인터뷰해 온 학생은 단 한 명도 없었다. 대부분의 학생이 인터뷰한 대상은 청소하는 분과 학교식당에서 일하는 분들이었다. 과제를 해 온 학생들에게 왜 교수를 찾아갈 생각을 하지 않았냐고 묻자 학생들은 순간 당황하는 기색을 보였다. 그들에게 '노동자'는 우리가 흔히 '블루칼라'라고 일컫는 육체노동자일 뿐 자신들 앞에서 강의를 하는 사람은 아니었던 것이다. 이처럼 우리에게는 여전히 '노동자'에 대한 편견과 왜곡된 시선이 있다.

경찰서에서 조사를 받으며 자술서를 쓸 때마다 장남수는 "학교 어디까지 다녔느냐"는 질문을 받았고 "공순이치곤 똑똑하다"는 이야기를 들었다고 한다.(《빼앗긴 일터》, 87) 사람들이 노동자를 어떻게 보고 있는지 단적으로 보여 주는 장면이다. 대학생을 대하는 태도와 노동자를 대하는 태도가 180도 달랐던 것은 경찰관도 마찬가지다. 유치장에서 대학생들이 통방을 하는 것은 모르는 척하던 경찰관이 노동자들을 향해서는 불호령을 내린다. 이렇게 차별적인 시선으로 노동자들을 대했던 경찰 역시 '노동자'다. 이렇듯 노동자의 인권을 이야기할 때 가장 먼저 생각해 봐야 할 문제 중 하나가 바로 '노동자'라는 표현에 담긴 편견이다. 이 책을 읽고 있는 독자의 상당수는 현재 노동자이거나 미래에 노동자가 될 사람일 것이다. 그럼에도 불구하고 많은 이들은 스스로를 '노동자'라 부르기를 주저하고 불편해한다. 그 지점에서부터 노동자의 인권 문제는 '나'의 일이 아니라 '다른 사람'의 일이 되고, 그렇게 우리의 인권감수성은 노동 문제로부터 한 걸음 멀어진다.

1982년의 송효순은 2016년의 김지영이다 🌿

지금까지 1970~80년대 여성노동자의 이야기를 살펴보았다. 그들의 삶을 보면서 어떤 생각을 했는가? 혹시 안타깝고 참혹하지만 당시로서는 어쩔 수 없는 일이었다, 그 시절에는 모두 그랬다, 예전 이야기일 뿐 요즘은 다르다는 등의 생각을 하지는 않았는지. 1970~80년대에 자행되었던 인권탄압과 국가폭력에 대해 군부독재 권력이 절대적이었던 당시로서는 어쩔 수 없었다는, 이른바 '그 시절'을 운운하는 논리는 마치 거대한 블랙홀처럼 모든 문제를 빨아들여 무력화하는 힘을 가지고 있다. 실제로 지금까지 많은 문제들이 그 거대한 블랙홀 앞에서 번번이 무너질 수밖에 없었다. 그렇다면 질문을 바꿔 보자. 지금까지 살펴본 이러한 문제적 상황이 과연 그 시대'만'의 것인가? 직장 내에서 남녀 차별이 마치 사규에 명시된 조항인 양 당당하게 이루어지고 일상적으로 성폭력을 일삼는 모습은

문학으로 읽는 나의 인권감수성

어디까지나 극장에서 '대한뉴우스'가 나오던 시절의 이야기일 뿐일까.

이젠 우리에게 고유명사처럼 되어 버린 '82년생 김지영' 씨는 과거 '공순이'로 불리던 이들과 같지만 또 다른 삶을 살고 있다. 2016년에 발표된 조남주의 소설 《82년생 김지영》은 여러 사회적 이슈를 건드려 주목을 받았던, 앞으로도 당분간 그 열풍을 이어갈 작품이다. 82년생 김지영 씨는 3남매 중 둘째로 태어났다. 위로 두 살 터울의 언니가, 아래로는 다섯 살 어린 남동생이 있다. 언니와 김지영 씨를 낳았을 때 어머니는 할머니께 죄송하다며 고개를 들지 못했다고 한다. 김지영 씨는 남동생의 분유를 몰래 먹다 할머니께 들켜서 등짝을 맞았고, 갓 지은 밥은 언제나 아버지, 남동생, 할머니 순서로 퍼 담는 것이 당연했으며, 두 개뿐인 우산이나 이불, 간식 등을 나눌 때면 언제나 온전한 하나는 남동생의 몫이었고 언니와 김지영 씨는 나머지 하나를 나눠 가져야 했다. 김지영 씨에게는 이런 양보가 점점 익숙해졌고, 남동생에게 양보를 할 때면 언제나 어른들은 김지영 씨를 칭찬했다.

김지영 씨는 첫 번째 사회생활인 국민학교에서부터 남자가 반장을 하고, 남자부터 번호를 매기는 차별을 경험해야 했다. 중학교 때는 남학생에게는 허용되는 면 티와 운동화가 여학생에게만 금지되는 차별을 경험했으며, 고등학생이 되어서는 등하교 버스에서나 남자교사들로부터 수시로 성추행을 당하기도 했다. 그럴 때마다 몸가

짐을 잘 못했다고 혼나는 것은 김지영 씨의 몫이었다. 그리고 대학에서도, 취업 준비를 하는 과정에서도, 어렵게 들어간 회사에서도 여자라는 이유로 온갖 다양한 차별을 경험했다. 이후 그는 세 살 많은 정대현 씨와 결혼하고 출산과 육아를 위해 직장을 그만두게 된다. '맘충'이라는 소리까지 들으며 전업주부로 살던 김지영 씨는 어느 날부터 남편을 '정서방'이라고 부르거나 자신을 죽은 동아리 선배로 소개하기도 하는 등 이상증세를 보이기 시작한다. 그렇게 김지영 씨는 한 번씩 다른 사람이 되었다. 모두 김지영 씨 주변의 여자들이었다.

이렇듯 소설의 주인공 김지영 씨는 조금도 특별할 것도 예외적일 것도 없는 아주 '평범한' 82년생 여성이다. 적어도 그보다 한 해 앞서 태어난 내 삶과 견주어 보았을 때는 그러하다. 소설은 그가 경험했던, 역시나 조금도 특별할 것도 예외적일 것도 없는 아주 '일상적인' 경험으로 채워져 있다. 지금은 드물지만, 그러나 여전히 간간이 접하게 되는 남아선호사상이 김지영 씨가 그리고 내가 자라던 시절에는 일상이었다. 나이 터울이 많이 나는 남동생을 둔 친구들이 여럿이었으며, 딸이라는 이유로 세상의 빛을 보지 못한 아이들의 이야기를 심심찮게 듣기도 했다. 대학에 진학하는 여성이 더 이상 특별하지는 않았으나, 지방에서는 딸을 혼자 서울로 유학 보내는 것은 꺼려하던 시대였다.

문학으로 읽는 나의 인권감수성

안타까운 것은 이러한 남아선호사상에 적극적이었던 이들이 어머니와 할머니, 즉 여성이었다는 점이다. (물론 이를 일반화할 수는 없다. 단지 여성에 대한 차별이 같은 여성에 의해서도 일어난다는 사실이 더욱 안타까울 뿐이다.) 소설의 앞부분에는 김지영 씨의 어머니, 오미숙 씨의 삶이 먼저 소개된다. 오미숙 씨는 농촌의 어느 평범한 가정에서 3남 2녀 중 넷째로 태어났다. 국민학교만 졸업하고 집안일과 농사일을 돕다 또래처럼 서울로 올라와 언니가 다니던 청계천 방직공장에 취직했다. 이때 오미숙 씨의 나이는 열다섯 살. 제대로 잠도 못 자고 제대로 쉬지도 못하고 제대로 먹지도 못한 채 일을 하면서도 직장 생활이란 원래 다 그런 것인 줄 알고 참고 또 참기만 했다. 쏟아지는 잠을 참다 못해 잠 깨는 약까지 먹어 가며 밤낮없이 일했지만 손에 쥐는 돈은 터무니없이 적었고 그마저도 오빠나 남동생의 학비로 쓰였다. "아들이 집안을 일으켜야 한다고, 그게 가족 모두의 성공과 행복이라고 생각하던 시절"《82년생 김지영》, 35)이었단다. 그렇게 뒷바라지를 한 남자 형제들이 모두 의사가 되고 경찰서장이 되고 교사가 되는 동안 오미숙 씨는 간신히 야간 중학교를 졸업하고 검정고시를 통과해 고졸 학력을 가질 수 있었다.

오미숙 씨의 이야기, 낯설지가 않다. 앞서 들여다봤던 송효순과 석정남의 이야기와 다르지 않기 때문이다. 82년생 김지영 씨의 어머니 오미숙 씨 역시 또 한 명의 송효순이었던 것이다. 이처럼 여자라는 이유로, 딸이라는 이유로 차별과 희생을 감수해야 했던 이들이 어머니가 된 후에 자신의 딸에게 또다시 차별과 희생을 강요하는 상황을 쉽게 이해할 수는 없지만, 그들의 지난 삶을 듣고 보면 함부로 비난할 수만도 없다. 오랜 시간 동안 차별을 받다 보니 점차 그러한 상황에 익숙해지고 또 그 상황을 합리화하면서 '자연스럽게' 불평등한 상황을 받아들이게 된 것이리라. 혹은 다른 삶을 살아보려고 발버둥쳐 봤자 결국 자신만 다칠 뿐 견고한 불평등의 벽은 조금도 흔들리지 않는 것을 확인했기 때문이리라. 이런저런 이유로 오미숙 씨 세대의 여성들 중 일부는 자신이 살아온 삶의 방식을 자신의 딸에게 대물림한다.

그렇다면 오미숙 씨의 딸인 82년생 김지영 씨는 어머니와 다른 삶을 살 수 있었을까? 여성 문제 전반을 이야기하는 자리라면 김지영 씨의 어린 시절부터의 경험 하나하나가 모두 좋은 이야깃거리가 되겠지만 여성노동자의 문제에 집중하기로 한 만큼 김지영 씨가 취업 문제를 고민하던 그 시점부터 자세히 들여다보자.

여성과 남성의 일이 확실하게 구별되어 있던 과거에는 일자리를 놓고 여성과 남성이 경쟁할 필요가 없었다. 마치 흑인과 백인의 공간을 구분하던 인종분리정책이 있던 과거 미국처럼 애초에 확실하게 역할이 구분되었던 여성과 남성은 직접적인 경쟁과 갈등의 대상이 아니었다. 단지 타고난 성별만으로 남성은 명령을 하는 상급자, 여성은 명령을 이행하는 하급자라는 업무 구분과 직장 내 서열 관계가 결정되었기 때문이다. 그러나 부모세대와 달리 김지생 씨 세대는 남녀의 교육기회가 '비교적' 평등했던 시대를 살았다. 김지영 씨가 대학에 입학할 무렵인 2000년에는 각각 67.6%(여), 68.3%(남)였던 대학진학률이 2014년에는 74.6%(여), 67.6%(남)로 역전되기까지 한다. 이런 환경에서 자란 여성과 남성은 동등한 출발선에서 시작할 수 있게 되었고 같은 일자리를 두고 경쟁구도를 이루기 시작했다.

그러나 경쟁의 과정은 결코 평등하지 않았으며, 당연히 그 결과 또한 공정하지 않았다. 남녀 평등은 어디까지나 형식적인 '기회의 평등'이었을 뿐 현실은 여전히 기울어진 운동장이었기 때문이다. 학과나 교수를 통해 들어오는 비공식 채용 기회는 모두 남학생의 몫이었다. 남자는 군대를 다녀온 것에 대한 보상이 필요하고, 장차 한 가정의 가장이 될 몸이기에 먼저 기회를 주어야 한다는 것이 추천의 유일한 이유였다. 단과대 수석과 높은 외국어 점수, 수상 이력과 인턴 경력, 각종 자격증과 봉사 활동 등 이력서를 채우고도 넘칠 만큼의 스펙보다 우선하는 조건은 역시 성별이었다. 심지어 추천을 해주는 교수조차 여자가 너무 똑똑하면 회사에서도 부담스러워 한다는 말을 거리낌 없이 하는 세상에서 여성과 남성은 결코 동등한 출발선에 설 수 없었다. 이렇듯 여성은 노동자가 되기 위한 출발선에서부터 불공정을 경험해야 했다.

실제로 82년생인 김지영 씨가 대학을 졸업하던 해인 2005년, 100여 개 기업을 설문조사한 결과 여성 채용 비율은 29.6%였고, 비슷한 조건이라면 남성 지원자를 선호한다는 답이 44%, 여성 지원자를 선호한다는 응답은 단 한 명도 없었다고 한다.[4] 더 큰 문제는 여성 채용 비율 29.6%라는 수치를 두고도 여풍女風이 거세다는 사회적 여론이 형성됐다는 것이다. 이로부터 10년이 지난 2015년의 상황은 어떨까? 통계청 자료에 따르면 2015년에 대졸 여성 취업자 비율은 51.1%라고 한다. 이 수치만을 보고 10년 전에 비해 고용에서의 남녀 차별이 많이 완화되었다고 낙관할 수 있을까? 2015년 대학진학률이 74.6%(여) : 67.6%(남)로 여성이 남성을 앞선 사실을 감안한다면 50%를 겨우 넘긴 여성 취업률은 자축해야 할 수치라기보다 해결해야 할 숙제에 가까워 보인다.

그러나 한편에서는 각종 국가고시에서의 여풍 현상을 들어 더 이상 남녀 차별은 없을 뿐 아니라 오히려 남성이 역차별을 당한다고 하소연하는 목소리도 있다. 남성이 역차별을 당한다는 대표적인 직업이 바로 교사다. 2018년 서울 국공립 초등학교 교사 임용시험 최종합격자 360명 중 남성은 40명에 불과했다. 초등교사의 여초女超 현상은 비단 서울만의 문제는 아니다. 매년 대부분의 대도시에서 초등학교 교사 임용시험 합격자의 80% 정도가 여성인 것으로 확인된다. 초등학교 교사뿐 아니라 사법고시와 외무고시, 5급·7급 공무원 시험 등에서도 여성의 합격률은 꾸준히 증가하는 추세다. 이런 현상을 두고 남녀 차별을 여성이 아니라 남성이 당하고 있다고 항변하는 것이다.

그러나 이렇게 항변하는 이들이 문제로 삼는 분야는 일부 국가

고시로 한정되어 있다. 취업준비생들이 선호하는 대기업의 남녀 합격률을 함께 놓고 본다면 이야기는 달라진다. 더 심각한 문제는 이렇게 많은 여성이 공무원으로, 교사로 합격하여 사회생활을 시작하지만, 이들 중 고위직으로 올라가는 수는 여전히 남성의 수에 비해 턱없이 적다는 사실이다. 여성가족부 조사에 따르면, 2017년, 처음으로 여성 교장·교감의 비율이 40%를 넘어섰다. 그렇다면 매년 합격률 80%를 자랑하던 그 많은 여성 교사들은 모두 어떻게 된 것일까? 심지어 국립대 여성 교수의 비율은 여전히 15% 수준이다. 고위직 공무원이라 할 수 있는 4급 이상 여성 공무원과 공공기관의 여성 관리자 비율은 각각 14.7%, 18.8%에 불과하다. 이런 상황을 보면서도 국가고시를 비롯한 일부 분야에서 여초 현상이 심각하고, 그로 인해 남성이 역차별당한다고 말할 수 있을까? 흔히 말하는 유리천장이 국가기관에도 버젓이 있다고 하니, 다른 분야는 굳이 살펴보지 않아도 그 상황을 충분히 짐작할 만하다.

이렇듯 불평등한 취업 경쟁에서 힘들게 살아남더라도 부당한 차별이 일상처럼 이루어지는 또 다른 현실이 기다리고 있다. 여성을 가로막는 유리천장은 임신과 출산, 육아 과정에서 서서히 실체를 드러낸다. 업무 공백을 이유로 중요한 업무나 승진의 기회는 대부분 남성의 차지가 된다. 사실 처음부터 회사는 여성노동자를 오래갈 직원으로 여기지 않았다. 출산과 육아 등의 이유로 여성노동자를 '오래 못 버틸 직원'으로 단정하고, 출산과 육아로부터 자유로워 '오랫동안 버틸 직원'인 남성들만 키우는 것이 더 효율적이라고 판단한 것이다. 동일한 조건으로 입사했지만 남성노동자의 연봉이 더 높은 것 또한 너무나 '당연한' 일처럼 여겨진다. 대한민국은 OECD 회원국 중 남녀 임금격차가 가장 큰 나라다. 남성 임금을 100만 원으로 봤을 때 OECD 평균 여성 임금은 84만 4천 원인 반면 한국의 여성 임금은 63만 3천원이다. 또 영국의 《이코노미스트》지가 발표한 유리천장 지수에서도 한국은 조사국 가운데 최하위를 기록해, 여성이 일하기 가장 힘든 나라로 꼽히기도 했다.[5] 그래도 남성 임금의 42%만 받던 부모세대에 비해 63%**씩**이나 받게 되었으니 만족하고 감사하게 생각해야 할 것인가?

김지영 씨 세대의 여성노동자의 삶에서 과거의 여성노동자에 비해 가장 크게 달라진 점을 하나 꼽자면 직장 생활과 가사를 병행하는 데서 비롯되는 문제일 것이다. 1970~80년대 여성노동자들의 수기는 모두 노동자로서의 삶을 살았던 특정 시기에 집중되어 있다. 추정컨대 그 이후에는 이들도 김지영 씨의 어머니처럼 결혼을 하고 아이를 기르는 또 다른 직업으로 완전히 전업했을 것이다. 요즘 어느 광고에서 말하는 "스펙 한 줄 되지 않는" '엄마'라는 직업으로 말이다.＊

＊ 2018년에 방송된 어느 자양강장제 광고에서는 '엄마'의 삶을 "태어나서 가장 많이 참고 배우며 해내고 있는데 엄마라는 경력은 왜 스펙 한 줄 되지 않는 걸까?"라는 문구로 설명한다. '스펙 한 줄'을 위해 전전긍긍하지만 현실은 그 '스펙 한 줄'도 되지 않는 엄마로 살 수밖에 없는 것이다.

노동자와 어머니로서의 정체성이 공존할 수 없었던, 적어도 흔하지 않았던 시대였기에 결혼과 출산은 곧 퇴직을 의미했다. 이에 반해 82년생 김지영 씨 세대는 '민주화되고 진보된' 사회로부터 원더우먼이 되기를 요구받는다. 남녀 평등을 외치려면 아이를 낳고도 남성과 똑같이 직장 일을 하거나, 이것이 자신 없다면 이른바 경단녀나 골드미스 등으로 불리는 다른 대안을 선택하면 된다고 말한다.

육아와 직장 생활을 병행할 자신이 없어 출산을 망설이는 김지영 씨와 달리 남편 정대현 씨는 잃는 것만 생각하지 말고 부모가 되어 느낄 수 있는 보람과 감동을 생각해 보라고 충고한다. 그러고는 결정적으로 "정말 애 맡길 데가 없어서, 최악의 경우에, 네가 회사 그만두게 되더라도 너무 걱정하지 마. 내가 책임질게. 너보고 돈 벌어 오라고 안 해"(《82년생 김지영》, 136)라며 선심 쓰듯 말한다. 정대현 씨에게 여성의 직장 생활과 육아는 간단한 선택의 문제였던 것이다. 병행하기 힘들면 언제든 쉽게 한쪽을 그만둘 수 있는 선택의 문제. 그런 그에게는 "돈 벌어 오라고 해서 회사 다니는 건 아니야. 재밌고 좋아서 다녀. 일도, 돈 버는 것도"(《82년생 김지영》, 137)라는 김지영 씨의 말이 쉽게 이해되지 않을 것이다.

결국 출산을 앞둔 김지영 씨는 출산휴가와 육아휴직, 퇴사라는 세 가지 선택지 앞에서 고민한다. 일단은 육아휴직을 쓰는 것이 김지영 씨로서는 일과 육아를 병행할 수 있는 최선의 방법이었지만 그는 회사와 동료의 입장을 생각해 이를 포기한다. 여전히 많은 회사에서 그리고 남성노동자에게 여성의 육아휴직은 동료에게 자신의 책임을 전가하는 무책임한 행동이며 민폐일 뿐이다. 요즘 버스에 붙어 있는 남성육아휴직을 권장하는 공익광고는, 모든 광고가 다 그러하듯 과장과 왜곡이 많은 광고일 뿐, 현실에서 남성육아휴직은 여전히 찾아보기 어렵다. 장기간의 육아휴직을 피하려면 당장 아이를 맡아 줄 사람이 필요하다. 부모님께 신세를 지거나 입주도우미를 고용해야 하는데 이 또한 만만치 않은 비용 때문에 쉽지 않은 선택이다.

최종적으로 김지영 씨 부부의 선택은 "부부 중 한 사람이 직장을 그만두고 아이를 돌보는 것"(《82년생 김지영》, 143)이었다. 그리고 "그 한 사람은 **당연히** 김지영 씨"(《82년생 김지영》, 143)였다. 모든 여성은 잠재적인 어머니이며, 아이에게는 어머니가 필요하고, 따라서 여성이 육아를 하고 가사를 전담하는 것이 좋다는 '일방적인' 인식이 여전히 '일반적인' 것으로 사회 전체를 장악하고 있기에 이 부부의 선택은 새삼스럽거나 놀랍지 않다. 최근 결혼은 개인의 문제일 뿐이라며 미혼未婚이 아닌 비혼非婚을 주장하는 여성들이 자신의 목소리를 내고는 있지만 여전히 이들의 선택은 사회로부터 인정받지 못한다.

결국 사회적으로 용인된 여성노동자의 삶이란 '노동자'를 포기하고 '모성을 가진 여성'으로만 사는 것과 결혼해서 육아와 직장일 모두를 감당하는 초능력을 가진 원더우먼이 되는 것뿐이다. 그러나 이마저도 자발적인 선택이 아니다. 원더우먼이 되겠다고 애쓰는 여성들의 의지조차 모성이라는 너무나 강력한 대의명분 앞에서는 단지 개인의 욕심과 이기심 정도로 치부되기 때문이다. 마치 "아이를 남의 손에 맡기고 일하는 게 아이를 사랑하지 않아서"(《82년생 김지영》, 145)인 것처럼 세상은 수군거리고, 여성들은 죄책감에 시달린다.

그런 이유에서 김지영 씨 역시 사회에 첫발을 내딛어 성취감을 느끼며 즐겁게 일하던 직장을 그만둔다. 결코 "김지영 씨가 능력이 없거나 성실하지 않은 것도 아닌데 **그렇게 되었다.**"(《82년생 김지영》, 145) 그렇게 김지영 씨는 "남편이 벌어다 주는 돈으로 커피나 마시면서 돌아다니"는(《82년생 김지영》, 164) '맘충'이 되었다. 자신의 꿈도, 일도, 인생도 전부 포기하고 아이를 키운 결과 그는 벌레가 된 것이다.

나의 인권감수성은? 우리는 충분히 '알고' 있다. 다만… 🌿

1970~80년대 여성노동자의 삶과 82년생 김지영 씨의 삶을 보면서 들었던 생각을 정리해 보자. 1970~80년대 여성노동자의 경험에 대해서는 '과거의 일', '지금은 아니다', '그 시절에는 다 그랬다' 등이 가장 일반적인 반응이었을 것이다. '그 시절'이라는 시대적 특수성을 핑계 삼아 모든 행위를 정당화하려는 이 논리는 비단 여성노동자의 인권 문제에만 해당되는 것은 아니다. 그러나 이른바 '그 시절' 운운하는 그럴듯한 핑계는 82년생 김지영 씨의 삶을 들여다본 순간 무

색해진다. 여성노동자의 인권 문제는 결코 엄혹한 독재정권 시절, 전 국민의 인권의식이 대체로 낮았던 '그 시절'의 일만은 아니었다. 오히려 더 복잡하고 다양한 형태의 현재진행형의 문제로 남아 있다. 《82년생 김지영》이 출판된 지 2년 남짓 지난 지금도 이 책을 둘러싼 사회적 논란이 계속되고 있는 것은 그만큼 이 책의 내용이 불편하고 마음에 안 드는 이들이 여전히 있으며, 그들과의 갈등이 계속되고 있음을 의미한다.*

송효순과 석정남의 이야기를 읽으면서 많은 이들이 보인 또 다른 반응은 '이미 알고 있다'는 것이다. 1970~80년대 여공의 삶은 물론이고 82년생 김지영의 삶은 역사책과 뉴스에서 이미 많이 봤던 것이라 새삼스러울 것도, 놀랄 것도 없다는 것이다. 충분히 잘 알고 있다는 식의 이런 반응은 인권 문제를 이야기할 때 가장 경계해야 할 모습이다. '알고 있다'는 말로 문제를 더 이상 살피려하지 않고 방관하거나 모른 척하는 경우가 많기 때문이다.

내가 평범한 40대 남자였다면 끝내 알지 못했을 것이다. 대학 동기

---

* 한창 이 책을 쓰고 있을 당시, 출판된 지 1년이 훨씬 넘은 《82년생 김지영》이 실시간 검색어에 오르는 일이 있었다. 유명 아이돌 걸그룹 멤버가 이 책을 읽었다는 사실이 기사화되면서 이를 둘러싸고 온라인상에서 비판과 지지의 목소리가 충돌한 것이었다. 적어도 내게는 지금의 현실과 너무 닮아 있어서 조금도 특별할 것 없던 이 소설을, 그저 읽었다는 사실 하나만으로도 비판과 논란의 대상이 되어야 하는 이 상황을 어떻게 봐야 할까.

이자 나보다 공부도 잘하고, 욕심도 많던 안과 전문의 아내가 교수를 포기하고, 페이닥터가 되었다가, 결국 일을 그만두는 과정을 지켜보면서 나는 대한민국에서 여자로, 특히 아이가 있는 여자로 산다는 것이 어떤 것인지 알게 되었다. 사실 출산과 육아의 주체가 아닌 남자들은 나 같은 특별한 경험이나 계기가 없는 한 모르는 게 당연하다.(《82년생 김지영》, 170)

오늘이 이 선생의 마지막 출근날이다. 산부인과에서 누워만 있으라고 했다는데 무슨 일로 이렇게 늦게까지 병원에 남아 있었을까.
"리퍼 자료 좀 정리하느라고요."
내가 너무 의아한 얼굴을 하고 있었는지 묻지도 않았는데 이 선생이 먼저 대답했다. 이수연 선생은 1년 전, 센터장의 추천으로 함께 일하게 되었다. 최근 결혼 6년 만에 어렵게 아이를 가졌는데, 상태가 안정적이지 않다고 한다. 몇 번의 유산 위기를 넘긴 이수연 선생은 '일단' 일을 그만두기로 했다. 처음에는 한두 달 쉬면 되지 굳이 이렇게까지 하나 싶어 언짢았는데, 생각해 보니 출산 때 또 자리를 비울 테고, 그 후에는 몸이 아프네 애가 아프네 하면서 번거롭게 할 수도 있으니 오히려 잘된 일이지 싶다. (…) 아무리 괜찮은 사람이라도 육아 문제가 해결되지 않은 여직원은 여러 가지로 곤란한 법이다. 후임은 미혼으로 알아봐야겠다.(《82년생 김지영》, 174~175)

아이러니하게도 두 인용문의 '나'는 동일한 인물이다. 자신의 아내를 보면서 한국에서 육아와 직장 일을 병행하는 것이 어떤 것인가를 알게 되었으며, 자신은 그런 '특별한 경험'을 했노라고 자부하던 남자는 출산 때문에 일을 그만두는 직장 동료를 보며 안타까운 마음 대신 번거롭지 않아 잘됐다고 생각하는가 하면 후임은 육아 문제로 고생하지 않아도 될 미혼을 뽑겠다고 생각한다. 그는 스스로를 '평범한 40대 남자'가 아니라고 소개했지만, 그 역시 어쩔 수 없는 대한민국의 '평범한 남자'였다.

어쩌면 이 '평범한 남자'는 우리의 모습일 수 있다. 우리는 흔히 너무나도 쉽게 누군가의 인권이 침해되는 상황에 대해 '알고 있다'고 말한다. '평범한 40대 남자'인 그가 자기 아내를 보며 한국에서 여성이자 노동자로 살아가는 삶이 어떤 것인지 '알게 되었다'고 자신 있게 말한 것처럼 말이다. 그러나 이것은 결코 제대로 '아는' 것이 아니다. 자신이 '안다'고 자부했던 그 문제가 당장 자신의 이해관계와 맞물렸을 때 단지 머리로만 이해하는 사실은 아무런 힘을 발휘하지 못한다.

그래서 '안다'는 말은 적어도 인권 문제를 해결하는 데는 충분조건이 아니다. 오히려 많은 사람들은 성가시고 불편한 문제 상황을 빨리 모면하려는 구실로 '알고 있다'는 말을 한다. '알고 있지만, 과거의 일일 뿐이다', '알고 있지만, 내가 어떻게 할 수는 없었다', '알고 있지만, 나의 잘못은 아니다' 등 인권 문제를 지나쳤던 이러한 나름의 이유들이 과거의 문제를 현재의 문제로 만들었다. 과거 여성노동자들이 겪었던 직장 내 성폭력이나 성차별이 오늘날에도 되풀이 되는 것은 관련 법제도가 부재하거나 부족해서만은 아니다. 이런 상황을 목격하거나 인지하고도 그것을 문제 삼고 공론화하는 순간부터 겪게 될 불편함이나 불이익을 피하고자 하는 수많은 제3자의 묵인과 방관이 가해자의 문제적 행위를 지속시키고 확대시킨 것이다.

인권운동가인 스탠리 코언Stanley Cohen은 이런 상황을 경계하며 '앎knowledge'보다 '시인是認, acknowledgement'의 자세가 중요하다고 말한다. 앎과 시인의 결정적 차이는 자신이 그 문제에 연루되어 있다고 인정하는가의 여부다. 누군가의 인권이 침해되는 문제적 상황과 어떤 형태로든 관계되어 있다는 것은 곧 그 문제에 책임이 있음을 의미한다. 따라서 시인한다는 것은 자신에게도 책임이 있음을 인정한다는 것과 같은 의미로 해석할 수 있다. 문제 상황으로부터 얼마간 거리를 둔 채 그 사실을 단지 '알고' 있는 것과 어떤 형태로든 그 상황에 대한 자신의 책임을 '인정'하려는 태도는 매우 큰 차이일 수밖에 없다.

최근 사회적으로 대두되는 Me Too 운동이 With You의 형태로 바뀌는 것은 그런 의미에서 매우 고무적이다. With You라는 메시지에 함의된 것은 단지 피해자를 위로하고 도와주려는 것만이 아니라 자신들도 인권침해의 방관자로서 암묵적으로 동의하고 허용함으로써 사건이 확대되고 지속되는 데 일조했음을 시인하고 반성하는 행위까지 포함하기 때문이다. 방관자로서 외면하고 묵인하는 행동도 넓은 의미에서의 인권침해에 해당하는 것이라던 스탠리 코언의 비판을 떠올린다면, With You라는 메시지는 생각보다 큰 용기가 필요한 행동이며 또한 인권 문제를 해결하고 예방하는 데 상당히 중요한 움직임이라 할 수 있다. 특히 대부분의 직장 내 성폭력은 그것을 소극적으로 방관하거나 적극적으로 정당화했던 주변의 수많은 공범자, 즉 방관자가 있었기에 지속적으로 가능할 수 있었다는 점에서 제3자의 시인을 의미하는 With You라는 메시지는 문제해결을 위해 의미 있는 변화라 할 수 있다.

지금까지 되돌아본 우리의 문제적 태도는 한마디로 타인의 인권 문제를 자기문제화하지 못한다는, 아니 '하지 않으려 한다'는 것이다. 이는 능력의 문제가 아니라 의지의 문제에 가깝다. 이 책은 인권침해에 관한 객관적인 사실을 소개하고 분석하지 않는다. 숫자로 가득한 통계자료 등의 '사실'과 그것을 토대로 한 날카로운 '분석'은 이미 넘쳐난다. 그 덕분에 우리는 이미 충분히 '알고' 있다. 그래서 이 책은 과거에 있었던, 혹은 지금도 어디선가 일어나고 있는 인권침해의 적나라한 실상과 피해자의 이야기를 '직접' 마주하게 한다. 불편한 사실, 즐겁지 않은 이야기라서 '알고 있다', '과거의 일이었다'고 자기합리화를 하면서 애써 외면하고자 했던 상황과 '굳이' 만나게 하는 것이다.

인용된 문학 작품을 읽는 동안 무감각하기만 했는지 혹은 잠깐이나마 분노를 느끼며 울컥했는지, 아니면 피해자에게 연민을 느끼며 눈물을 흘렸는지 떠올려 보라. 물론 이 모든 것은 타인의 인권 문제를 접했을 때 보일 수 있는 일반적인 반응들이다. 이는 맞고 틀림의 문제가 아니다. 다만 불편한 만남의 과정에서 나타나는 반응이 현재 자신의 인권감수성을 가늠하는 리트머스 시험지일 수는 있다. 자신의 인권감수성을 확인하는 것이야말로 인권 문제를 이야기하는 첫걸음이다.

🌿 미주

1. 통계청, 〈성/연령별 경제활동인구〉, 2018.
2. 김원, 《여공 1970: 그녀들의 反 역사》, 이매진, 2006, 281쪽.
3. 조화순, 《고난의 현장에서 사랑의 불꽃으로》, 대한기독교서회, 1992, 77쪽.
4. 조남주, 《82년생 김지영》, 민음사, 2016, 96쪽.
5. 위의 책, 124쪽.

II

대도시 서울의 발전과 인권으로서의 주거권
─ 도시 재개발과 도시 빈민의 주거권 투쟁

포털사이트에서 '재개발', '뉴타운' 등을 검색하다 보니 "현재 무주택자인 부동산 초보입니다. ○○뉴타운으로 꼭 가고 싶은데 그곳 부동산 시세 좀 알려주세요"라는 내용의 글이 쉽게 눈에 띈다. 또 다른 한편에서는 "경쟁률이 65대 1…바늘구멍 뚫기"[1]라는 기사 제목이 보인다. 지역별 뉴타운 재개발 추진현황과 아파트 청약 관련 내용이 신문기사와 블로그를 빽빽하게 채우고 있다. 이렇듯 여전히 그리고 당분간, 어쩌면 영원히 부동산은 한국에서 가장 뜨거운 이슈일 것이다. 단지 내 집 마련에 대한 열망을 넘어 초등학생들의 꿈이 건물주가 되어 버린, 마냥 웃어넘길 수만은 없는 오늘날, 집은 인간다운 삶을 위해 보장되어야 할 기본적 조건의 하나이며, 따라서 개인의 책임이기 이전에 국가에 요구할 수 있는 인권의 하나라고 주장하는 것은 그저 황당하고 염치없는 요구일까?

낙원구 행복동 사람들 🌱

낙 원 구

주택 : 444.1—   197×.9.10

수신 : 서울특별시 낙원구 행복동 46번지의 1839 김불이 귀하

제목 : 재개발 사업 구역 및 고지대 건물 철거 지시

귀하 소유 아래 표시 건물은 주택 개량 촉진에 관한 임시 조치법에 따라 행복 3구역 재개발 지구로 지정되어 서울특별시 주택 개량 재개발 사업 시행 조례 제15조, 건축법 제5조 및 동법 제42조의 규정에 의하여 197×. 9. 30까지 자진 철거할 것을 명합니다. 만일 위 기일까지 자진 철거하지 않을 경우에는 행정 대집행법의 정하는 바에 의하여 강제 철거하고 그 비용은 귀하로부터 징수하겠습니다.

철거 대상 건물 표시

서울특별시 낙원구 행복동 46번지의 1839

구조   건평   평

끝

낙 원 구 청 장

(〈난장이가 쏘아올린 작은 공〉, 81)

낙원구 행복동에 사는 난장이 김불이 씨에게 전달된 철거 계고장이다. 오백 년이나 걸려 지은 김불이 씨의 집은 한순간에 이 작은 종이 한 장으로 바뀐다. 이들은 어쩌다 이 계고장을 받게 되었을까? 그리고 계고장을 받은 후 이들은 어떻게 되었을까?

1970년대를 상징하는 소설로 꼽히는 조세희의 연작소설《난장

이가 쏘아올린 작은 공》 가운데 난장이 가족이 살고 있는 행복동의 재개발 문제가 전면적으로 그려지는 부분은 소설집과 제목이 같은 단편 〈난장이가 쏘아올린 작은 공〉이다. 서울특별시 낙원구 행복동에 사는 김불이 씨는 키 백십칠 센티미터, 체중 삼십이 킬로그램의 난장이다. 이 난장이 가족이 살던 낙원구 행복동이 그 이름과는 전혀 다른 곳으로 변하게 된 사연과 그들에게 철거 계고장이 날아든 이유를 살펴보기 위해서는 먼저 1960년대 서울의 상황을 들여다봐야 한다.

국가주도의 경제개발이 본격화되면서 각종 산업시설과 교통이 집중된 도시들이 급격히 성장하기 시작한다. 그중에서도 전쟁과 혁명, 쿠데타를 잇달아 겪은 서울은 또 한 번 근대화된 대도시로의 변화를 꾀한다. 1970년에는 전체 인구의 78% 정도가 서울과 부산을 비롯한 6대 도시로 몰려들었고, 그중 수도 서울로 엄청난 인구가 유입되었다. 그야말로 전국의 인구를 빨아들이는 수준으로 서울의 인구는 무서운 속도로 증가했다. 1960년에 240만 명 남짓이던 서울의 인구는 불과 8년 만에 200만 명이 늘어나는가 하면 매년 증가율 역시 최대 16%를 기록하는 등 가파르게 증가했다. 이러한 추세를 보이던 서울의 인구는 1980년에는 840만 명으로 전체 인구의 1/5 이상을 차지하였으며, 수도권 인구는 전체 인구의 절반 이상인 58%를 차지하기에 이른다.

이렇게 단기간에 급속도로 비대해진 서울은 여러모로 박정희 정

문학으로 읽는 나의 인권감수성

권의 중요한 관심사였다. 인구과밀에 따른 도시 문제를 해결하고 도시로 몰려든 사람들을 효율적으로 통제해 근대화된 대도시 서울을 만들고자 했던 박정희의 꿈이 본격적으로 실현된 것은 1966년 김현욱이 서울시장으로 부임하면서부터였다. 박정희의 전폭적인 지지와 신뢰를 받았던 김현욱의 목표는 한마디로 서울의 전면 개조였다. 군 경력 20년과 '부르도쟈'라는 별명을 자랑했던 그는 추진력이 대단했으며 또한 '속도전의 달인'이었다. "세계의 기운이 이곳으로 모이라"는 이름처럼 그가 꿈꾸는 대도시 서울의 랜드마크가 된 세운상가의 건설 과정은 그의 이런 면모를 단적으로 보여 준다.[2]

한국의 초고속 성장을 상징하는 건축물인 만큼 1km를 가로지르는 13층 높이의 건물을 세우는 데 걸린 시간은 불과 일 년 남짓이었다. 이러한 초고속은 건설에 방해가 되는 장애물, 즉 각종 규제와 법을 모두 무시했기에 가능할 수 있었다. 그러나 이 과정에서 가장 먼저 그리고 가장 철저하게 무시된 것은 '사람', 그중에서도 난장이 김불이 씨와 같이 힘없고 가난한 이들이었다.

김불이 씨는 평생 채권 매매, 칼 갈기, 고층건물 유리 닦기, 펌프 설치하기, 수도 고치기를 하며 열심히 살았지만 그의 가족에게 하루하루의 생활은 전쟁, 그것도 날마다 지는 전쟁과 같았다. 지옥 같은 시간을 잘 참고 지내던 어느 날 김불이 씨 가족에게 철거 계고장이 전달된다. 1970년대 서울의 다른 지역과 마찬가지로 낙원구 행복동에도 재개발 열풍이 불기 시작한 것이다. 서울의 주택난은 한국전쟁

때부터 만성화된 문제였지만 특히 문제가 불거진 것은 산업화와 도시화가 본격화된 1960년대부터였다. 주택량이 절대적으로 부족했을 뿐 아니라 고향을 떠나 상경한 이들 대부분이 제대로 된 주택을 구입할 경제적 여력이 없었던 만큼 당국의 허가를 받지 않은 판잣집이나 천막 등 이른바 불량주택의 수만 급증할 수밖에 없었다.

국제적 관광도시로서의 서울을 꿈꾸었던 박정희와 김현옥에게 불량주택은 도시발전에 커다란 장애가 되었고, 이들은 불량주택을 철거하고 아파트라는 근대적 주거공간을 짓기 위한 대규모 재개발 사업에 돌입한다. 대표적인 것이 시민아파트 건설 사업으로, 판잣집으로 가득한 불량주택지구 78만 평을 철거하고 그곳에 9만 채의 아파트를 건설하겠다는 계획이었다. 그러나 이 계획은 단기간에 저비용으로 시행되면서 부실공사를 비롯한 수많은 문제를 낳았다.

그중에서도 가장 결정적인 문제는 도시 빈민의 주거를 안정화시킨다는 애초의 목적과 달리 이곳에 살던 주민들이 새로 들어선 아파트에서 살지 못하고 쫓겨난 것이다. 난장이 가족에게는 새 아파트에 입주할 돈이 없다. 온 가족이 직접 돌을 옮겨다 지은 우리의 집이라고 저항하고 싶지만 법은 그들의 편이 아니다. "그건 우릴 위해서 지은 게 아녜요"(《난장이가 쏘아올린 작은 공》, 84)라는 난장이의 아들 영호의 절규처럼 판자촌에 들어선 멋진 아파트는 결코 그곳에 살던 이들의 몫이 될 수 없었다. 결국 난장이 가족은 검은색 승용차를 타고 나타난 사내에게 시에서 주는 이주보조금보다 조금 더 많은 돈을 받고 아파트 입주권을 넘긴다. 식칼 자국이 난 알루미늄 표찰, 아침 수저를 놓고 가슴을 치게 한 철거 계고장, 집을 헐값에 팔기 위해 생전 처음 내 본 인감증명, 힘없는 식구들의 이름과 나이가 차례로 적혀 있는 주민등록등본과 함께 난장이 가족의 집은 그들의 손을 떠났다. 이런 방식으로 그 사내는 동네의 나머지 입주권을 모두 사 버린다. 그 후 마지막 밥상을 받아 든 가족들 앞에서 쇠망치를 든 사람들은 오백 년 걸려 지은 난장이네 집을 부순다.

집이 팔리던 날 난장이의 딸 영희는 자신들의 집을 산 사내를 따라나선다. 그 사내는 재개발 지구의 땅과 입주권을 사들이는 부동산 업자였다. 사내의 집에서 지내던 영희는 그가 자기 동네에서 이십오만 원에 사들인 아파트 입주권을 사십오만 원에 판다는 사실을 알게 된다. 영희는 자신의 몸을 마취시켜 잠 속으로 몰아넣던 약을 이용해 사내를 잠들게 하고 그 틈을 타 원래 자신들의 것이었던 입주권과 돈을 훔쳐 그 집을 나온다. 곧장 행복동 동사무소로 간 영희는 철거 확인증을 받아 아파트 임대 신청을 마친다.

난장이 가족을 비롯한 수많은 철거민이 아파트에 입주하지 못하고 쫓겨날 수밖에 없었던 것은 아이러니하게도 '1가구 1주택'이라는 박정희 정권의 주택정책 때문이었다. 이러한 국가정책에 발맞춰 '마이 홈', '스위트 홈'과 같은 슬로건들이 유행하며 사람들의 욕망을 자극하기 시작했다.* 그러나 정부는 '1가구 1주택'이라는 목표만 제시

---

* 1970년 1월 《매일경제》에는 유명 인사들이 자신의 집을 소개하는 내용의 기사

했을 뿐 그 방법에 대해서는 설명하지 않았다. 애초에 정부는 이 목표를 실현할 여력도 관심도 없었다. 대신 정부는 '민간주도형'이라는 그럴듯한 정책을 내세우며 민간 사업자를 주택 건설의 주체로 규정하는 법을 제정하고 주택 건설에 관한 권한을 시장에 맡겨 버린다. 그 결과 당시 공공자금에 의한 주택 건설량이 38%인 데 반해 민간이 건설한 양은 62%에 이르렀다. 민간 기업의 특성상 주택 건설 과정에서는 오직 수익성과 시장성만이 고려되었고, 그 결과 서민은 커녕 중산층도 구매하기 힘든 비싼 아파트가 주를 이루었다.

중산층조차 내 집 마련의 꿈을 실현하기가 어려워지자 정부가 내놓은 대책은 빚을 얻어 주택을 구입하라는 것이었다. 국가는 공적 자원을 통해 집값을 안정시키는 것이 아니라 '스스로를 돕는 자조정신'을 강조하며 주택부금이나 금융대출 등의 방법을 이용해 각자 자신의 '스위트 홈'을 마련하라고 이른다. "월 2~3만 원의 월급장이가 먼훗날의 '마이 홈'의 꿈에 부풀어 모든 어려움을 참고 주택부금을 꼬박꼬박 납입하는 사람들을 본다. (⋯) 국가재정이 개개인의 집마련을 걱정하기에는 조금 이르지 않을까한다. 이런 때일수록 우리는

가 '마이 홈'이라는 제목으로 연재되기도 했으며, "'마이 홈'에 대한 부푼 꿈은 결코 '스위트 홈'을 위한 바람직한 노력일 수 있다. 여기 어느 정도 자금이 마련된 중산층을 위한 '마이 홈'에로의 징검다리를 놓아 '스위트 홈'을 그려볼 기회를 마련해 본다."(〈마이홈 가이드―서민주택〉, 《매일경제》, 1970.7.30.)는 기사처럼, 당시 신문기사에서 '마이 홈', '스위트 홈'과 같은 표현은 어렵지 않게 찾아볼 수 있다.

문학으로 읽는 나의 인권감수성

스스로를 돕는 자조정신이 필요할 줄 안다"[3]는 내용의 기사가 연일 신문지상을 도배하면서 자연스럽게 집은 국가의 책임에서 개인의 책임 문제로 넘어갔다. 그 결과 주택자금 대출실적은 서울지역에서만 전국의 70% 이상을 넘어섰고, 이러한 주택금융 제도 덕분에 건설경기와 부동산경기는 더욱 활성화되었다. 그리고 집은 더 이상 살아가는 데 필요한 최소한의 조건이자 권리의 하나가 아니라 개인의 삶에서 가장 큰 비중을 차지하는 사유재산의 하나로 전락했다.

이렇게 주택정책이 시장논리에 맡겨진 탓에 건설비용에 대한 부담은 고스란히 입주자에게 전가되었다. 매달 일정한 월급을 받는 중산층도 빚을 내지 않으면 감당할 수 없을 정도의 주택비용이 하루하루 생계를 이어 나가는 것조차 버거운 재개발 지역의 도시 빈민에게 가당할 리 없다. 분양비용은 물론이고 매달 내는 관리비조차 부담스러운 도시 빈민으로서는 입주권을 팔고 다른 곳으로 옮겨 가는 것밖에는 선택의 여지가 없다. 물론 아파트에 입주하지 않는 이들을 위해 시에서는 이주보조금을 주지만 한 푼이 아쉬운 사람들은 턱없이 부족한 이주보조금 대신 단돈 몇 만 원이라도 더 받고 입주권을 파는 쪽을 택한다. "신청자와 입주자는 동일인이어야 하며 제삼자에게 전대하거나 임차권을 채권의 담보로 제공할 수 없음"(〈난장이가 쏘아올린 작은 공〉, 139)이라는 임대 신청서의 경고사항은 "죽어버린 조문"(〈난장이가 쏘아올린 작은 공〉, 139)이 되었고, 새로 지으려면 백삼십만 원은 족히 필요한 난장이의 집은 그렇게 단돈 이십오만 원에 팔려 나갔다.

검은색 승용차를 타고 와 난장이 가족이 살던 동네의 입주권을 모두 사들인 이 사내는 당시 재개발 붐과 함께 성행했던 부동산업자였다. 이들은 "잠실은 우리 모두의 관심입니다"(〈난장이가 쏘아올린 작은 공〉, 130), "신천호대교, 잠실지구, 강남1로에 붙은 급속도 발전 지역. 꿈이 깃들인 주택을 염가 분양중이오니 이 기회를 이용하십시오"(〈난장이가 쏘아올린 작은 공〉, 130)라는 신문광고를 내세워 재개발 지구의 입주권을 사들인 다음 무려 이십만 원의 차익을 남기고 되파는 방식으로 돈을 번다. 이렇게 서울은 삶의 공간이 아니라 거대한 개발과 투기의 공간으로 변해 갔다.

부동산업자들이 입주권을 팔아 이십만 원의 차익을 남기는 동안 난장이 가족의 손에 남은 것은 전세금 십오만 원을 제외하고 겨우 십만 원뿐이었다. 그렇게 난장이 아버지가 평생을 일해 지은 집은 순식간에 '작은 알루미늄판'으로 전락해 한순간에 뜯겨 나갔다. 그리고 고깃국을 끓여 난장이 가족이 마지막 식사를 하던 날, 쇠망치를 든 사람들은 난장이네 집 담장을 부수었다. 자진철거를 하지 않을 경우 철거 비용을 감당하면서까지 자신이 살던 집이 강제철거되는 모습을 마주할 수밖에 없는 이 상황이 더욱 비참한 이유는 이 모든 과정이 법의 이름으로 정당하게 자행된 것이라 부당함과 억울함을 호소할 곳조차 없다는 것이다.

국민의 안전한 주거를 책임져야 할 국가가 그 책임을 시장에 일임하는 순간 집은 더 이상 가족들의 따뜻한 보금자리가 아니라 화폐로 교환 가능한 재산증식의 수단으로 전락하고, 개개인이 열심히 돈을 벌어서 해결해야 할 문제에 지나지 않게 된다. 따라서 전세금을 제외하고 남은 돈 십만 원으로 새로운 보금자리를 찾아야 할 책임은 온전히 난장이 가족의 몫이 된다. 현실적으로 그 돈으로 난장이 가족이 살 수 있는 집이라고는 또 다른 무허가 불법주택뿐이다. 그것이 아니면, 입주권을 훔치는 것처럼 법의 경계를 넘어서는 일밖에 없다. 입주권을 훔친 영희가 임대 신청을 하러 갔을 때 동네 사람 중 신청하는 이는 아무도 없었다. 이것이 현실이다. 그곳에 살던 사람들은 모두 겨우 십만 원 남짓한 돈으로 새로운 불량주택을 구하기 위해 변두리로 떠났기 때문이다.

"당신이 아니라면 당신 상부에서. 백여 세대 이상이 여기다 생활 터전을 잡는 것을 몰랐어요? 덫을 놓은 게 아닙니까?"(〈난장이가 쏘아올린 작은 공〉, 125) 지섭은 난장이 가족이 처한 이 상황을 국가가 놓은 덫으로 표현한다. 분명 낙원구 행복동에는 오랫동안 그곳을 삶의 터전 삼아 생활하던 사람들이 있었다. 그리고 그 사람들에게 행복동은 서울의 여러 동네 중 하나가 아니라 선택의 여지가 없는 유일한 삶의 터전이었다. 그러나 주택보급률이라는 양적 측면에만 초점을 맞춘 국가의 주택정책은 이런 사실을 외면한 채 주거라는 중요한 가치를 시장에 위임해 버린다. 결과적으로 시장의 무분별한 재개발 계획과 그 과정에서의 무차별적인 철거는 지섭의 표현대로 그곳에 살던 사람들을 죽음의 덫으로 몰아넣은 것과 다르지 않았다. 애초에 도시 빈민의 삶은 고려 대상이 아니었기 때문이다. '사람'이 배제된 주거 공간은 평당 가격이라는 몇 개의 숫자로만 표현되는 차가운 콘크리트 덩어리에 불과했다.

그러나 사람을 내쫓고 들어선 그 거대한 콘크리트 덩어리는, 아이러니하게도, 또 다른 많은 사람들의 꿈과 희망이 되었다.

20평의 마음과 100평의 마음 🌿

행복동에서 쫓겨난 이들은 어디로 갔을까? 십만 원 남짓한 돈이 전 재산인 이들에게 헌법에 명시된 '거주 이전의 자유'는 허락되지 않았다. 서울시는 무허가 판자촌을 정리하고 도시 전반을 재개발하는 과정에서 도시 빈민을 집단 이주시키기 위해 새로운 도시를 만들 계획을 세운다. 경기도 광주군 지금의 성남시 수정구, 중원구 일대 약 350만 평의 대지에 56억 원을 투자해 인구 35만 명이 수용 가능한 신도시를 건설하겠다는 계획이 바로 그것이었다. 이렇게 탄생한 새로운 도시 성남은 '집'을 둘러싼 모든 문제가 응축된 상징적 공간이 되었다. 이 모든 문제를 재현한 소설이 바로 윤흥길의 〈아홉 켤레의 구두로 남은 사내〉다. 실제로 당시 그곳에 거주했던 작가 윤흥길의 눈에 비친 성남은 '나체로 가득한 도시'였다.

나체로 가득한 도시는 그 유명한 광주대단지사건을 낳았다. 그 사건은 자본주의 사회를 살아가는 많은 이들이 한 번쯤 가졌을 법한 내 집 마련의 꿈이 좌절된 것에서 촉발되었다. 예나 지금이나 내 집 마련은 모든 이의 꿈과 희망이자 평생의 소원이다. 모든 사람이 똑같은 꿈을 꾸고 있는 이 비정상적인 현상의 시작은 앞서 언급한 것처럼 '1가구 1주택' 구호가 유행처럼 떠돌던 1960년대로 거슬러 올라간다. 이렇게 부동산 열풍이 모든 사람의 욕망을 자극하는 분위기 속에서 소설 속 권씨를 비롯한 많은 사람은 자신의 집을 갖고자 하는 소망을 실현하고자 새로운 도시 성남으로 모여든다. '선량한 시민'이었던 권씨는 성남에 지상낙원이 들어선다는 소문을 믿지 않았지만 그래도 "차제에 내 집을 마련할 수 있다는 유혹의 손에 덜미를 잡혀"(《아홉 켤레의 구두로 남은 사내》, 174) 당시 자신의 형편으로는 거금이라 할 수 있는 돈 이십만 원을 주고 입주권을 손에 넣는다. 물론 권씨가 사들인 그 입주권 역시 "불행한 어느 철거민의 소유였어야 할"(《아홉 켤레의 구두로 남은 사내》, 174) 것이었다.

그러나 이렇게 누군가의 주거권과 생존권이 자신의 재산권으로 이전되는 과정에서 대부분의 사람들은 자신의 행동이 타인에게 미칠 영향을 충분히 살피지 않는다. 어느 철거민의 소유였어야 할 것을 자신이 가졌다는 사실에 죄책감을 느끼거나 부끄러워하지 않는 것은 어쩌면 당연한 반응일지 모른다. 이는 자본주의 사회에서 법과 절차에 따라 정당하게 이루어지는 권리 행사이자 경제 활동이기 때문이다. 권씨 역시 내 집 마련의 기쁨에 들떠 살던 집을 빼앗긴 채 거리로 내몰린 다른 이의 불행까지는 살피지 못한다.

　권씨와 같은 이들이 새로운 희망의 도시 성남에 모여드는 것과 때를 같이해 성남 곳곳에서는 화려한 기공식들이 벌어지는 건설붐이 일어난다. 건설붐이 일어나는 모든 곳이 그러하듯 땅값은 무서운 속도로 상승했고 부동산 투기업자들은 그 사이를 훨훨 날아다닌다. 더 큰 문제는 이 과정에서 정부 당국의 규제나 단속이 있기는커녕 국가가 오히려 거간꾼 역할을 자임했다는 것이다. 앞서 서울의 재개발 과정에서처럼 광주대단지가 건설되는 과정에서도 정부는 국가의 공적 책임은 최소화한 채 오히려 자본의 개입을 적극적으로 허용했고, 그 결과 땅값은 걷잡을 수 없이 치솟았으며 부동산 투기 열풍이 이어졌다.

　광주대단지사건을 다룬 또 다른 소설 박태순의 〈무너지는 山〉의 주인공 진종만은 신도시 개발 과정에서 국가가 집 없는 사람들에게 집과 땅을 마련해 주기 위해 만든 개발위원회 활동을 통해 재미를 본 인물이다. 개발위원회란 국가가 합법적으로 진행한 땅장사와 다름없었으며, 실상은 사기 단체였다. 이런 상황들이 실제로 일어났던 곳이 바로 성남이다. 그러나 국가는 이를 제지하거나 단속하는 것이 아니라 외면하거나 방관했고 심지어 스스로 투기꾼이 되어 아수라장이 된 부동산시장에 뛰어들기까지 했다. 도시 빈민을 강제 이주시키기 위해 광주대단지를 건설한 배경에 숨겨진 정부의 또 다른 목적은 부동산 거래를 통해 부족한 재정을 마련하는 것이었다. 유휴지에

　　　　　　　　문학으로 읽는 나의 인권감수성

주거단지를 건설해 땅값을 올린 다음 그 땅을 팔아 재정을 마련하고 자 했던 정부의 계획은 부동산투기와 다르지 않았다. 그러니 그 과정에서 그곳에 거주할 사람들의 삶과 존엄이 고려되었을 리는 만무했다.

이렇듯 성남은 살 곳을 잃고 강제 이주해 온 이들과 지상낙원을 좇아온 이들, 한몫 잡아 보겠다는 부동산투기꾼들과 민간 건설회사 등이 뒤섞여 있는 공간이었고 그런 만큼 서로 다른 욕망과 이해관계가 충돌하고 갈등하는 공간이었다. 권씨가 세 들어 사는 집의 주인인 오선생 부부 역시 성남의 이러한 특수성을 보여 주는 전형적인 인물이다. 오선생이 성남에서 처음 자리를 잡았던 곳은 숨통을 죄듯이 다닥다닥 붙은 단대리 시장 근처 20평 부락에 위치한 김씨네 집 문간방이었다. 그 동네의 집들이 그러하듯 그 집 역시 김씨 혼자 힘으로 꼬박 일주일 걸려 거짓말처럼 완공한 날림 중의 날림집이었다. 날림보다 더 큰 문제는 별로 어려워하는 기색도 없이 남의 집 방 안을 불시에 기웃거리고는, "입에서는 개와 도야지가 끊일 새 없었으며 이빨과 손톱을 동시에 사용하면서"(《아홉 켤레의 구두로 남은 사내》, 155) 골목에서 예사로 거친 싸움을 하는 이 동네 사람들이었다. 이들은 '20평짜리 부락'에 사는 사람들답게 예의도 교양도 염치도 없다는 것이 오선생 아내의 생각이었다.

이런 이유에서 더욱 그 동네를 벗어나고 싶었던 오선생 부부는 고생 끝에 결국 성남에서 최고급 주택가로 알려진 시청 뒷산 은행

주택으로 이사를 가게 된다. 20평짜리 집 문간방에 세 들어 살던 사람이 자그마치 100평 대지 위에 새로 세운 주택의 집주인이 된 것이다. 100평 부락으로 이사한 이후 오선생의 아내는 버릇처럼 자신들이 100평 부락인 은행주택에 살고 있음을 힘주어 말하곤 한다. 이것이 바로 "20평 부락에 사는 사람과 100평 부락에 사는 사람과의 차이"(《아홉 켤레의 구두로 남은 사내》, 161)인 것이다.

꿈에 그리던 내 집을 장만했음에도 형편상 세를 주어 남의 식구를 둘 수밖에 없는 현실에 대해서도 오선생의 아내는 슬픔 대신 "주인의 권리를 행사할 수 있는 기쁨"(《아홉 켤레의 구두로 남은 사내》, 161)을 누린다. 그녀는 자신의 집에 들어올 세입자에게 자녀는 둘 이하라야 하며, 집 안에서는 언제나 정숙을 유지해야 한다는, '그리 까다롭지 않은' 조건 몇 가지를 제시한다. 자신이 세입자였을 때 겪은 설움에 대한 보상이자 대리만족이며, 자신의 사회적 계급이 더 이상 예전 같지 않다는 사실을 드러내고자 하는 행동이다. 세입자와 집주인 사이의 갈등, 100평에 사는 사람과 20평에 사는 사람 사이의 구별 짓기는 우리 사회에서 끊임없이 일어나는 갈등의 소재다. 엄밀히 말하자면, 쌍방이 대등한 관계에서 발생하는 갈등이 아니라 우위를 점한 한쪽이 언제나 일방적으로 승리하는 싸움이다. 이 대결에서 '권리'와 '우월감'은 언제나 집주인이나 '100평 부락에 사는 사람들'에게만 주어지기 때문이다.

이런 우월감은 《아홉 켤레의 구두로 남은 사내》에 실린 연작 중

한 편인 〈엄동〉의 주인공 '박'에게서도 드러난다. 그는 매일 "하루 속히 이놈의 성남이란 바닥을 떠야지"(〈엄동〉. 77)라는 다짐을 할 정도로 성남에 산다는 사실을 부끄러워한다. '성남 = 철거민들의 도시'라는 세간의 낙인을 두려워하는 것이다.

> 그곳 토박이들은 원주민 또는 원주민촌이란 말을 미개와 낙후를 상징하는 데 쓰지 않고 긍지를 나타내는 번쩍번쩍 도금된 어휘로 즐겨 사용한다. 그들은 수적으로 단연 우세한 철거민들 세계에서 조상 대대로 붙박고 살아온 경기도 양반으로서 족보 있음과 뼈대 굳음과 핏줄 연연함 위에 시방도 전답마지기깨나 지니고 있음을 언필칭 과시하려 한다. 그들만은 못하나 그래도 신참자들 역시 철거 이주민들과 구별되기를 바라는 점에서는 도토리 키 재기로 매일반이었다.(〈엄동〉, 95)

앞서 〈아홉 켤레의 구두로 남은 사내〉에서 단대리 시장 근처 부락과 시청 뒷산 고급주택가로 구분되던 성남이 이번에는 원주민촌과 철거민의 세계로 나뉜다. 처음부터 그곳에 터를 잡고 살면서 땅깨나 갖고 있는 사람들은 강제 이주해 온 철거민과 비교하며 '번쩍번쩍 도금된 어휘'로 자신들의 신분을 자랑한다. '박' 역시 철거민과 구별 짓기 위해 자신의 거주지를 말할 때면 언제나 서둘러 알리바이부터 말하곤 한다. 즉 자신이 그 '문제의 땅'으로 이주하게 된 것은 광주대단지사건이 일어난 이후라는 사실을 분명히 함으로써 자신은 성남에 살고 있는 다수의 철거민과는 엄연히 다른 계급임을 강조하는 것이다.

폭설 때문에 지연된 버스를 기다리는 중 '박'은 같은 성남행 버스를 기다리는 '미스 정'을 만난다. '미스 정'은 교통비 이십 원씩을 절약하기 위해 커다란 책가방을 들고 다니며 하루에 두 번씩은 학생인 척하는 철거민이다. 그의 아버지는 "돌격조 갈쿠리에 찍혀서 집이 헐리던 날의 기억"(《엄동》, 99)을 잊지 못한 채 "서울이란 데가 자기를 망치고 끝내는 자기를 버렸다고 믿고"(《엄동》, 99) 있다. '미스 정'의 소원은 언젠가 개선장군처럼 보란 듯이 서울로 돌아가서 '서울특별시민'이 되고 싶은 아버지의 소원을 이뤄 주는 것이다. 그런 그녀에게 '박'은 "좌석버스에 앉은 사람이 입석버스에 선 사람을 볼 때 갖는 그런 종류 그런 정도의 우월감"(《엄동》, 92)을 느낀다. 그 우월감은 "그가 평소부터 거개의 성남 주민을 상대로 느껴 온 정신적 우위의 재확인 행위"(《엄동》, 92)였다.

오선생의 아내와 '박'이 느끼는 우월감과 자신감은 상대방보다 더 큰 집을 소유하고 있다는 인식에서 비롯되었다. 사회적 신분을 구분하고 비교해서 서열을 확인하려는 인간의 원시적 욕망이 집이라는 상징물을 통해 발현되는 것이다. 이런 행위의 기저에는 집이 개인의 능력과 자산을 가늠하는 척도라는 사회적 통념이 깔려 있다. '미스 정'은 광주의 불편한 교통과 주거환경에 대해 정부 당국을 비판하는 것이 아니라 능력 없고 돈 없는 스스로를 원망하고 문제 삼는다. 그리고 어떻게 해서든 서울로 다시 입성하기만을 꿈꾼다.

문학으로 읽는 나의 인권감수성

교통과 주거환경 등의 문제는 당연히 국가가 책임져야 할 공공의 영역이다. 그러나 박정희 정권이 집과 관련된 일체의 문제를 기업과 개인에게 전가해 버린 탓에 열악한 주거환경에 대해 누구도 함부로 정부를 비판하려 들지 않는다. 그 대신 사람들은 각자 더 많은 돈을 벌고 더 많은 빚을 얻어 더 나은 주거환경을 구하는 것만이 해결책이라 믿는다. 비단 이것이 '미스 정'이나 오선생의 아내 그리고 '박'만의 생각은 아닐 것이다. 대다수의 한국 사람에게 집은 안전하고 편안한 휴식 공간이 아니라 물신화된 존재이며 개인의 욕망이 투영된 대상이자 자신의 계급적 위치를 드러내 주는 상징일 뿐이다.

추방된 자들의 도시 🌿

주거가 단지 돈만 있으면 되는 개인의 문제가 아니라 공공의 문제이자 국가의 책임인 것은 인간이 인간답게 살기 위해서는 최소한의 주거환경이 마련되어야 하기 때문이다. 그러나 성남은 그렇지 않았다. '신'도시라는 표현이 무색하게도 성남에는 아무것도 없었다. "2~3평짜리 천막 속에서 당국이 벌이는 각종 공사장에 취업, 하루 3.6kg의 적은 현물 노임으로 연명하고"[4] 있는 사람들과 그마저도 할 수 없어 생존 자체를 위협받고 있는 사람들의 도시, 이것이 바로 오선생의 아내와 '박'이 그렇게도 부정하고자 했던 당시 광주의 적나라

한 실상이었다. 100평의 주택과 '번쩍번쩍 도금된 어휘'로 가리려고
했으나 그들이 살고 있는 도시는 분명 2~3평짜리 천막에서 하루 3.6
kg의 현물 노임만으로 생계를 이어가야 하는 '철거민의 세계'였다.

광주가 '철거민의 세계'로 불릴 수밖에 없는 것은 단순히 철거
민들이 많이 거주하고 있어서가 아니라 처음부터 그곳이 도시 빈민
을 처분하는 일종의 '하치장'으로 계획된 도시였기 때문이다. 대도
시 서울이 자본주의의 논리에 장악됨에 따라 경쟁에서 패배하거나
낙오한 이들, 그래서 도시경제에 편입되지 못한 이들은 불필요한 존
재, 즉 잉여인간으로 취급되었다. 더 나아가 이들은 서울의 성장과
발전을 지연시키고 방해하는 존재였기에 서울로부터 격리될 필요가
있었다. 그 결과 광주에 새로운 도시를 건설해 철거민 12만 명을 이
주시킨다는 거대한 프로젝트가 추진되었다. 결국 광주는 서울이 근
대화되고 대도시로 발전하는 과정에서 쓸모없는 존재, 낙오된 존재
가 된 이들을 처분하기 위한 공간, 즉 서울에서 추방된 사람들을 수
용하기 위한 목적으로 생겨난 도시였다.

애초에 이들은 정당한 권리를 가진 시민으로서가 아니라 과잉된
서울에서 떼어 내야 할 불필요한 '인구 덩어리'에 지나지 않았기에
이들의 삶을 위한 최소한의 장치가 마련되지 않았던 것은 어쩌면 당
연한 것일지도 모른다. 주거환경은 대단히 열악하였으며 약속과 달
리 서울에 일자리를 두고 있던 대다수 이주민의 생계 방안은 마련되
지 않았다. 덕분에 이주민의 상당수는 교통사정도 좋지 않은 서울로

일자리를 찾아 매일 세 시간씩 왔다 갔다 해야 했다. 그뿐만 아니라 전염병과 식량난, 범죄 등으로부터 이들을 보호해 줄 최소한의 장치조차 갖추어지지 않았다. 열흘 동안 굶은 임산부가 인육을 먹었다는 믿기 어려운 소문은 그것의 사실 여부를 떠나 당시 광주의 열악한 상황을 단적으로 보여 준다. 그러나 정부 보고서에는 광주 주민들에 대해 "생활에 쪼들린 나머지 신경질적이며 저녁에는 폭행 등 싸움이 많"[5]다는 단 한 줄의 기록만 있을 뿐 이들이 왜 신경질적이었으며 싸움을 일삼고 있는지에 대해서는 언급조차 없었다. 어차피 그들은 존엄성을 지닌 인간이 아니라 눈앞에서 사라져야 할 골칫덩어리에 불과했기 때문이다. 그런 이들이 사는 광주는 한마디로 '정상 도시'가 아니었다.

인간다운 삶을 위한 권리는커녕 동물로서의 생존조차 위협받는 상황의 적나라함은 1966년에 발표된 하근찬의 소설 〈삼각의 집〉에서도 찾아볼 수 있다. 〈삼각의 집〉은 눈에 보이지도 않는 하나님 때문에 살고 있던 집에서 쫓겨나야 하는 상황을 그리고 있다. 주인공은 아내의 사촌이 새로 지은 집을 방문하는데, 그곳은 당시 여느 도시 빈민들의 집이 그러했듯, 수돗물도 없어 물지게를 지고 산비탈을 오르내려야 하며 악취마저 진동하는 그런 곳이었다. 그러나 그 집마저 교회가 들어선다는 이유로 철거되고 만다. 가난한 사람들에게 하나님의 은혜를 베풀기 위한 교회를 짓기 위해, 그 가난한 사람들은 살던 집에서 쫓겨나야 하는 어이없는 상황이 벌어진 것이다.

개집이었다. 현관 옆에 있는 개집을 정면으로 크게 찍은 것이었다. 큼직한 삼각형의 집이었다. 정확하게 말하면 오각형을 이루고 있었으나, 지붕이 뾰쪽하게 위로 솟아 있기 때문에 얼른 보기에 삼각형이었다. 곁에 조그만 크리스마스트리가 세워져 있고, 지붕에는 십자가가 꽂혀 있었다. 그리고 은종이 금종이로 여러 가지 장식이 되어 있는데, 그 장식들이 현관으로부터 흘러나오는 불빛을 받아 반짝반짝 빛나고 있었다. 그렇게 잘 장식된 집 속에 늙은 개가 한 마리 떡 엎드려서 밖으로 주둥이를 쑥 내밀고 졸고 있는 것이었다.(〈삼각의 집〉, 139)

삼각형인 것이었다. 물론 이 집도 정확하게 말하면 사진에 있는 그 개집처럼 오각형이었다. 지면에서 약 세 뼘가량 흙으로 벽을 쌓아서 그 위에 뾰쪽하게 지붕을 얹었으니 말이다. 그러나 얼른 보면 이것도 역시 그 개집처럼 삼각형으로 보였다. 그리고 재미있는 것은 지붕이었다. 천막조각과 시꺼먼 유지油紙조각으로 이어 맞추다가 모자라서 그랬는지, 혹은 빗물이 새서 그랬는지, 군데군데 레이션박스조각으로 땜질을 해놓았다. 꼭 시골 가난한 아낙네의 치마를 연상케 했다. 검정 바탕에 흰 헝겊조각으로 덕지덕지 기워놓은 그런 치마 말이다. 그리고 레이션박스조각에는 아직도 글자들이 그대로 선명하게 남아 있었다.(〈삼각의 집〉, 147)

둘 다 '삼각의 집'이다. 그러나 크리스마스트리가 세워져 있고 지붕에는 십자가가 꽂혀 있으며, 은종이 금종이로 반짝반짝 빛나고 있는 큼직한 삼각형의 집은 개집이고, 천막조각과 유지조각, 레이션박스조각으로 누더기처럼 만들어진 조악한 지붕의 작은 집은 사람이 사는 집이다. 재개발로 살 곳을 잃고 쫓겨난 도시 빈민들의 집이 개집만도 못하다는 사실은 이들이 인간다운 삶은커녕 동물로서의 최소한의 생존조차 유지하기 어려운 극단의 상황에 처해 있음을 보여 준다.

문학적 비유가 아니라 정말 개만도 못한 삶을 살 수밖에 없는 이러한 상황은 비단 성남뿐 아니라 강제로 쫓겨난 도시 빈민들의 거주지 어디에서나 공통으로 발견되는 모습이었다. 추방당한 이들의 세계는 "오물과 폐수가 뒤섞여 흐르던 탄천炭川의 지류"(〈염동〉, 106) 와 "굴곡이 심한 언덕바지에 염병 후에 돋은 발진처럼 덕지덕지 엉겨붙은 무수한 가옥들"(〈염동〉, 106) 의 세상이었다. 게다가 성남의 경우 열악한 주거환경 문제에 당국의 무차별적인 행정 조치까지 더해져 갈등은 더욱 증폭되었다. 건설업자와 부동산업자에게 주택이 단지 돈벌이 수단이었다면, 정치인에게는 표를 얻기 위한 도구에 불과했다. 따라서 그들에게서 그곳에 거주하는 이들의 삶을 염려하는 모습 따위는 찾아볼 수 없다. 국회의원 선거가 끝난 바로 다음 날, 보름 안에 집을 짓지 않으면 불하를 취소하겠다는 통지서가 배부되더니, 이어서는 일시불로 토지세를 납부하라는 고지서가 또 날아든다. 역시나 보름 기한이다. 게다가 설상가상으로 관할과 소속이 서로 다른 서울시와 경기도가 동시에 토지취득세를 부과하기까지 한다. 이는 하루 벌어 하루 먹고 사는 대다수의 이주민으로서는 황당할 수밖에

1971년 8월 10일 광주대단지사건 당시의 모습(《한국일보》)

없는 상황이다. 이에 대한 불만이 고조된 결과, 마침내 1971년 8월 10일 대규모 궐기대회가 열린다. 바로 광주대단지사건이다.

　사실 오선생의 집에 세 들어 사는 권씨 역시 요시찰인이 되기 전에는 누구보다 '선량한 시민'이었다. 당국의 무분별한 행정 처리와 열악한 주거환경으로 성남 주민들의 원성이 높아지고 끝내 투쟁위원회가 결성되는 동안에도 권씨는 그 일에 관여하지 않았다. 식자깨나 든 것으로 알려져 투쟁위원이라는 원치 않는 감투를 쓰게 되지만 자신은 여전히 광주단지 사람이 아니라 어디까지나 서울 사람이라는 생각 때문이었다. 그리고 8월 10일, 결전의 그날에도 권씨는 자신을 찾아 온 투쟁위원회 사람들을 피해 서울로 도망가기에 바쁘다. 그러던 중 권씨는 빗속에서 시위대와 경찰이 대치하는 상황을 우연히 목격하고, 그들에게서 나체가 된 인간을 마주하게 된다. 그리고 그 순간 자신도 그 사람들하고 다르지 않다는 사실을 깨닫는다.

빗속에서 사람들이 경찰하고 한참 대결하는 중이었죠. 최루탄에 투
석으로 맞서고 있었어요. (…) 그런데 잠시 지켜보고 있는 사이에 장
면이 휘까닥 바뀌져버립디다. 삼륜차 한 대가 어쩌다 길을 잘못 들어
가지고는 그만 소용돌이 속에 파묻힌 거예요. 데몰 피해서 빠져나갈
방도를 찾느라고 요리조리 함부로 대가리를 디밀다가 그만 뒤집혀서
벌렁 나자빠져버렸어요. 누렇게 익은 참외가 와그르르 쏟아지더니 길
바닥으로 구릅디다. 경찰을 상대하던 군중들이 돌멩이질을 딱 멈추더
니 참외 쪽으로 벌떼처럼 달라붙습디다. 한 차분이나 되는 참외가 눈
깜짝할 새 동이 나버립디다. 진흙탕에 떨어진 것까지 주워서는 어적
어적 깨물어 먹는 거예요. 먹는 그 자체는 결코 아름다운 장면이 못 되
었어요. 다만 그런 속에서도 그걸 다투어 주워먹도록 밑에서 떠받치
는 그 무엇이 그저 무시무시하게 절실할 뿐이었죠. 이건 정말 나체화
구나 하는 느낌이 처음으로 가슴에 팍 부딪쳐옵디다.(〈아홉 켤레의 구
두로 남은 사내〉, 181~182)

‘백 원에 **뺏**은 땅 만 원에 폭리 말라’, ‘살인적 불하 가격 결사반
대’ 등의 피켓을 들고 주민 5만여 명이 거리로 나왔다. 하필 그날은
비까지 내렸다. 거리로 몰려든 사람들은 삽과 곡괭이, 몽둥이 등을
들고 분노에 찬 목소리로 “일자리를 달라”고 외쳤고, 성남사업소와
출장소, 파출소 등을 방화했다. 작가 윤흥길은 당시 상황을 소설로
재현하면서 빗속에서 경찰과 대치 중이던 시민들이 길가에 쏟아진

참외를 주워 먹기 위해 우르르 몰려드는 모습을 인상적인 한 장면으로 그려 넣는다. 진흙탕에 떨어진 참외를 다투어 주워 먹는 이들의 모습은 체면과 예의, 교양 등을 갖춘 인간이기보다는 주린 배를 채우기에 급급한 동물, 즉 나체에 가까운 모습이었다.

광주대단지사건은 주거에 관해 국가의 공적 책임을 요구한 행동이라는 점에서 의미가 있다. 그리고 그 결과 서울시로부터 생활보호 자금 지급, 도로 포장, 공장 건설, 세금 비과세·면제 등의 성과를 이끌어 내기도 했다. 그러나 이런 것들은 국가가 '당연히' 책임져야 하는 것들로, 이 '당연한' 것을 얻어 내기 위해 도시 빈민은 나체가 되어 거리로 몰려 나가야 했던 것이다.

"여기, 사람이 있다" 🌿

과거 성남이 '신도시'라는 이름으로 불렸다면 2000년대에는 '뉴타운'으로 그 이름만 살짝 바뀐 또 다른 재개발 열풍이 서울 전역을 강타했다. 강남에 비해 주거환경이 열악했던 강북을 '고품격'으로 만들어 삶의 질을 개선하고자 시작된 뉴타운 계획은 그곳에 살던 사람들이 뉴타운이라는 낯선 단어를 미처 이해하기도 전에 그들의 동의 없이 진행되었다. 정부는 '헌 집 주면 새집 준다'고 사람들을 유혹했지만, 뉴타운 지역에 살던 주민의 재정착률은 겨우 17%(2007년 기준)에 불과했으며, 추가부담금이 부담스러웠던 나머지 주민은 난장이 가족처럼 분양권을 매매하고 서울 외곽으로 떠날 수밖에 없었다. 뉴타운 계획은 '황금알을 낳는 거위'가 될 것이라던 애초의 달콤한 환상과 달리 실상은 수많은 갈등과 소송의 연속이었다. 1970년대 난장이 가족이 살던 행복동의 재개발은 난장이네 집 담벼락이 허물어지는 것으로 끝났지만, 그로부터 40여 년이 지난 2000년대의 재개발은 담벼락을 무너뜨리는 데서 끝나지 않았다.

2010년에 발표된 손아람의 소설 《소수의견》은 재개발 열풍이 휩쓸고 지나간 서울의 모습을 허구와 사실의 경계를 넘나들며 재현하고 있다. 소설에서 배경이 되는 사건은 아현동 뉴타운 재개발 사업이지만 소설 속 많은 정황들은 2009년에 일어난 용산참사를 떠올리게 한다. 용산참사는 2009년 1월 20일 용산구 한강로2가에 위치한 남일당 건물 옥상에서 농성을 벌이던 세입자들과 이들을 진압하던 경찰과 철거용역 간의 충돌로 철거민 다섯 명과 경찰 한 명이 사망한 사건이다. 서울시는 서울역에서부터 한강에 이르는 용산 일대를 서울의 새로운 부도심으로 개발하려는 야심 찬 계획을 세웠고, 여기에 대한민국 최고의 건설회사와 금융재벌들이 가담하였다. 무려 사업비 50조에 달하는 이 거대한 개발 계획은 '단군 이래 최대의 개발'이라는 멋진 별명으로 불리기도 했다. 아파트와 공원이 어우러진 서울의 맨해튼을 꿈꾸었던 개발 사업은 재개발 과정에서 상가세입자에 대한 영업 권리금 보상 문제를 두고 본격적인 갈등의 국면으로 접어들었다. 주거세입자와 달리 상가세입자에게 철거는 곧 일터를 잃는 것을 의미한다. 이들은 영업을 계속하지 못하는 데 대한 보상을 요구했지만 묵살당하고 만다.

　또한 강제 철거가 이루어진 시기가 겨울철이라는 점도 문제 요인의 하나로 작용했다. 서울시는 겨울철 강제 철거를 금지하는 행정 지침을 마련해 놓았지만 이에 대한 처벌규정이 없어 사실상 사문화된 규정이나 다름없었다. 이런 문제를 두고 싸우던 철거민들이 선택한 최후의 방법은 건물 옥상으로 올라가 고공농성을 벌이는 것이었다. 이들을 연행하기 위해 무려 연인원 1,200명의 경찰 특공대가 투입되었고, 경찰 특공대는 크레인과 컨테이너박스를 이용해 철거용역과 합동으로 무차별적인 진압을 감행했다. 심지어 이들은 쇠파이프와 물대포로 무장한 상태였다. 진압 과정에서 철거민과 경찰이 모두 사망하였지만 철거민들은 특수공무집행방해치사상 등의 혐의로 기소된 반면 경찰은 적법한 공무집행이라는 이유로 무혐의 처분을 받았다. 심지어 사망한 다섯 명의 철거민은 죽어서도 경찰 사망 혐의로 판결문에 소환되어야 했다.

　《소수의견》의 주인공 진원은 바로 이 과정에서 일어난 살인 사건의 피고인을 변호하게 된다. 의미 없이 법대를 졸업하고 중견 건설회사에서 근무하던 진원은 IMF의 여파로 회사에서 정리해고를 당한 후 사법고시를 통과해 국선변호사가 된다. 그러던 중 시민단체에 법률 지원을 해 주는 로펌 변호사로부터 재개발 사업부지에서 일어난 살인 사건 피고인의 변호를 위임받는다. 재개발 사업에 반대하며 망루를 세우고 저항하던 철거민들을 경찰이 진압하던 과정에서 철거민 한 명과 경찰 한 명이 사망한 사고가 발생한 것이다. 용산참사와 너무나 많이 닮아 있다. 소설에서 죽은 철거민은 열여섯 살의 소년이다. 그러나 진원이 변호를 맡은 사건은 이 소년의 죽음이 아니라 소년의 아버지가 진압 경찰 중 한 명을 둔기로 내리쳐 사망하게 한 사건이다. 용산참사에서도 그러했듯, 철거민의 죽음에 대해서는 제대로 그 대가를 물을 수 없다. 오직 공무수행 중인 경찰을 사망하게 한 혐의만 부각될 뿐이다.

소년의 아버지 박재호의 변호를 맡은 진원은 소년의 사망과 그 소년의 아버지가 경찰을 사망케 한 두 사건 사이의 인과관계 여부를 논란의 핵심으로 파악한다. 자신의 아들을 죽인 것이 진압 경찰이며, 자신의 행위는 아들을 지키기 위한 정당방위였다는 것이 박재호의 주장이다. 반면 소년의 죽음은 철거용역업체 직원인 김수만의 소행이기에 박재호가 진압 경찰을 죽인 것은 정당방위로 인정될 수 없다는 것이 검찰과 경찰의 주장이다.

이 소설에서 흥미로운 지점은, 그리고 많은 이들이 십 년 전에 일어난 용산참사를 여전히 기억하는 이유는 단지 사건이 일어난 그날 하루에 있지 않다. 누군가의 억울한 죽음과 많은 이들의 희생 뒤에 거대한 권력의 유착과 부조리가 작용하고 있다는 사실 때문에 이 사건은 더욱 특별한 의미를 갖는다. 사건의 진상을 알아보던 진원은 아현동 재개발 사업이 건설회사와 정치권은 물론이고 청와대와 사법부까지 연루된 거대한 사건임을 알게 된다. 이 거대한 사건의 발단은 자신의 재산권을 주장하며 재개발을 찬성하는 이들과 생존권이 위협받는다며 반대하는 이들 사이의 갈등이었다. 반대하는 이들 때문에 철거가 늦어지자 건설사는 청와대에 압력을 넣었고 이는 경찰의 무리한 강제 진압으로 이어진다. 어린 학생과 젊은 진압 경찰의 죽음은 이 과정에서 벌어진 비극이었다. 이렇게 경찰과 정치권, 청와대까지 개입된 사건이다 보니 경찰은 진압 과정에서 자신들의 실수를 인정할 수 없었고, 그렇게 소년의 죽음은 용역깡패의 책임이 되었다.

진원은 박재호의 정당방위를 주장하는 한편 시민의 안전과 생명을 보호해야 할 경찰이 용역깡패의 불법적 폭력으로 어린 학생이 죽어 가는 상황을 방치했다는 혐의로 국가를 상대로 손해배상청구소송을 시작한다. 보상금액 백 원을 청구한 이 소송은 현실적으로는 기각될 가능성이 크지만 '법정의 시위, 정의의 청구'라는 상징적 의미를 띠며 세간의 주목을 받는다. 한편 국민참여재판으로 진행된 박재호의 소송에서 배심원들은 박재호의 정당방위를 인정해 만장일치로 처벌을 면하라는 결론을 내리지만, 재판부는 정당방위를 부정하고 박재호에게 징역 3년형을 선고한다. 아홉 명의 배심원보다 재판장의 한마디 의견이 더 우세했던 것이다. 이후 정치권의 국정조사, 법무부장관과 경찰청장, 검찰총장의 경질, 대통령 지지율 급락과 대

2009년 1월 20일 용산참사 당일 망루의 모습(서울시, 《용산참사, 기억과 성찰》)

규모 인사개편, 건설사 사장 구속 등 그야말로 거대한 폭풍이 정치권을 휩쓸고 지나가고서야 아현동 재개발 사건은 마무리된다. 그러나 소설에서와 달리, 현실에서의 용산참사는 십 년이 지난 오늘날까지 제대로 된 진상규명조차 이루어지지 않고 있다.

용산참사는 여전히 우리 사회에 성행하고 있는 무분별한 개발과 철거 문제, 임대 아파트 입주권과 주거이전비 문제, 상가세입자의 영업 권리금 보상을 둘러싼 문제를 비롯해 이 모든 과정에서 인권을 보호하기는커녕 오히려 인권탄압에 앞장섰던 국가폭력에 이르기까지, 재개발 지역에서 일어날 법한 모든 유형의 문제가 응축되어 있는 사건이다. 복잡하고 다양한 유형의 문제들을 한 갈래로 정리하면 이는 모두 '주거권'을 둘러싼 문제라 할 수 있다. 「대한민국헌법」 제

14조에 거주 이전의 자유에 관한 내용이 명시되어 있고 2015년에는 「주거기본법」이 국회를 통과했지만 여전히 우리 사회에서는 주거권의 해석을 두고 다양한 이해관계가 충돌하고 있다. 용산참사라는 비극 역시 우리 사회에서 '주거권' 혹은 '집'이라는 개념을 해석하는 서로 다른 관점에서 비롯된 것이다.

> 약도는 필요 없었다. 아현동 재개발 사업부지는 그 전체가 전장이었다. 입장이 다른 현수막이 바람에 나부끼고 입장이 다른 낙서들이 서로를 덮으며 영유권을 다퉜다. 재개발조합은 소유권 행사의 정당성을 주장했다. 세입자들은 생존의 권리를 주장했다. 구청은 세입자들에게 보상 계획을 공고했다. 세입자들은 보상이 아닌 생존을 외쳤다. 건설사는 재개발 시공을 경축했다. 그 모든 골목 어귀마다 머릿돌처럼 새긴 철거용역들의 섬뜩한 메시지는 죽음의 임박을 경고하고 있었다. 재래식 상점가부터는 다시 세입자들의 주장이 공간적 우위를 점했다. (《소수의견》, 77~78)

《소수의견》에서 박재호 사건의 변호를 맡은 진원은 어느 날 아현동 재개발 조합 대표로부터 소장을 받는다. 변호사의 손도 거치지 않은 채 "친애하고 또 존경해 마지않는 우리의 판사 영감님!"(《소수의견》, 246)으로 시작되는 이 소장에는 진원이 국가를 상대로 제기한 소송 때문에 개발 작업이 지연되는 바람에 자신들의 재산권이 침해되었으니 이에 대해 원고 열한 명 각각이 1억 원씩을 청구한다는 내용

문학으로 읽는 나의 인권감수성

이 담겨 있다. 재개발이 필요할 정도로 낙후된 지역에서 그나마 집한 채만을 소유하고 있던 이들에게 집은 자신의 전 재산과 다름없었고, 재개발이 자신의 자산 가치를 높여 줄 방법이라 믿는 이들은 재개발을 찬성하고 나선다. 이들의 세계에서 집은 '사는 곳'이 아니라 '사는 것'이었으며, 주거권이란 재산권 혹은 소유권의 다른 이름에 지나지 않았다.

한편 소유권이 없는 세입자들에게 재개발은 생존권 박탈을 의미했다. 소설에서든 현실에서든 마지막까지 망루에 올라가 재개발에 반대하는 이들은 모두 자기 집을 소유하지 못한 세입자들이다. 시에서 제시하는 차등적인 철거보상조건에는 권리금이 포함되지 않아 얼마간의 이주 보상금만으로는 새로운 곳에서 장사 기반을 마련해 생계를 꾸리기 힘든 것이 세입자들의 현실이다. 이들의 세계에서 집은 그저 '살기 위한' 곳 이상의 의미, 즉 가족의 생사가 좌우되는 생존의 터전이다.

이렇듯 집에 대한 권리는 재산권과 생존권이라는 전혀 다른 의미로 해석되면서 수많은 갈등을 일으킨다. 그러나 이 싸움의 승자는 소유권을 가진 이들이다. 자본의 힘이 절대적인 사회에서 재산권은 다른 모든 권리를 압도하는 강력한 최상위의 권리로 군림하기 때문이다. 심지어 인간의 생명마저도 재산권의 행사 앞에서는 무력해진다. 그 결과가 바로 강제 철거다. 1993년 유엔인권위원회는 강제 철거를 명백한 인권침해로 규정하는 결의문을 채택했다. 하지만 유엔

결의문이 무색하게도 우리 사회에서는 여전히 재산권 행사에 방해가 되는 것들은 무력으로 손쉽게 진압된다. 철거민들의 이주가 늦어져 재개발이 지연되거나 중단되면 막대한 손해를 입을 수밖에 없는 건설사는 대개 철거용역이라 불리는 이들의 힘을 빌려 강제 철거에 나서기 때문이다.

문제는 이들의 강제 철거를 통제해야 할 책임이 있는 공권력이 오히려 이들 편에서 강제 철거를 돕는다는 것이다. 《소수의견》의 작가는 이 과정에서 건설사가 청와대에 로비를 했다는 문학적 상상력을 가미한다. 강제 철거라는 최후의 수단을 사용하기 전에 응당 이루어져야 할 교섭 과정이 생략되고, 진압 경찰의 폭행치사가 철거용역의 소행으로 둔갑하는 비상식적인 상황은 청와대와 같은 최고위 권력이 경찰에 외압을 행사하지 않고서는 불가능하기 때문이다. 소설에서는 이에 대한 증거로 청와대 홍보수석이 경찰청 홍보담당관에게 흉악범죄자 보도로 철거민 사망 사건을 덮으라고 지시한 메일이 제시된다.

이 대목을 보면서 설마 국가기관이 이렇게까지 할 리는 없다, 이는 다만 작가의 상상력이 한껏 가미된 소설 속 상황일 뿐일 것이라던 우리의 바람은 여지없이 빗나간다. 실제로 용산참사에 대한 진상 규명을 촉구하는 시민들의 촛불시위가 계속되자 당시 청와대 행정관은 경찰청 홍보담당관에게 언론에 "계속 기삿거리를 제공해 촛불을 차단하는 데 만전을 기"[6]하라는 지시를 내린다. 그리고 그날 이후

뉴스에서는 연쇄살인범의 얼굴이 대대적으로 공개된다. 허구의 세계와 현실의 세계는 한 치의 오차도 없이 닮아 있었다.

이처럼 재산권을 주장하는 이들의 뒤에는 자본과 결탁한 정치권력을 비롯해 사법과 언론이 함께하고 있다. 심지어 종교의 힘까지 가세하기도 한다. 용산참사가 일어난 다음 해에 발표된 주원규의 소설 《망루》는 자본과 손잡은 종교가 사람들을 거리로 내모는 상황을 그리고 있다. 마치 〈삼각의 집〉의 교회가 그랬던 것처럼, 《망루》의 배경을 이루고 있는 도강동 재개발 사업에서 갈등의 주체는 가난한 세입자와 자기 집을 가진 집주인이 아니다. 재개발을 반대하는 이들은 역시나 가난하고 힘없는 세입자들이지만 이들과 대립하는 세력은 세명교회라는 거대한 종교권력이다.

세명교회의 담임목사 조정인은 부당한 방법으로 아버지 조창석으로부터 교회권력을 세습받고, 더 나아가 재개발 사업의 일환으로 교회를 개축해 자본을 확장하려는 야심찬 계획을 가진 인물이다. 목사 안수식을 앞둔 민우는 목사 안수의 대가로 조정인의 설교문을 대신 써 주는 역할을 맡은 인물로, 우연히 재개발을 반대하는 시위대 무리 속에서 신학대학 동창인 윤서를 만난다. 윤서는 한국철거민연합에 소속되어 도강동 재개발 사업을 반대하는 데 앞장서는 인물로, 그는 도강동 미래시장에서 허드렛일을 하는 한경태를 재림예수로 믿고 그를 통해 진정한 인간구원을 시도한다. 윤서를 중심으로 철거민들은 미래시장의 마지막 보루인 성문당에 망루를 짓고 최후의 일전을 펼치지만 경찰과 용역깡패의 무리한 진압으로 결국 윤서를 비롯한 철거민 다섯 명과 경찰 특공대원 한 명이 사망하고 만다. 이렇게 많은 사람이 죽었음에도 불구하고 '거룩하고 찬란한 그들만의 왕국'을 짓겠다는 조정인의 교회 개축과 재개발 사업은 계획대로 잘 진행된다.

이 소설의 제목 '망루'는 시위를 하는 철거민들이 마지막까지 내몰려 오르는 곳이다. 법과 권력, 심지어 신의 도움마저 받지 못하는 그들은 위험한 것을 뻔히 알면서도 높은 곳에 망루를 지어 그곳에 오른다. 높으면 사고가 날 가능성이 높아 철거용역들이 함부로 못하기 때문이다. 그렇게 그들은 제 목숨을 내놓고서야 비로소 겨우 자신들의 목소리를 세상에 전할 수 있다. 이처럼 자본과 공조하는 정치권력은 물론이고 사법과 언론 심지어 종교권력까지 비호하고 있는 이들이 주장하는 재산권과, 가진 것이라고는 맨몸뿐인 이들이 외치는 생존권 간의 대결은 처음부터 불공평한 싸움일 수밖에 없다.

여기서 사람이 살 수 있을까? 🌿

불공평한 싸움에서 졌거나 애초에 세입자의 처지에도 이르지 못한 사람들이 마지막으로 찾는 곳은 1~2평 남짓한 고시원이다. 박민규의 소설 〈갑을고시원 체류기〉의 주인공도 이런 이유에서 고시원을 찾은 사람 중 하나다. 아버지의 사업 부도로 온 가족이 뿔뿔이 흩어지자 주인공은 친구 집을 전전하다 결국 월 9만 원에 식사까지 제공된다는 고시원으로 가게 된다. 형이 준 돈 30만 원이 전부인 주인공으로서는 다른 선택의 여지가 없다. 주인공이 고시원으로 이사를 한 1991년 무렵부터 고시원은 고시공부를 하는 곳이 아니라 노무자들이나 유흥업소 종업원들이 여인숙 대신 숙소로 사용하는 공간으로 변해 있었다.

소설 속 갑을고시원에 진짜 고시생은 단 한 명뿐이듯 고시원은 더 이상 고시생을 위한 공간이 아니다. 고시원은 집값이 비싸기로 유명한 서울에서 보증금 없이 월세로 살 수 있는 거의 유일한 곳이기에 지방에서 올라온 학생과 직장인을 비롯해 취업준비생이나 이주노동자, 노인과 같은 경제적 약자들이 주로 거주한다. 소설의 주인공도 대학생이다. 현실적으로는 군대가 주거 문제를 해결할 수 있는 유일한 도피처였지만 시력 때문에 보충역 판정을 받아 입대마저 불가능하게 된, 그야말로 갈 데 없는 청년이다. 으레 대학생이 사는 곳이라고 하면 학교 기숙사를 떠올리겠지만 현재 서울 시내 주요 대학들의 기숙사 수용률은 17% 남짓으로 기숙사에 들어가는 것조차 결코 쉽지 않다.[7] 기숙사에 들어가지 못한 이들 중 경제적 사정이 좋지 못한 청년들이 찾아들 곳은 고시원밖에 없다.

문제는 이곳 고시원에서는 결코 '인간다운' 삶을 영위할 수 없다는 것이다. 바깥으로 나 있는 창문마저도 호사로 여겨지는 이곳은 방이라기보다는 차라리 관이라고 불러야 할 정도의 크기다. 성인 남자가 제대로 다리를 뻗을 수조차 없을 정도로 좁고, 1센티미터 두께의 얇은 베니어판만이 벽의 기능을 대신하는 이런 방을 직접 본 사람이라면 대부분 '과연 여기서 사람이 살 수 있을까?'라는 반응을 보일 것이다. 얇은 합판 한 장이 방과 방 사이의 경계를 구분하는 전부이기에 사생활이라고는 전혀 보장받을 수 없으며, 청각적으로 완전히 개방된 곳, 게다가 다리조차 제대로 뻗을 수 없어 어떠한 움직임도 허용되지 않는 이곳에서 사람들은 마치 "가구처럼"(〈갑을고시원 체류기〉, 291) 변한다.

이곳에서의 생활이 힘든 이유는 단지 물리적인 공간의 제약만이 아니다. 이들을 더욱 "가구처럼" 만드는 것은 이곳에 사는 사람들 사이에 어떠한 인간적인 교류도 없다는 사실이다. 코를 풀고 방귀를 뀌는 생리 현상마저 소리 나지 않게 해결하는 기술을 터득해야 하는 등, 고시원 생활은 한마디로 좁고, 외롭고, 정숙하고 또 정숙해야만 하는 삶이다. 또한 다른 사람들과의 대화나 교류와 같이 사회적 동물로서의 활동도 이곳에서는 사치일 뿐이다. 서로의 처지를 누구보다 잘 아는 이들이 상대에게 해 줄 수 있는 최고의 배려는 자신을 포함한 모든 사람을 투명인간으로 취급하는 것, 즉 가능한 마주치지 않고 서로를 피하며 지내는 것이다. 그래서 이곳에 사는 사람에게는 추위나 협소한 공간보다 외로움과 고립감이 더 큰 고통으로 다가온다. 이런 모습은 결코 인간다운 삶이라 할 수 없다. 이들은 고시원에

문학으로 읽는 나의 인권감수성

서 '사는' 것이 아니라 그저 웅크리고, 견디고, 참고, 침묵하면서 '버틸' 뿐이다. 더 나아가 이들은 그곳을 벗어나 온전한 형태의 집으로 옮겨 갈 수 없을 것이라는 불안감과 열패감에 짓눌리기도 한다. 이처럼 좌절감과 무력감으로 가득한 '가구들'이 사는 곳을 결코 제대로 된 주거 공간으로 볼 수는 없다.

이렇게 고시원, 반지하, 옥탑방 등을 전전하던 이들이 간절히 바라는 것은 가구가 아니라 온전한 인간으로 살아갈 수 있는 '적절한' 주거 공간이다. 이런 이들을 위해 서울시는 청년임대주택을 건설해 주거 약자층인 대학생과 신혼부부, 사회초년생에게 공급할 계획을 발표했으나 매번 선정된 부지 인근 주민의 반대에 부딪혔다. 살 곳이 없다는 청년들의 간절한 요구에 반대하는 이들의 대답은 명쾌했다. "서울에 안 살면 되잖아요."[8] 자신의 재산권을 지키기 위해 타인을 내쫓는 행동도 서슴지 않는 이들과 맞서 싸우기 위해 망루에 오르는 대신 텐트를 치고 주거권을 요구하는 청년들을 향해 던지는 어느 중년의 비난은 더욱 가슴 아프다. "우리 세대는 민주화를 위해 싸웠는데, 너희 세대는 겨우 집 달라고 아우성이냐."[8] 이렇게 비웃는 중년의 머릿속에서 집은 그저 개인이 열심히 돈을 벌어 사들이는 재산일 뿐이다. 그렇기에 노력하지도 않고 국가에 떼를 써서 집을 얻는 것은 염치없는 행동이자 민주화라는 엄청난 위업(?)에 비하면 하찮은 것일 뿐이다.

이 사례에서 볼 수 있듯 그간 주거 문제에 관한 정부 정책은 대부

청년의 주거권을 주장하며 텐트농성 중인 청년정당 당원들(《한겨레21》)

분 사회적·경제적 약자들을 대상으로 하는 시혜적 차원에서의 접근이었다. 물론 경제적 여력이 미치지 못해 제대로 된 주거시설을 마련하지 못하는 이들에게 국가가 도움을 주는 것은 응당 필요한 조처다. 그러나 이런 정책 또한 집은 개인의 책임이며, 사유재산의 일부일 뿐이라는 인식을 전제로 한 것은 아닌지 따져 봐야 한다. 주택 마련은 어디까지나 개인의 몫이며 다만 예외적인 소수에 한해 국가가지원하겠다는 방식의 접근이라면 이는 분명 위험하다. 정부 정책부터 이런 왜곡된 인식을 전제로 하다 보니 집을 소유한 중산층은 시혜성 주택정책에 비판적이게 마련이고, 소유권을 주장하는 이들과생존권을 주장하는 이들 사이의 갈등만 커질 뿐이다.

이러한 갈등을 종식시키기 위해서는 주택정책을 주거정책으

문학으로 읽는 나의 인권감수성

로 바꾸는 패러다임의 전환이 필요하다. 주택정책은 말 그대로 물리적 개념으로서의 '집'에 한정된 것이다. 그러나 주택 공급량이 절대적으로 부족했던 과거와 달리 2000년대 초에 이미 주택 공급률이 100%를 넘어선 현재로서는 더 이상 주택의 공급량 자체는 문제되지 않는다. 따라서 주택 공급을 목적으로 하는 재개발 사업이나 신도시 건설 등은 주거 문제를 해결하는 최선의 대안이 될 수 없다. 더욱이 "서울에 안 살면 되잖아요"라는 주민의 말처럼 오히려 그 과정에서 수많은 도시 빈민들이 자신의 거주지에서 쫓겨나 바깥으로 내몰리는 상황을 우리는 이미 수없이 목격한 바 있기에 재개발과 신도시 건설은 분명 문제적인 방법일 수밖에 없다.

'집' 자체가 아니라 그곳에서 실제로 살아가는 '사람'으로 문제의 중심이 바뀌는 순간 주거는 인권 문제가 된다. 주거가 인권 문제의 하나가 된 것은 새삼스러운 일이 아니다. 이미 1948년 유엔총회에서 채택된 세계인권선언에서는 주거권을 "먹을거리, 입을 옷, 주택, 의료, 사회서비스 등을 포함해 가족의 건강과 행복에 적합한 생활수준을 누릴 권리"라고 규정하고 있다. 또한 국내법적 효력이 인정되는 「경제적·사회적·문화적 권리에 관한 국제규약」 제1조 제1항 역시 "본 규약에 가입한 국가는 모든 사람이 적당한 식량, 의복 및 주택을 포함하여 자기 자신과 가정을 위한 적당한 생활수준을 누릴 권리와 생활조건을 지속적으로 개선할 권리를 가지는 것을 인정한다"는 말로 주거권을 명시하고 있다.

한마디로, 주거권이란 '인간으로서의 존엄과 가치를 유지하기 위해 필요한 최소한의 주거수준'이라 할 수 있는 **적절한 주거**adequate housing에 대한 권리를 의미한다. 이때 '적절한'에 내포된 의미는 단지 비바람을 막아 줄 물리적 거처로서의 '주택'뿐 아니라 사회적·문화적·경제적 환경을 향유하기 위한 사회적 의미로서의 '주거'에 대한 권리까지 모두 포함한다. 수도·전기·도로와 같이 주거에 필요한 기반 시설과 서비스는 물론이고 일자리나 기본적인 편의 시설과의 연계성 등이 모두 갖추어진 공간 그리고 그 '적절한 주택'에서 안정적이고 지속적으로 살 수 있는 권리까지 포함된 개념이 바로 '주거권'인 것이다. 그러나 그동안 우리의 주택정책은 양적 공급에만 초점이 맞춰진 탓에 이런 다양한 요소들을 고루 충족시키는 질적 수준에 대해서는 무심하였다.

우리 헌법은 인간의 존엄과 행복추구권, 평등권, 인간다운 생활권 등을 통해 사회권을 기본적인 권리로 규정하고 있는데, 이러한 권리들은 적절한 주거를 전제로 하지 않고는 실현될 수 없다. 그러므로 주거에 대한 권리 역시 기본적 인권의 하나로 인정되어야 하는 것이다. 따라서 지금의 중년이 과거 목숨 걸고 싸워서 이뤄 낸 민주화와 그들이 비웃으며 말하는 '겨우 집'에 관한 문제는 모두 인간다운 삶을 위한 투쟁이라는 점에서 결코 다르지 않다. 민주화가 인간으로서의 존엄과 행복, 인간다운 삶을 위한 것이었다면 적절한 주거에 대한 권리 역시 인간다운 삶을 위해 꼭 필요한 요소이기 때문이다.

문학으로 읽는 나의 인권감수성

나의 인권감수성은? 상상하라 그리고 요구하라 🌿

2006년 12월 31일, 프랑스의 시라크^{Jacques Chirac} 대통령은 신년인사를 겸한 담화에서 사회적 권리로서의 주거권을 언급한다. 프랑스에서 주거권 개념이 법률에 처음 등장한 것은 1982년으로 이때 이미 주거권을 기본권의 하나로 명시했으며, 시라크 대통령은 이를 현실화하는 방안에 대해 논평한 것이다. 노동, 교육과 마찬가지로 주거 역시 모든 사회 구성원이 사회·경제·문화적으로 최소한의 인간적인 생활수준을 누릴 수 있는 권리, 즉 사회적 권리로 보장되어야 할 것임을 공언하였다. 2000년 기준 유럽연합 15개국 가운데 헌법으로 주거권을 보장하는 나라는 벨기에, 스페인, 핀란드, 네덜란드, 포르투갈, 스웨덴이며, 이 중 헌법으로만이 아니라 주거권과 관련된 법률까지 갖춘 나라는 핀란드와 스웨덴, 포르투갈이다. 독일과 오스트리아, 프랑스와 룩셈부르크는 법률로 주거권을 보장하고 있다.

우리가 알아야 할 것은 이 나라들 역시 처음부터 주거권을 헌법과 법률로 보장하지는 않았다는 사실이다. 이들 역시 자본주의적 지배질서가 엄청난 영향력을 발휘하고 있는 국가들이기에, 주거 문제를 시장에 맡기지 않고 국가의 책임으로 선언하고 이를 실현시키는 것은 분명 쉽지 않은 선택이었다. 그렇다면 이 국가들은 어떻게 이런 선택을 할 수 있었을까?

프랑스 대통령의 신년담화에 주거권이 등장한 것은 결코 깜짝

파리 생마르탱 운하 주변에 늘어선 '돈키호테의 아이들'(《오마이뉴스》)

이벤트가 아니었다. 주거권의 법적 보장은 엉뚱하고 기발한 생각을 하기로 유명한 돈키호테의 후손들이 만들어 낸 투쟁의 결과였다. 스스로를 '돈키호테의 아이들'이라 부르는 프랑스의 작은 시민단체는 2006년 주거권 문제를 부각시키기 위해 파리 생마르탱Saint-Martin 운하 주변에 백여 개의 빨간 텐트를 치고 노숙농성을 시작한다. 또 노숙자들과 함께 시내의 빈 건물에 들어가 점거시위를 벌이기도 한다. 이들은 안정적인 집이 없어 일자리를 구하는 것조차 어렵다며, 국가가 자신들을 방치하는 명백한 불법을 저질렀다고 주장한다.

주거권을 요구하는 목소리는 이것이 처음은 아니었다. 프랑스에서는 이미 20세기 후반부터 더 많은 공공서비스를 요구하고 주거권에 대한 사회적 인식을 확산시키는 도시사회운동이 일어났다. 노숙자에게도 주거권을 보장하라는 돈키호테의 아이들의 다소 황당한

문학으로 읽는 나의 인권감수성

요구 역시 이런 역사적 사실과 맞닿아 있다. 이렇게 오랜 투쟁의 결과, 프랑스 정부는 '쾌적한 집에서 살 권리'를 기본권으로 법제화한 것이다. 그리고 그 법에 따라 국가가 적절한 주거를 제공하지 않으면 노숙자들은 정부 기관에 숙박시설을 내 줄 것을 요구할 수 있게 되었으며, 이러한 요구가 제대로 수용되지 않을 경우 정부를 고소할 수도 있게 되었다. 국민의 요구에 국가가 응답한 것이다.

프랑스 노숙인의 주거권 요구 시위는 우리에게 하나의 메시지를 던진다. 오늘날 우리가 누리고 있는 권리, 당연하다고 생각하는 그 많은 권리는 처음부터 누구에게나 평등하게 부여된 권리는 아니었다. 과거 당연한 것이라 여겼던 노예소유권은 더 이상 권리로 인정되지 않는다. 불과 한 세기 전만 해도 여성에게 투표권을 인정하지 않는 국가들이 많았으며, 스위스에서 여성에게 투표권을 부여했던 것은 겨우 1971년부터였다. 이렇듯 오늘날 우리가 당연하게 누리고 있는 권리 대부분은 힘겨운 투쟁의 결과 획득된 것이며, 인권의 범주는 그렇게 오랜 시대를 관통하며 꾸준히 확대되어 왔다. 이러한 역사적 사실은 더 많은 권리를 누리기 위해서는 우리 스스로가 나서서 부딪치고 싸워야 한다는 점을 가르쳐 준다. 파리의 노숙인 역시 힘겨운 싸움 끝에 '적절한 주거'를 누릴 수 있었다. 노숙투쟁이나 점거투쟁을 하지 않았더라면 그들은 여전히 파리 뒷골목을 전전하고 있었을지 모른다.

우리 역시 국가를 상대로 재산과 나이, 성별에 관계없이 모든 국민에게 적절한 주거를 보장해 달라고 요구할 수 있어야 한다. 주거 취약계층의 안정적인 주거복지 마련과 쾌적하고 안전한 주거수준 향상 등을 주요 내용으로 하는 「주거기본법」이 2015년 국회를 통과해 시행됨에 따라 이 문제를 둘러싼 정책과 법의 기준이 **주택**에서 **주거**로 바뀐 것은 분명 의미 있는 변화다. 그러나 문제는 여전히 남아 있다. 아직도 많은 사람들은 낙후된 지역의 재개발은 적극 찬성하면서도 그곳에 주거 약자층을 위한 공공주택이 들어서는 것은 반대한다. 그리고 이런 이들의 이기심을 손가락질하면서도 막상 자신의 문제가 되었을 때는 이웃의 삶과 공공의 이익보다는 나의 손익부터 따지고 든다. 그런가 하면 초등학생들의 장래희망이 건물주라는 기사를 보고 혀를 차면서도 부동산시세와 임대사업 기사를 기웃기웃하는 것이 우리의 부끄러운 민낯이다. 이런 상황들은 법의 변화가 무색하게도 여전히 많은 사람의 인식 속에서 주거의 문제는 개인의 능력과 노력 여부에 따라 결정되는 사유재산과 관계된 것이라는 믿음이 팽배해 있음을 보여 준다.

그러나 이러한 현상의 원인을 소유권을 주장하는 이들의 욕심과 이기심으로 돌리고 해결 방법으로 그들의 양보와 배려를 요구해서는 안 된다. 이는 우리 사회의 오랜 집단적 무의식을 바꿔야 하는 힘든 작업이며, 법과 제도의 근본적인 변화까지 수반되어야 하는 거대한 프로젝트다. 민주주의 사회에서 법과 제도의 변화는 국민의 요구와 필요에 의해 이루어진다. 2015년에 제정된 「주거기본법」 역시 이

전보다 많이 나아졌음에도 불구하고 여전히 주거 약자층을 대상으로 하는 시혜적 성격의 정책이 주를 이룬다는 점에서 아쉬움이 남는다.

주택 공급률은 이미 100%를 웃돌고 있지만 여전히 내 집 마련이 요원한 이들이 있다. 성실히 일한 이들이 안정적으로 살아갈 수 있는 적절한 집을 제 힘으로 마련하기가 어려운 상황에 대해 적극적으로 문제를 제기하고, 모든 국민이 일정 수준 이상의 주거 생활을 할 수 있도록 국가가 책임을 져야 한다고 목소리를 내야 한다. 주택과 토지를 사적 재산의 차원이 아닌 공공의 이익과 가치를 위한 공공의 재산으로 보자는 인식의 전환을 주장하고 그 결과를 법으로 보장해 줄 것을 요구해야 한다. 이는 결코 가지지 못한 자들의 염치없거나 무리한 요구가 아니며 이기적인 소원이나 욕심도 아니다. 인간으로서의 존엄을 지키며 누구나 행복하게 살 권리를 헌법으로 보장하고 있는 국가에서 국민으로 행사할 수 있는 당연한 권리 주장이다.

최근 이런 움직임의 하나로 '도시에 대한 권리'를 주장하고 나선 이들이 있다. 지금까지 누구도 도시라는 공간 전체를 공적 공간으로 인식하고 이에 대한 권리를 주장하고 나설 생각을 하지는 못했다. 그간 한국의 많은 도시는 '아파트 공화국'이라는 결코 아름답지 못한 별명답게 여러 구성원이 함께 살아가는 유기적인 공적 공간이 아니라 부동산 광고판에 적힌 아파트 시세로만 설명되는 거대한 부동산 시장이었다. 도시 전체가 이렇게 규정되다 보니 주거권 역시 모든 이들에게 평등하게 부여된 권리가 아니라 고급아파트에 사는 몇

몇 이들만이 누리는 특권으로 여겨지고 있다. 이런 상황에서 도시 전체를 그곳에 살고 있는 모든 사람이 공유하는 공적 공간으로 보자는 주장은 다소 황당하기까지 하다. 게다가 이들의 주장은 단지 주거 공간에만 한정되지 않는다. 인간의 생존을 위해 필요한 가장 기본적인 요소들, 먹거리와 식수, 위생시설 등을 비롯해 안정적인 일자리와 대중교통, 의료와 교육, 그 외 다양한 복지에 대한 모든 권리를 망라하고 있다. 심지어 광장에서 누구나 자유롭게 자신의 목소리를 낼 권리도 포함되어 있다. 여러분의 눈에는 이들의 주장이 비현실적이고 허황된 것으로 보이는가?

상상하라. 그리고 요구하라.

인권의 역사는 그렇게 이어져 왔다. '도시에 대한 권리'와 같은 주장은 무한한 상상력이 있었기에 가능했다. 현재 상태에서 결핍되었거나 불가능한 것에 문제제기를 하고 이를 당연한 권리로 요구할 수 있는 힘은 현재의 상황을 그대로 수용하지 않고 적극적으로 새로운 가능세계를 꿈꾸며 상상하는 데서 비롯되었다. 그리고 그 결과 인권의 대상과 범위는 확대될 수 있었다. 인간으로서 누려야 할 당연한 권리 가운데 아직까지 법적으로나 현실적으로 정당한 권리로 인정받지 못하는 것들을 고민하고 상상하여 인권의 범주에 포함시키는 것 또한 우리에게 주어진 과제다.

용산참사를 모티브로 한 소설의 제목은 왜 '소수의견'일까? 철거민을 진압하는 과정에서 일어난 석연찮은 죽음의 책임을 묻기 위해 주인공은 국가를 상대로 소송하려 하지만 승소율은 채 20%가 되지 않으며 국가배상을 적극적으로 인정하는 목소리는 대개 대법원 안에서도 소수의견임을 알고 낙담한다. 그때 젊은 법학자 주민은 유명한 미국 연방대법관 올리버 홈즈의 이야기를 꺼낸다. 그는 재직기간 동안 정신병자라는 소리를 들으면서까지 파격적인 소수의견에 몰두했는데, 이후 시간이 흐르고 시대가 변하자 그가 내놓은 소수의견 대부분이 미국 연방대법원의 주류적 입장이 되었다는 이야기를 하며 "이제 소수의견이 자기 자리를 찾을 때가 된"(《소수의견》, 105) 것이라 말한다. 국가는 모든 국민에게 적절한 주거를 마련해 주어야 한다는 생각이 과거에는 분명 터무니없는 소리였을 것이다. 그러나 그 소수의견이 이제는 제법 많은 사람들로부터 공감을 얻고 있으며, 그중 상당수는 이제 어엿한 법조항의 일부가 되었다. '소수의견이 자기 자리를 찾을 때'가 비단 소설 속 허구의 세계에서만 실현되어서는 안 될 것이다.

🌿 미주

1. 김사무엘, 〈신혼부부 특별공급 경쟁률이 65대 1… '바늘구멍 뚫기'〉, 《머니투데이》, 2018. 5. 15.

2. 박홍근, 〈1960년대 후반 서울 도시근대화의 성격: 도시빈민의 추방과 중산층 도시로의 공간재편〉, 《민주주의와 인권》 15(2), 2015, 253쪽.

3. 권태중, 〈마이 홈의 염원〉, 《매일경제》, 1969. 6. 27.

4. 〈광주대단지 일부 천막이주민〉, 《매일경제》, 1971. 1. 16.

5. 대통령비서실, 〈광주대단지 철거민 현황, 문제점 및 대책〉, 1970. 5. 16. (박홍근, 〈근대국가의 처분 가능한 인간 만들기〉, 한국사회학회, 《한국사회학회 사회학대회 논문집》, 2014. 6. 4쪽 재인용)

6. MBN온라인뉴스팀, 〈靑 행정관, "용산참사 통한 촛불시위 확산 대응 위해 강호순 사건 적극 홍보해달라"〉, 2018. 9. 5.

7. 원수빈·정미라, 〈"월세 터무니없이 비싼데 기숙사 막다니… 학생이 돈줄입니까?"〉, 《국민일보》, 2019. 2. 27.

8. 변지민, 〈우리는 민주화했는데 청년들은 겨우 집 달라고?〉, 《한겨레21》 1211호, 2018. 5. 9.

III

끝나지 않은 국가폭력에 대한 문학적 재심
— 5·18의 문학적 형상화와 국가폭력의 공론화

5·18이 일어난 지 근 40년이 흘러 세상이 많이 바뀌었다고 생각하는 오늘날 다시금 계엄이라는 무서운 단어가 뉴스에 등장하기 시작했다. 촛불을 든 시민을 향해 군대가 계엄을 계획했다는 사실이 세상에 드러난 것이다. 제2의 5·18이 일어날 뻔했다. 허구의 세계가 아닌 현실에서. 아직도 1980년 5월 광주에서 누가 어떤 잘못을 저질렀는지, 그 잘못의 결과로 얼마나 많은 사람들이 고통에 시달렸으며 여전히 그날의 상처를 지닌 채 살아가고 있는지 모르는 이들이 많은 듯하다.

왜 여전히 5·18인가? 🌿

내년이면 5·18이 일어난 지 40년이 된다.* 강산이 무려 네 번이나 바뀌는 시간 동안 우리 사회는 아주 많이 바뀌었다. 촛불을 든 시민들이 정치권력의 최고 자리에 있는 대통령을 탄핵하는 놀라운 일이 바로 이 땅에서 일어난 것이다. 불과 30여 년 전까지 쿠데타로 집권한 군사정권이 장악하고 있던 이 땅에서, 교과서로만 배웠던 민주주의가 눈앞에서 실현된 것이다. 그 덕분에 우리 국민들은 세계적인 인권상을 수상하기도 했다.** 이런 상황을 보며 80년 5월 광주를 떠올리는 이들이 있다. 오늘날 이 땅의 민주화는 80년 광주에 빚을 지고 있다며, 다시금 과거의 그 사건을 기억하는 것이다.

그러나 다른 한편에서는 80년 광주에 대해 '아직도?' '또?'라는 반응을 보이는 사람들 또한 적지 않다. 5·18에 관한 소설을 쓴 작가에게 사람들은 "이젠 제발 5월이니 분단이니 하는 거 좀 벗어나서,

---

* 5·18민주화운동을 일컫는 명칭에는 여러 가지가 있다. 국가에서 공식적으로 사용하는 명칭은 '5·18민주화운동'이며, 5·18 관련자들이나 진보진영의 인사들은 '5·18민중항쟁'을 선호한다. 각 명칭 모두 나름의 의미를 내포하고 있으나 이 책에서는 기술의 편의상 '5·18'로 약칭하기로 한다.

** 독일의 비영리 공익·정치 재단인 프리드리히 에버트 재단은 촛불집회에 참여한 '대한민국 국민'을 2017 에버트 인권상 수상자로 선정했다. 인권상이 제정된 1994년 이후, 특정 단체나 개인이 아닌 특정 국가의 국민이 수상자로 선정된 것은 처음이다.(박수진, 〈지난 겨울 촛불 든 당신, 독일 인권상 수상을 축하합니다〉, 《한겨레》, 2017.10.15.)

멋진 거 하나 써보쇼."(《백년여관》, 22)라는 반응을 보인다. 또 다른 작가는 앞으로 5월에 대한 소설을 쓰지 않기로 결심했다고 한다. 소위 '5월 문학'은 이제 식상하다는 말을 듣기 싫어서란다. 이것이 2019년을 살아가는 많은 이들의 솔직한 생각이다. 오늘날 많은 이들에게 5·18은 말 그대로 1980년 5월 어느 날 일어난 '과거의 사건'이자 이미 '종결된 사건'에 지나지 않는다.*

5·18에 대한 국민들의 무관심과 집단적 망각은 아이러니하게도 5·18에 대한 법적 판결이 내려지고 제도적 해결이 진행된 이후 더욱 뚜렷하게 나타났다. 「광주민주화운동관련자보상등에관한법률」(1990), 「5·18민주화운동 등에 관한 특별법」(1995), 「헌정질서파괴범죄의 공소시효 등에 관한 특례법」(1995) 등이 제정되고 이러한 법을 근거로 피해배상과 명예회복이 이루어졌으며, 무엇보다 1996년에는 12·12쿠데타와 5·18민주화운동 무력탄압 및 비자금 은닉사건 등의 혐의로 학살의 책임자인 전두환과 노태우를 법정에 세울 수 있었다. 반란죄와 내란죄 및 수뢰죄 혐의로 전두환에게는 사형이, 노태우에게는 22년 6개월의 형이 선고되었으며, 대법원 상고심에서 각각 무기징역과 17년 형이 확정되었다.

그러나 전두환과 노태우를 법정에 세우기까지의 과정은 결코 순

---

* 원고를 교정하던 무렵이 마침 세월호 5주기 즈음이었다. 불과 5년밖에 지나지 않은, 심지어 진상규명조차 명확하게 이루어지지 않은 사건에 대해서도 '지겹다'는 반응이 나오는 것을 보니, 40년 가까이 지난 5·18을 식상하다고 생각하는 이들의 반응은 그리 놀랍지 않을 정도다.

문학으로 읽는 나의 인권감수성

탄하지 않았다. 검찰과 헌법재판소는 이들을 쉽게 용서해 주려 했다. 다행히 국가범죄자들에게 죄를 묻고 5·18을 기억하려는 많은 사람들 덕분에 「헌정질서파괴범죄의 공소시효 등에 관한 특례법」과 「5·18민주화운동 등에 관한 특별법」이 제정되었고 그 법에 기반해 이들을 법정에 세울 수 있었다. 이후 5월 18일은 국가기념일이 되었고 망월동에 거대한 묘역이 들어섰으며, 그날을 기리는 행사가 합법적으로 열리기 시작했다. 그리고 이와 함께 5·18에 대한 사람들의 마음의 빚도 조금씩 옅어졌다. 다들 '이젠 됐다'는 안도감에 그동안 무거웠던 마음의 짐을 내려놓기 시작한 것이다.

그렇다면 이것으로 5·18에 관한 과거청산은 확실하게 마무리 되었는가. 《봄날》에서 5·18 당시의 상황을 생생하게 재현했던 임철우는 단편 〈어떤 넋두리〉에서 5·18에 대한 청산은 아직 제대로 되지 않았다고 답한다. 소설의 시간적 배경은 그 일이 일어난 지 8~9년쯤 되는 시점이지만 주인공이 쏟아 내는 넋두리의 내용은 지금 들어도 그다지 다를 게 없다. 5·18 유가족인 주인공에게 어떤 청년들이 당시 사건에 대한 이야기를 듣고자 찾아온다. 그의 남편은 상무대에 잡혀가 모진 고문을 받고 석방된 후 정신질환을 앓고 있던 중 길에서 군용트럭을 보고는 발작 증세를 보이며 하천으로 뛰어들어 사망했다. 그러나 사고 수습을 위해 찾아온 경찰은 공연히 광주사태와 관련이 있는 것처럼 떠들지 말라고 협박하며 남편을 알코올중독자로 만들어 버린다. 항쟁이니 민중이니 하는 말조차 낯설었던 평범한 이들은 그렇게 하루아침에 폭도가, 불순분자가 되었다. 그리고 피해자들이 쉬쉬하며 숨죽여 사는 동안 백주 대낮에 죄 없는 사람들을 수천 명씩 죽인 자들은 대통령이 되고 장관이 되어 온갖 호사를 다 누리고 살고 있다.

세월이 흘러 '나도 오일팔 유가족이오' 하고 떳떳하게 신고할 수 있는 세상으로 바뀌자 그동안 입 다물고 있던 이들이 하루아침에 용감하고 양심 바른 애국자가 되어 나타난다. 광주 사람들을 간첩, 빨갱이로 몰아붙이던 언론은 어느새 이들을 애국자로 찬양하기 시작했으며, 정치인들은 명예회복과 진상규명을 운운하고 천하에 없는 은혜를 베풀 듯이 행세하며 자신이 바로 민주투사였노라 나서기 시작한다. 그동안 모른 척하다 세상이 바뀌기 시작하니까 우르르 몰려드는 사람들을 보며 주인공은 야속하고 미운 생각이 들기도 한다. 자신의 공을 자랑하기만 급급한 채 여전히 누구 하나 책임지고 벌을 받겠노라 나서는 사람은 없으며, 망월동이 사람들로 북적이기는 하나 여전히 뒤에서는 보상금을 받아 벼락부자가 되었다고 쑥덕이는 사람들이 있는 한 주인공의 넋두리는 끝나지 않을 것이다.

그의 이런 넋두리를 듣고 있자면 제대로 청산된 것은 하나도 없는 듯하다. 자신을 이렇게 만든 정치인들은 심판과 처벌을 받지도 않고 큰 은혜를 베풀어 주듯 명예회복과 진상규명을 운운하고 있으며, 광주 사람 전체를 폭도니 불량배니 하면서 몰아붙이고 간첩과 빨갱이로 억지 누명을 씌웠던 언론 역시 어느 순간 용감하고 양심 있는 애국자로 변해 있다. "세상 인심이란 것이 본디가 세치 혓바닥 맨키로 간사하고 비겁헌 것"(《어떤 넋두리》, 245)이라고는 하나 정권이 바뀌고 세상이 달라졌다고 하루아침에 손바닥 뒤집듯 태도를 달리하는 사람들의 모습은 제대로 된 과거청산과는 거리가 멀어 보인다. 정치인, 언론인, 지식인, 누구 하나 그 끔찍하고 엄청난 일이 자기 때문이었다며 책임을 지고 벌을 받겠다고 나서는 사람이 없다. 오히려 뻔뻔스럽게 나도 애국자요, 나도 민주투사요 하고 나서는 지경이다.

　이 소설의 배경인 1989년 무렵에 이랬던 자들이 2019년에는 조금 달라졌을까? 10여 년 이상의 오랜 투쟁 끝에 1990년대 들어 5·18 관련 법들이 제정되고 그에 따라 가해자들을 법정에 세웠지만 세 치 혀만큼이나 간사하고 비겁한 정치적 명분과 이해관계 때문에 1997년 겨울, 그들은 국민 대화합이라는 거창한 명분으로 용서받는다.

　과거청산의 대상은 비단 이들뿐인가? 광주 사람들은 원래 독하고 악해서 그런 일이 벌어졌다고 손가락질하고 수군대던 이들이 세상이 바뀌자 앞다투어 망월동을 찾는다. 그런가 하면 5·18 유가족에 대한 피해배상 소식에 "보상금 받으면 벼락부자 되겠다"(《어떤 넋두리》, 259)고 부러운 듯이 쑥덕이기까지 한다. 누군가에게는 고통스러운 기억이 다른 이들에게는 그저 돈으로만 환산될 뿐이다. 부끄럽지만 이런 모습이 바로 우리의 민낯이다. 사건이 일어났을 당시에는 권력자의 눈치를 보느라 애써 모른 척했고, 언론과 권력자의 말을 의심 없이 그대로 믿은 채 아무 잘못 없는 이들을 빨갱이, 폭도로 낙인찍어 차별했다. 그러다 권력자가 바뀌자 언제 그랬냐는 듯 광주를 찾아 자신들이 빨갱이라 불렀던 이들을 위로한다. 그것도 잠깐뿐, 또다시 사람들의 관심은 광주로부터 멀어졌고 그렇게 80년 광주는 1년에 단 하루만 떠올리는 기념일의 하나가 되었다.

아이러니하게도 사회가 민주화되어 자유롭게 5·18을 기억하고 추모할 수 있게 되면서 5·18은 사람들의 관심 속에서 더 멀어졌다. 5·18을 이야기하는 것이 사회적 금기였던 시대에는 그에 대한 반발로 금기의 대상을 잊지 않으려 노력했다면, 그러한 금기가 사라지고 누구나 언제든 자유롭게 이야기할 수 있게 된 오늘날 오히려 이 사건의 무게는 가벼워진 것이다. 이렇게 5·18이 1년에 하루뿐인 기념일로만 기억된 데는 법적 문제해결이 이미 끝났다는 안심도 한몫했다. 법은 이미 범죄자를 법정에 세워 심판했고 피해자들에게는 배상을 마쳤기 때문이다.

그렇다면 이로써 모든 것이 해결되었다고 말할 수 있을까? 법정에 섰던 범죄자들의 죄의 무게는 깃털처럼 가벼웠고, 피해자들에게 주어진 배상은 여러모로 충분하지 못했다. 한편에서는 '보상금 받아 벼락부자 되었다'거나 '보상금 받아 팔자 고쳤다'는 등 피해자들을 향한 제2, 제3의 가해행위들이 버젓이 이루어지는가 하면, 다른 한편에서는 논리적이고 과학적인 법의 높은 장벽을 넘어서지 못해 피해자이면서도 피해자로 인정받지 못하는 상황이 발생하기도 했다. 물리적 피해에만 집중한 결과 고문과 도피생활, 수형생활 과정에서 얻은 정신질환은 과학적인 인과관계를 입증하기 어렵다는 이유로 제외된 것이다. 국가폭력의 피해자들은 자신들의 피해와 고통을 스스로 입증해야만 했다. 그것도 낯선 법의 언어로.

국가폭력의 피해자들을 위한 인권병원을 세워 장기적으로 피해자의 치료와 회복에 관여하는 외국의 사례와 달리 금전적인 방식으로 배상의무를 털어 버리는 우리의 접근법은 또 다른 인권침해로 이어질 수 있다는 점에서도 문제적이다. 돈으로 모든 고통을 치유할 수 있다는 자본주의의 주술적 믿음이 만연한 사회 분위기에서 배상금을 받는다는 것은 사건의 종결을 의미했고, 배상금을 받은 이들은 더 이상 고통을 호소할 수 없게 되었다. 따라서 배상이 이루어진 후에도 여전히 5·18을 언급하는 것은 그 저의를 의심받아 오히려 비난의 대상이 될 뿐이다.

5·18은 광주라는 특정 지역에서 고립된 형태로 일어난 사건이라, 당시에도 많은 사람들에게 '타인의 문제' 혹은 '그들만의 문제'로 여겨졌다. 그 당시의 사정이 이러했으니, 5·18이 일어난 지 40년 가까이 된 오늘날의 사람들은 대부분 5·18에 대해 제3자이자 방관자일 수밖에 없다. 2010년에 발표된 연구에 따르면, 당시 한국인의 약 45%는 5·18이 일어난 1980년에 태어나지도 않았으며, 5·18을 주체적으로 인식했을 만한 연령인 15세 이상의 한국인은 전체 인구 중 약 27%에 불과하다고 한다.[1] 이로부터 10년 정도 지난 지금은 이 비중이 더 줄었을 것이고 그만큼 5·18은 더 멀어진 셈이다. 이처럼 국

민 대다수에게 5·18은 과거의 사건이자, 역사화된 사건이며, 타인의 문제일 뿐이다. 그러나 우리의 관심 여부와 상관없이 과거 그 현장에 있었던 이들의 고통은 계속되고 있다.

야만의 시간 🌿

이때 진월동 원제마을 앞 원제저수지에서 목욕을 하던 어린이들에게조차 무차별 총격을 가하여 중학교 1학년 방광범方光汎. 13세이 총상을 입고 그 자리에서 숨졌다. 또 군인들은 효덕국민학교 부근 마을 어귀에서 놀던 어린이들에게도 총격을 가하여 그 학교 4학년 전재수全在洙. 10세가 총상으로 죽었다. 총소리에 놀란 아이들이 뒷동산으로 무작정 도망치는데 허겁지겁 뛰어가던 전재수의 검은 고무신이 무엇인가에 채어 벗겨졌다. 전재수가 뒤돌아 고무신을 주워 들려는 순간 쏟아지는 총탄에 맞아 사망했다.[2]

소설의 한 장면이 아니다. 차라리 상상으로 지어낸 이야기였다면 좋았겠지만 안타깝게도 이 이야기는 모두 실제로 일어난 일이다. 그것도 한 마을에서 하루 동안 일어난 일이다. 무장한 시위대가 아니라 평화롭게 일상을 즐기던 이들이, 게다가 어린이들이 아무 영문도 모른 채 희생양이 되는 이런 일들이 며칠에 걸쳐 일어났다. 그 며칠의 잔인한 시간의 시작은 이러했다.

전남대학교 정문에서 전경과
대치하고 있는 학생들(5·18기념재단)

학생들은 다리 부근에 모여 앉아 노래를 부르고 구호를 외치며 농성을 시작했다. 어느덧 학생 숫자가 2백~3백명 정도로 더 불었다. '계엄령 해제하라' '전두환 물러가라' '계엄군 물러가라' '휴교령 철회하라'는 구호들이 격렬하게 튀어나왔다. (…)

"돌격 앞으로!"

짧고 굵은 목소리로 명령이 떨어졌다. 공수대원들이 '으악' 소리를 내지르며 위협적으로 학생들 사이로 파고들었다. 곤봉으로 마구 후려치기 시작했다. 경찰들과는 전혀 달랐다. 가차 없이 머리를 후려갈겼다. 학생 몇명이 피를 쏟으며 순식간에 땅바닥에 나뒹굴었다.[3]

5월 17일 허수아비 대통령은 비상계엄을 전국으로 확대했고 이에 따라 모든 학교에 휴교령이 내려졌다. 갑작스러운 이 상황에 대해 학생들은 '계엄해제'와 '휴교령 철회'를 외쳤을 뿐이다. 학생들의 너무나 당연한 요구에 대한 국가의 응답은 무장한 군인들의 무자비한 폭력이었다. 이렇게 시작된 군인들의 만행은 며칠 동안 광주라는 도시와 그곳 사람들을 완전히 파괴해 버렸다. 일제 때 무서운 순사도 많이 보았고, 6·25 때 공산당도 겪었지만 저렇게 잔인하게 죽이는 놈들은 처음 본다던 어느 할아버지의 말처럼, 베트남전에 참전해서 베트콩도 죽여 봤지만 저렇게 잔인하지는 않았다는 어느 중년 사내의 말처럼, 열흘이라는 시간 동안 광주는 어디서도 볼 수 없었던 잔인한 폭력의 공간이 되었다.[4]

이 야만의 시간을 기억하고자 작가 한강은 《소년이 온다》라는 장편소설을 세상에 내놓는다. 《소년이 온다》에는 여러 명의 서술자가 등장한다. 모두 5·18에 대해 할 말이 많은 사람들이다. 그만큼 5·18로 고통받은 사람이 다양하다는 뜻이기도 하다. 1장의 주인공은 열여섯 살의 동호다. 그는 아수라장 속에서 실종된 친구 정대를 찾아 우연히 상무관에 갔다가 그곳에 남아 시체를 수습하는 일을 돕게 된다. 어린 동호는 자신을 데리러 온 엄마를 돌려보내며 끝까지 그곳에 남기로 한다. 2장의 주인공은 동호가 그렇게 찾던 정대다. 그런데 그는 더 이상 육체를 가진 존재가 아니다. 영혼의 상태가 된 정대는 동호를 만나러 가던 중 수천 개의 불꽃을 쏘아 올리는 것 같은 폭약 소리와 함께 한꺼번에 숨들이 끊어지는 소리를 듣게 되고 그 속에서 동호의 죽음을 느낀다.

3장은 그날 동호와 함께 상무관에 있었던 은숙의 이야기다. 그 일이 일어난 지 5년이 넘도록 그는 마지막까지 함께하지 못하고 혼자 도망쳐 나온 것에 대한 죄책감을 가지고 살아간다. 출판사에서 일하는 그는 자신이 편집을 맡은 책의 번역자를 찾는 조사관들로부터 가혹한 조사를 받으며 과거의 일을 하나씩 떠올린다. 4장의 주인공 역시 동호와 함께 상무관에 있었던 이들이다. 이들은 최후의 그날까지 도청에 남아 싸웠으며, 이후 상무대 유치장에 끌려와 모진 고문을 받는다. 차마 인간이 인간에게 가하는 행위라고는 할 수 없을 정도의 야만적인 수감생활을 마치고 나온 이들은 온전한 삶을 살지 못한다. 고문으로 인해 생긴 상처와 흉터를 들여다보면서 4장의 주인공들은 아직도 살아 있다는 치욕과 싸운다.

5장은 선주의 사연이다. 그 역시 동호와 은숙, 진수와 함께 그날 상무관에 있었다. 그는 휴일도 없이 하루에 15시간씩 일하던 여공이었다. 공장에서 만난 성희언니와 함께 노조운동을 하다 해고당한 그는 광주로 내려와 미싱사로 일하던 중 5·18을 맞는다. 그날을 기억하는 것조차 고통스러운 그는 과거와 관련된 사람들을 모두 밀어낸 채 살고 있다. 그러던 중 논문을 위해 증언을 해 달라는 부탁을 받고 망설이던 그는 마침내 증언을 결심하고 죽음을 앞둔 성희언니를 만나러 간다. 마지막 6장의 주인공은 동호의 어머니다. 막내아들 동호가 죽은 이후 그는 죽은 아들과 닮은 아이만 봐도 쫓아가고 새벽마다 아들 사진을 꺼내 가만히 이름을 불러보기도 한다. 그렇게 그는 봄이 오면 다시 미치고 여름이면 지쳐서 시름시름 앓다가 가을에 겨우 숨을 쉬고 겨울엔 삭신이 얼어버리는 고통의 시간을 되풀이하며 살고 있다.

여러 명의 인물이 모두 자신의 고통을 이야기하고 있지만 이 소설의 주인공은 단연 열여섯 살의 동호다. 총이 무섭고 죽음이 두려웠던 어린 동호는 친구 정대가 총에 맞는 것을 목격하고도 넘어진 친구를 뒤로하고 혼자 도망친다. 그리고 미안한 마음에 친구를 찾아 상무관까지 오게 된 동호의 죽음은 그래서 더 비극적이다. 마지막 항전의 날, 진수는 총을 버리고 항복하면 어린 학생들은 살려줄 것이라는 순수한 믿음으로 동호를 비롯한 다섯 명의 어린 학생들을 상무관 밖으로 내보내지만, 두 손을 든 채 건물 밖으로 나온 아이들을 기다리는 것은 계엄군의 기관총이었다. 그렇게 동호를 포함한 아이들은 한 줄로 나란히 걸어오던 그 모습 그대로 쓰러져 죽는다. 이제 겨우 열여섯인 소년도, 항복을 선언하고 나오는 이들도 계엄군의 눈에는 모두 진압해야 할 폭도에 지나지 않았던 것이다. 그날 군인들이 지급받은 80만 발의 탄환이 그 증거다. 40만 명이 살고 있는 도시의 모든 사람에게 두 발씩 쏠 수 있는 엄청난 수의 탄환은 그들의 폭력이 얼마나 무자비하게 자행되었는가를 간접적으로 보여 준다.

당시 정황을 증언한 기록에 따르면, 학생의 행방을 추궁하던 군인이 도망치던 학생을 숨겨 준 할머니를 곤봉으로 후려치기도 하고 지나가는 시내버스를 모두 검문하면서 '광주 놈들은 모조리 죽여 버려야 한다'며 반항하는 사람들을 마구잡이로 난타하기도 했다고 한다. 시위하던 청년을 잡아서는 전봇대에 거꾸로 매달아 놓고 시민들이 보는 가운데 곤봉으로 난타해 죽이는가 하면, 여자들의 속옷을 찢고 아랫배나 가슴을 구둣발로 차기도 했다.[5] 공수부대원의 이러한 만행은 단순히 적과 싸우는 군인의 모습이 아니었다. 가능한 한 많은 시민이 보는 앞에서 가장 잔인한 방법으로 자행된 이들의 폭력은 분명한 목적을 수행하기 위한 의도적이고 계획적인 행위였다. 무차별적이고 무자비한 폭행과 살육은 그것을 지켜보는 사람들로 하여금 극한의 공포심을 느끼게 하여 그들을 통제하는 효과가 있기 때문이다.

국가의 폭력은 여기서 끝나지 않았다. 붙잡혀 온 이들에게 가해지는 가혹한 고문과 악행의 현장은 말 그대로 지상의 지옥을 재현한 듯했다. 총을 든 군인들이 감시하고 있는 부채꼴 모양의 수감실과 조사실이 바로 그곳이다. 한 방에 100명에 가까운 사람들이 빽빽하게 앉아 있는 수감실 생활은 본능적 욕구와 맞서 싸워야 하는 원시 상태 그대로였다. 눈꺼풀에 담뱃불을 문지르는 공포의 기억 때문에 잠을 잘 수도 없고, 오줌이라도 받아 마시고 싶을 정도로 갈증을 느끼지만 물을 마실 수도 없다. 그리고 영혼까지도 빨아들일 것만 같은 배고픔의 상태는 언제나 절정에 달해 있다.

그곳의 한끼 식사는 식판에 담긴 밥 한줌과 국 반그릇, 김치가 전부였습니다. 그것을 우리들은 2인 1조로 나눠 먹었습니다. 김진수와 한 조가 되었을 때, 서서히 혼이 빨려나간 짐승과 같은 상태였던 나는 안도했습니다. 그는 많이 먹을 것 같은 사람이 아니었으니까요. 얼굴이 창백하고 눈언저리는 병자처럼 어두웠으니까요. 두 눈은 생기도 표정도 없이 공허하게 번쩍였으니까요.

 한달 전 그의 부고를 들었을 때 가장 먼저 떠오른 것이 바로 그 눈이었습니다. 멀건 콩나물국에서 콩나물을 골라 먹다 말고 멈칫 나를 보던 눈. 그가 콩나물을 다 먹어버릴까봐 긴장하고 있던 나를, 우물거리는 그의 입술을 혐오하며 쏘아보고 있던 나를 묵묵히 마주 바라보던, 나와 똑같은 짐승이었던 그의 차갑고 공허한 두 눈.(《소년이 온다》, 107)

2인 1조의 배식은 적은 식사량으로 수감자들에게 배고픔의 고통을 주기 위함이 아니다. 수감자에게 가해지는 최고의 고문은 인간으로서의 최소한의 존엄성을 스스로 놓아 버리게 하는 것이다. 밥알 하나, 김치 한 쪽을 두고 짐승처럼 싸우는 모습에서 태극기를 흔들며 자유를 외치던 인간으로서의 존엄은 더 이상 찾아볼 수 없다. 마지막까지 함께 싸우던 동료가 이제는 밥그릇을 두고 싸우는 사이가 된 것이다. 조금이라도 밥을 더 먹으려고 서로를 경계하는가 하면, 창백한 모습의 동료를 보고 걱정하기는커녕 밥을 많이 먹지 않을 것이라고 안도하기도 한다. 인간으로서의 존엄은 철저하게 파괴된 채 굶주린 배를 채우기 위해 벌이는 이전투구는 그저 짐승의 다툼에 지

문학으로 읽는 나의 인권감수성

나지 않는다. 스스로 인간다움을 포기하고 자신은 그저 짐승에 불과하다는 것을 인정하는 것, 따라서 자신이 외치던 구호도 결국 아무런 가치가 없음을 인정하는 것, 이것이 바로 학살자들이 원하던 것이었다.

인간다움을 거세하여 비인非人의 상태가 된 대상은 관리하고 통제하기가 한결 수월해진다. 이는 나치가 아우슈비츠를 관리했던 방식이기도 하다. 나치수용소에서 살아남은 이들의 증언에 따르면 그곳에서 가장 견디기 힘든 고통은 똥오줌의 폭력이었다고 한다. 배설물이라는 혐오스러운 것을 제대로 처리하지 못해 그것들과 함께 나뒹굴어야 하는 상황은 수용자들로 하여금 스스로 인간이기를 포기하게끔 만든다. 그렇게 인간이기를 포기한 자들은 다루기가 용이하다. 사람보다 개를 죽이기가 쉽고, 개보다는 쥐나 개구리를 죽이는 것이 쉬우며, 벌레 같은 것을 죽이는 일은 아무것도 아니기 때문이다.[6]

고문의 양상 또한 매우 다양하고 정교했다. 비녀꽂기와 통닭구이, 물고문과 전기고문은 말할 것도 없고 성고문까지 서슴지 않고 이루어졌다. 항복을 외치는 어린 소년들을 향해서도 무자비하게 총을 쏘고, 무기를 소지하지 않은 시민들을 향해서도 무차별적인 총격을 가하는가 하면, 차마 인간에게는 할 수 없는 잔인하고 처참할 정도의 고문과 학대를 가하는 이런 모습을 보고도 인간은 여전히 존엄하고 귀한 존재라고 말할 수 있을 것인가. 단지 그곳에 살고 있다는 이유 하나만으로 많은 이들이 짐승만도 못한 모욕을 받고 끝내 죽음을 맞이했다. 그리고 겨우 살아남은 자들은 죽음보다 더 힘든 고통을 겪으며 살아가야 했다.

살아남은 자의 슬픔 🌿

광주의 진실을 알리는 유인물을 뿌리다가 체포된 시인 황지우는 지금도 머리를 감다가 물이 코로 조금만 들어가도 숨이 멈추고 고문실에 거꾸로 매달려 있던 고통의 시간이 떠오른다고 털어놓은 바 있다. 비단 이뿐이겠는가. 모든 인권 문제가 그러하듯 피해자의 아픔은 쉽게 치유되지 않는다. 특히 정신적 상처는 육체적 상처와 달리 시간이 지남에 따라 자연적으로 아물거나 무뎌지지 않는다. 또한 환부가 겉으로 드러나는 것이 아니기에 오롯이 혼자 감당해야 한다는 점에서 더 견디기 힘든 고통이다.

《소년이 온다》 4장의 주인공 '나'와 진수 역시 5·18의 후유증을 심하게 앓고 있는 이들이다. 함께 잡혀가 고문을 받고 수감생활을 했던 진수와 '나'는 석방 후에도 온전한 삶을 살지 못한다. 학생이었던 이들은 학교로 돌아가지 못했고 취직조차 하기 어려워 가족의 신세를 지며 살아갈 수밖에 없는 무용한 존재가 되었다. 둘은 각각 원인 모를 두통과 치통에 시달렸고, 술에 의지하지 않으면 잠을 이룰 수 없다. 기억조차 하고 싶지 않은 그 여름의 조사실이 그들 몸에 새겨져 있기에, 그들은 진통제와 수면유도제에 의지해서만 간신히 살아간다. 이런 모습에 가족과 친구는 물론이고 자신들도 스스로를 경멸하기 시작했고, 마침내 자해라는 극단적인 형벌을 내리기까지 한다. 자기 몸에 새겨진 고통의 기억에서 자유로워지는 방법은 죽음뿐이었고, 그래서 매일 밤 수면제를 술에 타서 먹고 손목을 그었던 것이다. 그러나 제 의지대로 죽지도 못한 채 또 다른 감옥인 정신병원에 들어가 살 수밖에 없는 것이 바로 이들의 처지다.

고문과 수감생활의 후유증이 아니어도 80년 5월, 그곳에 있었다는 이유 하나만으로 온전한 삶을 살지 못하고 살아 있어도 죽은 것 같은 사람들이 있다. 그 사건 이후의 모든 삶이 장례식이 된 채 살아가는 이들이 있다. 허기를 느끼며 음식 앞에서 입맛이 도는 자신의 모습을 치욕스럽게 여기는 사람이 있다. 《소년이 온다》에서 동호와 함께 상무대에서 시신을 수습했던 은숙은 마지막까지 함께하지 못하고 다락방에 숨어 있었다는 사실을 자책하며 살아간다. 너무 두려운 마음에, 살고 싶다는 마음에 어린 동호를 끝까지 붙잡지 못하고 혼자 나온 것을 후회하는 은숙은 그날 이후 먹는다는 행위 자체를 치욕스럽게 생각하며 스스로를 괴롭힌다. 5월 광주를 떠올리게 하는 연극에서 어린 배우를 보던 은숙은 동호가 생각나 차마 그 배우의 얼굴을 바로 보지 못하고 눈을 감는다. "네가 죽은 뒤 장례식을 치르지 못해, 내 삶이 장례식이 되었다"(《소년이 온다》, 102)는 그의 고백처럼, 그날 이후 그의 삶은 결코 온전할 수 없었던 것이다.

동호를 잊지 못한 채 자책하며 살아가는 또 다른 한 명이 있다. 은숙, 동호와 함께 상무대에서 시신을 지켰던 선주 역시 동호에게 집으로 가라고 당부하지 못한 자신을 원망하고, 마지막까지 함께하지 못한 스스로를 자책하며 사회와 격리된 채 살아간다. 그는 동료들과 어울리지도 않고 좀처럼 자신의 이야기를 꺼내지도 않으며, 답답할 정도로 과거의 고통에 매여 있다. 왜냐하면 그에게는 살아남았다는 죄책감과 함께 다른 사람에게는 차마 말 못할 그날의 상처가 있기 때문이다.

삼십 센티 나무 자가 자궁 끝까지 수십번 후벼들어왔다고 증언할 수 있는가? 소총 개머리판이 자궁 입구를 찢고 짓이겼다고 증언할 수 있는가? 하혈이 멈추지 않아 쇼크를 일으킨 당신을 그들이 통합병원에 데려가 수혈받게 했다고 증언할 수 있는가? 이년 동안 그 하혈이 계속되었다고, 혈전이 나팔관을 막아 영구히 아이를 가질 수 없게 되었다고 증언할 수 있는가? 타인과, 특히 남자와 접촉하는 일을 견딜 수 없게 됐다고 증언할 수 있는가? 짧은 입맞춤, 뺨을 어루만지는 손길, 여름에 팔과 종아리를 내놓아 누군가의 시선이 머무는 일조차 고통스러웠다고 증언할 수 있는가? 몸을 증오하게 되었다고, 모든 따뜻함과 지극한 사랑을 스스로 부숴뜨리며 도망쳤다고 증언할 수 있는가? 더 추운 곳, 더 안전한 곳으로. 오직 살아남기 위하여.(《소년이 온다》, 166~167)

활자화된 것을 보는 것만으로도 끔찍한 상황을 겪은 선주는 남자와의 접촉은 고통스럽기만 하고, 아이는 영원히 가질 수 없으며, 심지어 스스로 자신의 몸을 증오하기까지 하는 극심한 고통에 시달리고 있다. 증언을 위해 5월의 그날을 떠올리는 것만으로도 고통스럽다. 이렇듯 80년 5월 광주에서 살아남은 자들이 평생 감당해야 할 고통의 무게는 그것을 겪지 않은 사람들의 상상을 초월한다. 선주와 은숙 또한 피해자이면서도 단지 살아남았다는 이유 하나만으로 죄인처럼 살아가는 것이다. 그것도 아주 무거운 형량을 선고받은 죄인처럼, 평생 부끄러움과 자책이라는 형량의 무게를 오롯이 감당하며 살아간다.

살아남은 자들을 괴롭히는 죄책감은 그들의 몸을 통해 구체적인 증상으로 나타나기도 한다. 문순태의 〈최루증〉에서는 살아남은 자의 고통이 수시로 흘러내리는 눈물의 형태로 표현된다. 〈최루증〉의 주인공 오동섭은 13년이 지났지만 여전히 5월만 되면 고질병이 도지듯 가슴이 벌렁거리고 맥박이 빨라진다. 그리고 무엇보다 그날 이후부터 이상하게도 눈물이 많아졌다. 그의 눈물에 대한 의사의 진단은 '5·18 최루증'이다. 원래는 눈물이 많지 않았던 그가 난생 처음 눈이 팅팅 붓도록 울었던 날이 바로 13년 전 5월 24일, 시민군이 진을 치고 있었던 도청에서였다. 그가 맡은 일은 '보도' 완장을 차고 상무관에 안치된 시신들을 찍는 것이었다. 그곳에서 그는 처음으로 온몸이 떨리는 참을 수 없는 분노의 눈물을 흘렸다. 돈이 되지 않는 일이라면 한 발짝도 움직이기를 싫어하던 그가 위험을 무릅쓰고 카메라를 점퍼 속에 숨기고 나와서까지 비극의 현장을 찍게 된 이유는 그 자신도 제대로 설명할 수 없다. 이후 그곳에서 사진을 찍었다는 이유로 정보기관에 불려가 수시로 곤욕을 치르기도 했지만 그는 땅속에 묻어 둔 필름의 존재를 끝내 말하지 않는다.

"1980년 5월, 광주의 유혈은 이 나라 민주주의의 밑거름이 되었습니다"(《최루중》, 397)는 대통령의 특별 담화가 발표된 후 그는 오랫동안 간직해 온 사진을 방송국과 신문사에 보낸다. 그의 사진이 신문에 실리고 며칠 후 낯선 사내가 오동섭을 찾아온다. 오동섭은 한눈에 그 사내를 알아본다. 사내는 그가 찍은 사진 속에서 겁먹은 청년을 길바닥에 무릎 꿇린 채 매서운 눈초리로 그의 가슴팍에 총검을 들이대던 군인이었다. 그 군인은 이 사진 때문에 자신의 인생이 망가졌다며 오동섭에게 따지고 든다. 죽은 사람들보다 자신이 더 고통스러웠다는 그는, 사진 속 그 젊은이를 찔렀냐는 오동섭의 질문에 전혀 죄의식을 느끼지 않는 얼굴로, "개머리판으로 머리를 깠지요"(《최루중》, 400)라고 태연하게 말한다. 그리고 자신은 명령에 복종할 수밖에 없는 군인이었다는 뻔한 변명을 덧붙인다.

그런 그가 오동섭을 찾아온 이유는 사진 속 젊은이의 생사를 확인하기 위해서였다. 그 사진을 확대해서 인화해 달라는 말에서 오동섭은 진심 어린 용서를 빌고자 함이 아니라 단지 죄책감으로부터 벗어나고자 애쓰는 이기적인 인간을 본다. 그럼에도 불구하고 오동

학생을 곤봉으로 내리치는 군인과 광주 시민군의 모습(5.18기념재단)

섭은 그 군인이 사진 속 젊은이를 찾아 용서를 구하는 장면을 상상하며 확대한 사진을 들고 그를 기다리지만 그는 끝내 나타나지 않았고, 오동섭은 사진 속 젊은이를 보며 또 한 번 눈물을 흘린다.

오동섭의 최루증은 비겁하게 살아남은 자로서의 죄책감과 아무 것도 하지 못했다는 부끄러움에서 비롯된 것이다. 자신의 눈앞에서 청년의 가슴팍에 총부리가 겨눠지는 것을 보고도 사진만 찍고 비겁하게 도망쳤던 과거의 자신과, 사진을 공개했을 때 가족에게 가해질 불이익 때문에 오랫동안 사진을 내놓지 못했던 현재의 자신이 부끄러웠던 것이다. 13년 만에 용기를 내어 찾은 망월동 묘지에서 그는 필름을 세상에 내놓지 못하고 땅에 묻어 둔 자신이 너무 비굴하게 느껴져 무덤을 바로 보지도 못한다. 누가 뭐라고 하지 않아도 스스로가 부끄러움을 느끼며 그로 인한 고통을 기꺼이 감내하며 살아가는 것이다.

임철우의 단편 〈봄날〉에도 오동섭처럼 자신만 살아남았다는 괴로움에 고통받는 인물이 등장한다. '나'는 친구들과 함께 정신병원에 입원해 있는 친구 상주를 면회하러 간다. 상주는 80년 5월 어느 날 친구 명부가 애타게 문을 두드리는 소리를 듣고도 문을 열어 주지 않은 채 이불 속에 숨어 있었고, 그런 자신 때문에 명부가 잡혀가 죽었다고 생각한다. 진실을 알 길은 없다. 상주의 동생은 오빠의 말이 피해망상으로 인한 엉뚱한 이야기일 뿐이라며 극구 부인하는데, 그날 밤의 진실을 알고 있는 명부는 죽었기 때문이다. 그리고 상주 역시 명부의 죽음을 접한 이후 자신이 만든 착각 속에서 빠져나오지 못하기 때문이다.

상주는 밤만 되면 명부가 찾아와 문 앞에서 자기를 부른다고 말하며 기어이 명부의 무덤을 파서 그의 죽음을 직접 확인하겠다고 나서기까지 한다. 이후 그는 자해를 시도했고, 병원과 기도원을 오가는 생활을 하고 있다. 80년 5월 이후 상주는 늘 무엇인가에 쫓기고 있다. 그것은 죽은 명부일 수도, 명부의 죽음에 대한 죄책감일 수도 있다. 확실한 것은 명부의 죽음이 상주에게는 끝끝내 벗어날 수 없는 거대한 덫이 되었다는 것이다.

누군가에게는 생채기 정도인 것이 다른 이에게는 가슴에 박힌 커다란 나무못일 수 있다. 시간이 지나면서 그 나무못을 뽑아내고 예전처럼 살아가는 이들이 있는가 하면, 아물지 않아 늘 진물이 나는 상처를 가지고 사는 이들도 있다. "벌써 몇 년이 지난 일이잖아. 남들은 언제 그랬느냐 싶게 잘들만 살고 있는데"(〈봄날〉, 19)라는 친구의 말처럼, 대부분 저마다 나름의 방법으로 과거의 아픈 기억을 아물리고 꿰매면서 살아가지만, 나무못을 뽑아내기는커녕 그것이 날카로운 칼날로 변해 신체는 물론이고 가슴과 영혼까지 난도질되는 상황에 처한 이들도 있다.

그날의 고통을 경험해 보지 못한 자로서는 비교하는 것조차 송구한 일이지만, 은숙과 선주, 동섭과 상주가 겪는 정신적 고통이 결코 육체적인 고통에 비해 가볍다거나 사소하다고 할 수는 없을 것이다. 문제는 법의 눈에는 이들의 고통이 쉽게 보이지 않는다는 점이다. 끝까지 남아 싸우겠다는 중학생 아이의 손을 억지로라도 끌고 오지 못한 이의 마음과 자신이 찍은 사진을 세상에 쉬이 내놓지 못하는 이의 심정까지 헤아리기에는 법의 그물망이 너무 성기다. 타인의 고통에 대해서까지 마음을 쓰고 고통스러워 하는 이들을 위로하거나 보듬을 만한 명시적인 조항이 법에는 포함되어 있지 않다. 결국 이들은 법으로도 보호받지 못한 채 혼자서 오롯이 스스로가 내린 가혹한 형량을 감당해야 한다. 피해자이지만 피해자로 나서지 못한 채.

화려한 휴가의 대가 🌿

"죽은 사람들보다는 오히려 내가 더 고통스러움을 당했지요. 정말 사는 게 아니었어요. 아무도 내 고통을 모를 것입니다."(〈최루증〉, 399) 〈최루증〉에서 주인공이 찍은 사진 속 군인은 자신의 고통이 죽은 사람의 그것과 비교해 더 크다고 하소연한다. 당신 때문에 죽거나 부상당한 사람들의 인생은 생각해 보지 않았냐는 질문에는 군인이란 명령에 복종할 수밖에 없다는 준비된 답을 내놓는다. 그의 이런 태도가 뻔뻔하고 이기적으로 보이기도 하지만 한편으로는 고개가 끄덕여진다. 그저 명령을 수행했을 뿐인 자신은 이렇게 고통 속에서 살고 있는 데 반해 자신에게 비인도적인 명령을 내렸던 상관들은 진급을 하고 훈장도 받고 권세를 누리며 떵떵거리고 살고 있다는 억울함이 바로 그것이다. 그의 말처럼, 그는 단지 일개 사병에 불과했고 군대에서 명령 불복이란 목숨과 맞바꿀 각오를 해야만 가능한 것이기 때문이다. 헌법으로 엄연히 보장된 저항권도 군대에서는 아무런 힘을 발휘하지 못한다. 군대란 그런 곳이었다.

이순원의 소설 〈얼굴〉의 주인공 김주호가 기억하는 군대도 다르지 않다. 가정 형편상 실업계 고등학교에 진학했지만 졸업 후 번듯한 직장에 취직까지 하고 입대한 후 그야말로 줄 하나 잘못 선 죄로 공수부대원이 된 주호는 지극히 평범한 20대 청년이다. 공수부대원이었다는 사실만으로도 괴로워하며 전전긍긍하는 그의 모습에서 광기 어린 눈으로 무자비하게 사람들을 살육하는 얼룩무늬 옷의 군인을 떠올리기란 쉽지 않다. 이렇듯 당시 광주에 투입된 계엄군의 상당수는 〈얼굴〉의 주인공처럼 자신이 하는 일의 의미도 몰랐던 평범한 20대 청년이었다. 그런 청년들에게 광기와 적개심을 심어 주고 살육의 자격을 부여한 것은 바로 군대였다.

그런 가운데 진압 요령보다 앞서가는 건 시위 학생들에 대한 타오르는 적개심이었다. 누구 때문에 허구한 날 우리가 이런 고생을 해야 하는가. 그 새끼들만 아니면 우리가 이런 짜증스런 고생은 하지 않아도 되는 것 아닌가. 훈련 중간중간 실시되는 지휘관들의 정신교육이라는 것도 결국 국가 안보라는 이름으로 그런 적개심에 불 지르는 것 외엔 아무것도 아니었다. 출동에 임박해선 여러 차례 대대 대항 '충정작전' 경연 대회를 갖기도 했다.

개새끼들, 정말 출동하기만 하면 골통을 확 부숴놔 버릴 거다.

씨팔, 날마다 좆같이 훈련만 시킬 게 아니라 광화문 네거리에 한번 풀어놔 봐달라구.

쌍년들, 데모하는 년들은 아주 씨도 못 받게 만들어놓을 테니까. (〈얼굴〉, 110)

'충정교육'이라는 이름으로 매일 이루어지는 데모 진압훈련은 부모 잘 만난 덕에 편하게 대학 다니며 밤낮으로 데모질이나 하는 이들에 대한 막연한 적개심을 키웠으며, 그러한 적개심은 데모하는 새끼들을 다 죽여도 되는 존재로 만들어 버렸다. 그뿐만 아니라 남보다 더 혹독하고 살벌한 훈련 과정을 겪은 것에 대한 보상이자 반대급부로, 공수부대원에게는 광포하고 거친 어떤 행동도 허용되는 특권이 주어지기까지 한다. 이런 적개심과 특권의식으로 가득한 채 자신들이 해야 할 일조차 제대로 모른 상태에서 그저 짐짝처럼 실려 간 곳이 바로 광주였다. 계엄군이란 이름의 그들에게는 살육이 유일한 임무처럼 허락되었고 왜 그래야만 하는지에 대한 이유조차 생각할 틈 없이 오직 본능적인 적의와 적개심으로 무자비한 살인을 계속해야만 했다.

군대는 혹독한 훈련과 반복된 학습을 통해 이들에게 원인도 대상도 분명하지 않은 적개심과 분노로 응축된 집단적 무의식을 주입해 놓았다. 훈련 과정 하나하나가 모두 전쟁이었으며, 그것은 곧 누군가를 죽이지 않으면 내가 죽을 수 있는 극한의 상황을 의미했다. 죽음에의 공포와 살아남고자 하는 본능은 자신의 생존을 위해 타인을 살상하는 잔혹한 상황을 정당화했다. 즉 누구라도 차출되어 그 자리에 서면 집단적 무의식 속에서 그런 짐승 같은 행동을 수행할 수밖에 없도록 만들어 놓은 것이다. 게다가 당시 광주에 투입된 공수부대원에게 광주 시민은 빨갱이, 간첩, 폭도였으며, 따라서 이들을 진압하는 것은 곧 국가와 민족을 위한 자랑스러운 행동이라고 세뇌시켰기에 얼룩무늬의 군인은 자신들의 잔학무도함을 용맹과 충성으로 믿을 수밖에 없었다.

그러나 이러한 충성의 대가는 참담했다. 학살의 주범인 독재자는 학살 이후에도 건재했던 까닭에 사람들이 손가락질하는 대상은 독재자가 아니라 그의 명령에 따라 움직였던 수많은 익명의 공수부대원이 되었다. 명령 한마디로 살육을 할 때도, 비판의 대상이 될 때도 언제나 만만한 것은 이들이었다. 그러나 청문회와 법의 심판 등으로 과거의 참상이 온 세상에 다 알려지고, 폭도를 진압하던 자신들이 오히려 폭도가 되어 버린 상황에서 누구 하나 자신이 공수부대원이었다는 사실을 용기 있게 말하지 못한다. 제대 후 주호는 그곳에서의 일을 잊으려 했지만 쉽게 잊지 못한다. 호감을 갖고 있던 여자가 광주 출신이고 그녀의 오빠가 그날 그곳에서 죽은 후 지금도 공수부대만 보면 떨린다는 그녀에게 차마 자신이 공수부대원이었다는 사실을 털어놓지 못하는 것이다.

안경까지 맞춰 써 보지만 누군가 자신을 알아보는 사람이 있을 것이라는 막연한 공포를 떨쳐 낼 수 없다. 그가 공수부대 출신이라는 것을 알게 된 후 자신만 보면 수군거리는 동료들의 따가운 눈초리도 견디기 힘들다. 그런 그의 두려움이 절정에 달한 것은 5·18 관련 영상이 텔레비전에 방영된 이후다. 회사 동료로부터 "거기 김 형 얼굴은 안 나오던가요?"(《얼굴》, 135)라는 질문을 받은 이후 그는 광주와 관련된 비디오를 모두 구해 자기 얼굴을 찾아보기 시작한다. 처음에는 자기 얼굴이 없다는 사실에 안도했지만 혹 못 보고 지나친 것은 아닌지 불안한 마음에 계속해서 확인하기 시작한다. 자신의 얼굴이 5·18 영상 어딘가에서 튀어나올 것 같은 공포, 그래서 주변 사람들이 자신을 알아보고 손가락질할 것 같은 두려움은 결국 당시의 사진과 영상에서 벗어나지 못하게 하는 강박증으로 이어졌다. 그렇게 그는 살아 있지만 결코 온전히 제 모습을 드러내며 살아가지 못하는 유령 같은 존재가 된다.

한승원의 소설 〈어둠꽃〉에도 이런 고통에 아파하는 인물이 등장한다. 소설은 주인공 순애와 종남이 5·18 관련 국회 청문회 방송을 시청하는 것으로 시작된다. 유들유들한 얼굴로 수많은 훈장이 달린 제복을 입은 자는 결단코 그때 대검을 사용하지 않았다고 증언한다. 그것을 본 순애는 죄를 지은 놈들이 더 잘 산다며 잠꼬대 같은 넋두리를 하고는 밖으로 나가 한밤중에 마당을 서성인다. 순애의 이런 기이한 행동은 처음이 아니다. 종남은 아내에게 정신병력이 있음을 결혼 후 알게 되지만 이혼을 생각하기는커녕 평생 순애를 책임져야 한다는 강박을 갖게 된다.

종남과 결혼하기 전 순애의 애인이었던 이군은 시민군 최후의 날 도청 안에 남아 있다가 죽음을 맞는다. 이후 순애는 얼룩무늬 옷의 남자들이 자신을 잡으러 올 것이라는 공포에 시달린다. 종남이 이런 순애를 놓지 못하는 이유는 그가 바로 얼룩무늬 옷의 남자들 중 하나였기 때문이다. 그러나 그의 과거를 아는 사람은 아무도 없다. 부모와 동생들, 친척에게도 그는 사실대로 말할 수 없다. 사실대로 털어놓는 순간 사람들에게 밝혀 죽을 것만 같은 두려움과 나 혼자만 희생양이 될 수는 없다는 생각에 그는 비밀을 품은 채 살아간

문학으로 읽는 나의 인권감수성

다. 아내의 정신병력을 상담하기 위해 찾아간 의사에게도 정작 자신의 속마음은 털어놓지 못한다. 청문회에서 증언하는 사람들처럼 뻔뻔해지자, 데면데면해지자, 당시 상황이 그럴 수밖에 없었다고 생각하자, 스스로에게 다짐하지만 주위 사람들의 시선에서 느껴지는 불안함과 공포는 쉽게 사라지지 않는다.

분명 5·18의 피해자는 순애이며 가해자는 얼룩무늬 옷을 입고 총을 갈겼던 종남이다. 그러나 과거로부터 벗어나지 못한 채 트라우마에 시달리며 사는 것은 모두 마찬가지다. 순애는 자신의 고통을 의사나 남편에게 털어놓는 데 반해 종남은 자신의 과거를 누구에게도 말하지 못한다. 고양이 울음소리만 들어도 그 고양이가 자신의 총에 맞아 죽은 혼령의 환생일지 모른다는 생각에 식은땀을 흘리는 종남의 모습은 가해자라는 이름으로만 설명하기에는 충분하지 않다.

앞서 〈얼굴〉의 주인공처럼, 종남 역시 자신에게 주어진 임무가 간첩들의 사주를 받은 폭도를 격퇴하는 것으로만 알고 있었다. 그의 머릿속에는 폭도들을 진압하지 않으면 부대 전체가 몰살되고 더 나아가 국가가 위태로워진다는 생각뿐이었고, 따라서 명령에 불복하는 것은 상상조차 할 수 없었다. 제대 이후에야 그 명령이 잘못된 것이었음을 깨달았을 만큼 당시로서는 옳고 그름이 무엇인지, 자신이 그중 어느 편에 서 있는지를 제대로 가늠할 수 없었던 것이다. 그럼에도 불구하고 차마 사람들을 향해 정조준을 할 수 없었던 그는 눈을 감은 채 방아쇠를 당기는 것으로 자신이 할 수 있는 최소한의 인간다운 모습을 보인다.

종남은 이 또한 비겁한 변명에 불과하다는 것을 알고 있다. 아무리 눈을 감은 채 방아쇠를 당겼다 하더라도 그가 얼룩무늬 옷의 하나였다는 사실은 달라질 것이 없고 저지른 만행은 없던 일이 되지 않는다. 자신이 얼룩무늬의 하나였음을 밝히는 순간 자신이 치러야 할 대가가 얼마나 클지 아는 종남으로서는 누구에게도 자신의 과거를 털어놓지 못하고, 이때부터 비밀은 그를 고문하는 또 하나의 고통이 되었다. 끊임없이 누군가를 증오하고 적개심을 갖도록 훈련되었으며, '화려한 휴가'라는 멋진 작전명으로 부여받은 임무의 실체인 살상을 경험한 이들의 삶도 결코 편하지만은 않았으리라.

폭도로 몰렸던 사람들은 용감한 영웅이나 가엾은 희생자로 부활했지만 공수부대원들은 영원한 패배자가 되어 제대로 하소연할 곳도 없이 혼자 비밀의 감옥에 갇혀 지내야 했다. "미치지 않은 사람이 어디 있어? (…) 어차피 우리는 함께 미칠 수밖에 없는 연놈들이다"(《어둠꽃》, 85)는 종남의 절규처럼 80년 5월의 현장을 목격한 이들 가운데 온전히 제 정신으로 살 수 있는 사람은 그리 많지 않을 것이다. 가벼운 상처든 깊은 상처든, 시간이 흐르면서 금방 아문 상처든 아직도 곪아 있는 상처든, 저마다 다른 깊이와 형태일 뿐 그날 그곳에 있었던 이들은 모두 나름의 상처를 가진 채 살아가고 있다.

인권 문제를 이야기할 때 가해자의 위치에 선 이들의 고통을 헤아리거나 그들의 인권을 주장하기란 쉬운 일이 아니다. 피해자의 아

문학으로 읽는 나의 인권감수성

픔과 고통을 헤아리지 못한다는 비난에 끊임없이 해명해야 하고 혹여 피해자에게 또 다른 가해 행위를 하지 않을까 염려하고 조심해야 한다. 무엇보다 머리로는 이해되지만 가슴으로는 여전히 이해할 수 없는 스스로와의 싸움을 이겨내야 한다. 그래서 여러모로 불편하고 번거롭다. 그러나 가해자라고 해서 치료를 받아야 할 상처가 없는 것은 아니며 보장받아야 할 인권이 없는 것도 아니다. 가해 행위에 대한 처벌과 그들의 고통에 대한 치유는 대립하는 문제가 아니라 함께 이루어져야 할 것들이다. 특히 5·18과 같은 국가범죄에서 가해자 처리 문제는 더욱 복잡해진다. 명백한 가해자가 있는가 하면 가해자이면서 동시에 피해자이기도 한 모호한 위치의 사람들도 있기 때문이다. 게다가 〈얼굴〉의 주호나 〈어둠꽃〉의 종남처럼 총을 쏜 자들도 오랜 시간 상당한 트라우마에 시달리고 있다는 사실은 이 문제가 훨씬 더 복잡하고 어려운 문제임을 시사한다. '얼룩무늬 옷=가해자=악의 무리'라는 생각에서 벗어나 종남이 던진 질문에 대해 먼저 생각해 볼 필요가 있다.

　　"우리를 이렇게 만든 것은 누구일까."(〈어둠꽃〉, 86)

국가범죄 그리고 5·18의 아이히만들 🌿

우리를 이렇게 만든 것은 누구일까? 이 질문에 대한 답은 간단하지 않다. 만약 찾는 대상이 최종 책임자 한 사람이라면 우리 모두는 이미 그 답을 알고 있다. 따라서 질문을 바꿔야 한다. 이제 우리는 어떻게 해야 하는가? 다들 알다시피 우리가 머릿속에 떠올린 '그 사람'은 이미 법정에 세워져 '나름의' 대가를 치렀다. 누군가에게는 이미 사건이 종결된 셈이다, 적어도 법적으로는. 그럼에도 불구하고 여전히 많은 이들은 5·18이 아직 완전히 해결되지 않았다고 생각한다. 왜 그럴까?

> 학살자는 절대권력의 통치자로 등장했고, 정의와 진실은 완벽히 조작되었다. 대다수 사람들은 그 도시의 진실을 외면하거나 오히려 냉소했다. 진실과 거짓, 정의와 불의가 전도된 현실은 차라리 지옥이었다.(《백년여관》, 344)

5·18이 오랫동안 많은 이들에게 상처와 고통으로만 기억되었던 이유다. 평범한 사람들이 폭도로 몰려 죽고 도시 전체가 단 며칠 만에 파괴되는 엄청난 사건이 일어난 이후 억울하게 죽은 이들에게는 반역자와 폭도라는 사회적 낙인이 찍히고, 총을 겨누었던 자들은 오히려 국가의 영웅이 되어 최고의 자리에 오르는 황당한 일이 일어났다. 가해자와 피해자가 바뀌고 진실과 거짓이 역전되는 이런 어처

문학으로 읽는 나의 인권감수성

구니없는 상황은 국가범죄의 전형적인 특징 중 하나다.

국가범죄란 사실 법전에는 없는 말이지만, 국가권력을 장악한 집단이 개인이나 집단의 생명과 인권을 유린하는 행위를 설명하는 용어로 사용되고 있다. 국가범죄는 합법과 불법의 경계를 자유롭게 넘나들며, 의도적이고 조직적으로 행해진다.[7] 무엇보다 국가와 민족을 위한 사명감과 선의라는 미명하에 자행되는 것이 특징이다. 5·18 역시 이런 공식에서 벗어나지 않는다. 5월 18일부터 최후의 항전이 있었던 그날까지 광주 일대에서 자행된 군인들의 만행뿐 아니라, 애초에 이런 일이 일어날 수밖에 없었던 근본적인 원인인 비상계엄이라는 상황부터가 국가범죄의 전형에 해당된다. 북괴도발이라는 국가의 중대한 위기 상황에서 학생과 일부 정치인이 중심이 된 불순분자들이 사회를 혼란 속에 몰아넣고 무법지대로 만들고 있기에 이 사태를 수습하고 국가의 안정을 도모하기 위해 군이 나설 수밖에 없다는 명분으로 계엄은 시작되었다. 이를 뒷받침하는 어떤 근거도 필요 없으며, 민주적인 의사 수렴 과정이나 법적 절차 따위도 간단히 생략되었다. '국가'와 '위기'가 결합된 표현은 그 자체로 어마어마한 두려움을 조성해 모든 반대 여론이나 저항을 무력화한다. 또한 계엄 상태에서는 어떠한 살상과 폭력도 정당화된다.

실제로 광주에 투입된 군인 역시 이런 논리와 명분으로 무장된 상태였다. 이는 곧 당시 이들이 저지른 폭력이 시민들의 소요 상황을 진압하는 과정에서 불가피하게 행사된 것이 아니라 처음부터 계획되고 준비된 것이었음을 의미한다. 애초에 공수부대는 베트남전 참전 경력이 있는, 이미 잔인한 행위가 몸에 배어 있으며 그와 관련된 기술을 터득한 이들로 구성되었다. 그리고 이들은 몇 달 전부터 꾸준히 '충정교육'이라는 이름으로 시위대를 진압하고 살상하는 연습을 했으며, 불특정 대상을 향한 막연한 적개심을 기르는 훈련을 받기도 했다. 광주에 투입되기 전에는 3일 동안이나 식량을 배급받지 못했으며, 투입 직전에는 술을 공급받기까지 했다. 그뿐만 아니라 이들에게는 가능한 한 과격하게 진압하라는 구체적인 명령까지 내려진다. 그리고 5·18 이후 신군부는 '사상 유례없는 성공적인 작전'이라 자평하며 사령관을 비롯한 66명에게 훈장을 수여한다. 이른바 국가가 합법적으로 '살인면허'를 부여한 것도 모자라 잔인한 살인에 상을 주며 치하하기까지 한 것이다.

이러니 군인들로서는 "뭐가 문제냐? 맷값을 주면서 사람을 패라는데, 안 팰 이유가 없지 않아?"《소년이 온다》, 134)라는 말을 거리낌 없이 할 수 있는 것이다. 이런 정황을 내세워 자신들이 저지른 반인도적 행위에 대해 당당하게 면죄부를 요구하기도 한다. 오랫동안 가려져 있던 진실이 다 밝혀진 상황에서도 자신은 잘못한 것이 없다, 국가를 위한 행동이었으며 명령에 의한 것이었다, 자신들도 오히려 피해자라는 식의 파렴치한 반응을 보이는 것도 바로 이런 이유 때문이다. 〈최루중〉에서 주인공의 사진에 찍힌 군인 역시 자신은 명령에 복종할 수밖에 없는 일개 사병이었으며 자신에게 명령을 내린 상관은 떵떵거리고 잘 살고 있는데 왜 자신에게만 책임을 묻느냐며 억울해 한다.

어쩔 수 없었다, 나보다 더 잘못한 사람도 있는데 왜 나만 비난하느냐, 나도 그 일로 많이 고통스러웠다는 식의 논리는 가해자들이 자신의 잘못을 부인할 때 주로 보이는 반응들이다. 대검帶劍 앞에 무릎 꿇고 있던 사진 속 청년을 찾는 이유 또한 진정한 반성과 사과를 하기 위함이 아니라 단지 자신을 괴롭히는 죄책감에서 벗어나고자 하는 이기적인 생각 때문이다. 그의 마음을 무겁게 하는 것은 자신의 손에 죽었을지도 모르는 젊은이가 아니라 자신을 향한 주변 사람들의 따가운 눈초리였고, 초등학생 아들이 사진 속 자신을 알아볼까 하는 두려움이었다. 이런 이들에게 과거의 행동에 대한 인정과 사과, 반성은 여전히 요원한 일일지도 모르겠다.

물론 앞서 살펴본 것처럼, 당시 군인으로 광주에 투입되었던 이들이 겪는 정신적 외상과 고통도 간과해서는 안 될 중요한 문제다. 그러나 잘못에 대한 처벌과 그들이 겪는 고통은 엄격하게 구분되어야 하며, 명령에 의한 것이라는 말이 모든 죄를 사면하는 이유가 되어서도 안 된다. 명령에의 복종이 기본적 통제방식인 군대 내에서의 행위였다는 점이 참작사유는 될 수 있겠지만, 아무리 상명하복의 군대라 하더라도 위법한 명령에 대해서까지 복종하는 것은 면책사유가 될 수 없다는 것이 우리 법의 해석이기도 하다. 국제형사재판소 역시 인도적 행위에 반하는 죄는 명백한 불법이며, 불법적인 명령임

을 알고도 방치하거나 막지 않은 것 또한 범죄로 규정한다. 즉 반인
도적인 행위는 아무리 명령이라 해도 따르지 않아야 한다는 것이다.

그 유명한 아이히만의 사례를 되짚어 보자. 그의 잘못은 그저
'아무 생각을 하지 않았다'는 것뿐이다. 그러나 이는 대단히 무거운
죄다. 무엇이 바람직한지 판단하는 것은 상당한 수준의 지식이나 높
은 도덕성을 필요로 하는 거창한 일이 아니라 인간이라면 누구나 해
야 하는 것이다. 아무 생각 없이 그저 타인의 명령에 따르기만 했다
는 것은 스스로 주체적인 인간이기를 포기했다는 것과 다르지 않다.

무엇보다 동일한 상황에서 같은 명령을 받은 군인들이 모두 똑
같이 반인륜적인 잔혹한 살상을 저지른 것이 아니라면 명령이라 어
쩔 수 없었다는 변명은 더욱 허용되기 어렵다. 특별히 잔인한 군인
도 있었지만, 다른 한편에는 특별히 소극적인 군인도 있었다. 피 흘
리는 사람을 업어다 병원 앞에 내려놓고 황급히 달아난 공수부대원
이 있는가 하면, 집단발포 명령이 떨어졌을 때 차마 사람들을 맞힐
수 없어서 다른 곳을 향해 방아쇠를 당겼던 군인도 있었다. 그리고
시신 앞에서 대열을 정비해 군가를 합창할 때 끝까지 입을 다물었던
병사도 있었다. 이런 군인들과 개울에서 놀던 아이들을 향해 무차별
난사를 가하고 노인들까지 함부로 짓밟던 군인들의 죗값은 적어도
달라야 하지 않을까? 불가항력이었음을 감안한다 하더라도 그들이
저지른 행위에 대해서는 분명한 책임 추궁이 이루어져야 한다. 무엇
이 잘못된 것인지 알려 주기 위해서, 그리고 같은 일이 반복되는 것

문학으로 읽는 나의 인권감수성

을 방지하기 위해서.

당시 광주에 투입된 군인, 특히 사병 개개인에게 책임을 묻기 전에 선행되어야 할 과제가 있다. 바로 책임자를 비롯해 명령을 내린 자들에 대한 제대로 된 처벌이다. 물론 5·18의 책임자로 지목된 '그 사람'은 이미 재판과 처벌을 받았지만, 그 과정이 공정하고 결과가 충분하다고 생각하는 사람은 거의 없을 것이다. 법정에 선 그들은 자신들의 행위가 국가와 민족을 위한 충정이었으며, 결코 총을 쏘라고 명령하지 않았다는 변명만 늘어놓았다. 누구 하나 '사과'나 '반성', '책임'과 같은 말을 입에 올리는 자는 없었다. 결국 '그 사람'은 반란죄와 내란죄 및 수뢰죄로 1심에서는 사형을, 상고심에서는 무기징역형을 선고받았지만 그마저도 국민대화합이라는 알 수 없는 이유로 구속 수감된 지 2년 만에, 대법원 최종 확정판결로부터는 불과 8개월 만에 특별사면으로 석방되었다.

이러한 결과는 피해자는 물론이고 제3자의 입장에서도 받아들이기 어렵다. 공정한 수사나 판결이 어렵다는 점 또한 국가범죄의 특징 중 하나다. 통상적인 인권 문제의 경우 사법부의 공정한 재판은 물론이고 입법부의 입법 활동과 행정부의 협조 등 국가는 적극적이고 공정한 지원을 통해 가해자에게는 응분의 처벌을, 피해자에게는 합당한 배상을 위해 노력한다. 그러나 국가범죄에서는 그러한 역할을 해야 할 국가가 범죄행위에 연루되었기에 공정한 재판이나 적극적인 협조를 기대할 수 없다. 특히 가해자가 오랫동안 절대 권력의 자리에 있었던 만큼 그를 비호하는 세력은 더욱 견고하고 막강하다. 심지어 어렵게 이루어진 사법적 판결조차 국민대화합이라는 정치적 수사 앞에서 무색해진다. 그렇다 보니 명령에 따라 학살에 가담했던 이들은 '남들은 다 잘 사는데 왜 나 혼자서만 희생양이 되어야 하느냐', '나도 증언대에 나온 사람들처럼 데면데면해지자'는 식의 자기합리화를 할 뿐이다. 그리고 '그 사람'의 집 앞에서 그를 지키고 옹호하는 사람들은 여전히 당당하게 자신들의 목소리를 내고 있다.

이런 이들이 있는 한, '그 사람'이 버젓이 자신의 과거를 자랑하는 회고록을 써서 세상에 내놓는 한, '그 사람'에 대한 심판과 처벌은 종료된 것이 아니라 현재진행형이다. 이런 현실에서 명령에 충실했던 사병에게만 엄중한 책임을 묻고 비난의 손가락질을 할 수 있을 것인가? 이는 마치 권력자가 무서워 그의 눈치를 보면서 만만한 이들에게만 분풀이하는 것과 같다. 아무 생각 없이 명령에 성실히 따르기만 했던 아이히만에게 죄를 묻고, 나치에 부역했다는 이유로 94세의 노인에게까지 죗값을 치르게 한 것은 책임자에 대해서는 더 엄중한 처벌을 내렸기 때문에 가능했다.

국가범죄를 제대로 단죄하기 어려운 이유는 여전히 책임을 인정하지 않고 진정한 반성의 기미를 보이지 않는 학살자와 그러한 부정한 세력에 동조하고 부역했던 일부 사람들 때문만은 아니다. 국가범죄는 언제나 반인권적인 행위를 저지른 중심 세력과 함께 그런 권력 집단을 맹목적으로 추종하거나 방관자적 자세로 침묵하기에 급급한

문학으로 읽는 나의 인권감수성

다수의 국민이 있었기에 가능했다. 오랫동안 많은 사람들은 5·18을 외면하고 침묵했다. 물론 그 오랜 침묵의 시작은 국가의 강제적인 입막음이었다.

모든 국가범죄가 그러하듯, 잔인한 학살 이후 피해자와 가해자의 상황은 일반적인 인권침해 사건의 경우와 달랐다. 피해자들이 고문실과 감옥에서 또 다른 고통에 시달리는 동안 세상 곳곳에는 학살자의 사진 액자가 걸렸고 군복을 입은 검열관과 사복형사가 사람들의 눈과 귀를 단속했다. '학살자 전두환을 타도하라'는 구호는 절대 내뱉어서는 안 될 금기였고, 불손한 의도를 가진 말과 글은 모두 검열이라는 불에 타서 검은 숯덩어리가 되었다. 할 수 있는 말이라곤 "당신을. 나는. 그것은. 아마도. 바로. 우리들의. 모든 것이. 당신은. 어째서. 바라봅니다. 당신의 눈은. 가까이에서 멀리에서. 그것은. 또렷이. 지금. 좀더. 희미하게. 왜 당신은. 기억했습니까"(《소년이 온다》, 79)와 같이 의미 없는 문장들뿐이었다. 이런 상황에 떠밀려서 사람들의 망각 속도는 더 빨라졌다.

수업 결손을 메우기 위해 대부분의 학교가 팔월 초순까지 수업을 했다. 방학하는 날까지 그녀는 날마다 정류장 옆 공중전화 부스에서 도청 민원실에 전화를 걸었다. 분수대에서 물이 나와서는 안 된다고 생각합니다, 제발 물을 잠가주세요. 손바닥에서 배어나온 땀으로 수화기가 끈적끈적했다. 예에, 의논해보겠습니다. 민원실 직원들은 인내심 있게 그녀를 응대했다. 꼭 한번 나이 든 여사무원이 말했다. 그만 전화해요, 학생. 학생 같은데 맞지요. 물이 나오는 분수대를 우리가 어떻게 하겠어요. 다 잊고 이젠 공부를 해요.(《소년이 온다》, 97)

불과 두 달 남짓 지났을 무렵인데도 사람들은 다 잊으라고 말한다. 마치 그곳에서 아무 일도 없었다는 듯이 평화롭게 분수대에서 물줄기가 뿜어져 나오는 모습을 차마 볼 수 없어서, 벌써 그 일을 잊고 다시 평범한 일상으로 돌아가서는 안 된다고 말하는 그에게 세상의 대답은 우리가 어떻게 하겠느냐, 다 잊고 공부를 하라는 대답뿐이다. 그렇게 많은 사람들은 자의로든 타의로든 5월의 광주를 잊고 살기 시작했다.

가장 오래 기억하고 가장 치열하게 증언해야 할 언론 역시 침묵과 방관으로 일관했다. 광주의 진실을 이야기하는 자는 유언비어를 유포한 죄로 체포되었고 표현의 자유는 사문화된 법조항으로 전락했기에 언론은 그저 신군부가 내놓는 보도 자료를 받아쓰기만 할 뿐이었다. 그 결과 광주 시민을 제외한 다른 사람들에게 5·18은 남파된 간첩과 불순분자들의 사주에 의한 폭도들의 국가 전복 행위였으며, 광주는 그야말로 폭도와 빨갱이로 가득한 반역의 도시로 각인되었다.

작가 임철우는 1982년 대학원에 진학해 서울에 올라왔을 때 어떤 교수로부터 "광주사태 때 정말로 그렇게 많이 죽었나?"라는 질문을 받았다고 한다. 그는 그 질문을 하는 교수의 모습이 반신반의하며 호기심 가득한 눈길이었다고 기억했다.[8] 그만큼 광주의 진실은 철저하게 은폐되고 차단되었던 것이다. 오죽하면 "그렇게 못믿겠거든 차라리 당신네들도 직접 그 지경을 당해보라고, 그래서 제 자식 제 남편이 죽어봐야사 그때사 우리네 속을 알아 주꺼시라"(〈어떤 낯두리〉, 247~248)는 모진 말까지 했을까.

학살자가 세운 정권은 5·18을 덮어 버리기만 한 것이 아니라 문제적 대상이라는 사회적 낙인을 찍어 더욱 적극적으로 그들을 고립시켰다. 군사정권과 제도언론이 마치 악어와 악어새처럼 서로 공조하여 '광주'라는 새로운 적을 만들어 사람들을 세뇌한 것이다. 북한이라는 적을 가리키던 '빨갱이'라는 기호가 1980년 이후로는 광주 사람에게 붙기 시작했다. '빨갱이'로 낙인찍히는 순간부터 광주는 편견과 차별의 상징이 되었고 점차 배제되고 고립되기 시작했다. 이렇게 가상의 적을 상정해 둠으로써 나머지 사람들은 훨씬 더 똘똘 뭉칠 수 있었고 제2의 광주가 되지 않기 위해 권력에 순응하는 '착한 국민'이 되었다. 이것이 바로 5·18과 같은 국가범죄가 재발되는 중요한 이유 중 하나다.

이런 세상에서 광주를 이야기하는 유일한 방법은 죽음이었다. 광주를 목격하고 서울로 올라온 청년 김의기는 기독교회관에서 〈동포에게 드리는 글〉을 뿌리며 투신한다. 죽음과 맞바꾼 그의 마지막 외침은 "피를 부르는 미친 군홧발 소리가 우리가 고요히 잠들려는 우리의 안방까지 스며들어 우리의 가슴팍과 머리를 짓이겨 놓으려고 하는 지금. 동포여, 무엇을 하고 있는가?"[9]였지만 누구도 쉽게 그의 외침에 응답하지 못했다. 절대 권력을 가진 정치권력을 상대로 법과 정의를 논하는 것은 계란으로 바위치기와 다를 바 없기 때문이다. 이것이 바로 절대 권력을 가진 학살자의 힘이다.

그러나 학살자의 위세가 아무리 두려웠다고 해도 국가의 잔혹한 범죄 행위를 막지 못하고 또한 그와 관련된 진실이 오랫동안 은폐되도록 방관한 것에 대해서는 공동체 구성원 모두가 책임을 져야한다. 적극적으로 저항하지 않고 오히려 침묵하거나 외면했으며, 더나아가 가해자가 만들어 놓은 악의적인 선전을 맹목적으로 믿으면서 피해자에게 2차 가해를 한 다수의 국민 또한 국가범죄의 공범자라 할 수 있다. 침묵도 부정의不正義이며, 방관도 명백한 인권침해 행위다. 국가범죄를 저지른 주요 세력들이 제대로 된 처벌을 받지 않는 것 또한 그들의 범죄에 방관하는 무관심한 사람들이 여전히 많기때문이다.

나의 인권감수성은? 지금, 여기, 우리의 광주 🌿

타의로 시작된 오래된 침묵과 무관심은 이제 습관이 되어 버렸다. 5·18에 대한 법적 판결이 종결되고 공식적인 기억의 공간에 편

문학으로 읽는 나의 인권감수성

입되면서부터 그 사건을 기억하려는 노력은 점점 더 약해졌다. 배제되고 침묵해야 했던 사건이 공식 기억으로 인정되고 국가가 주체가 된 기념행사가 공공연하게 거행되면서 금기의 사건을 자유롭게 말할 수 있는 세상이 되자 그 사건에 대한 관심과 언급이 줄어드는 아이러니한 상황이 발생한 것이다. 물론 그 사건으로부터 시간적으로 멀리 떨어져 있는 세대의 자연스러운 현상으로 해석할 수도 있겠지만, 목숨을 내놓으면서까지 잊지 않으려 노력했던 과거의 시간을 떠올린다면 이는 분명 의아한 상황이 아닐 수 없다. 박물관 유리 진열장 속에 곱게 모셔 놓은 유물처럼 잘 기념하고 있기에, 그리고 언제든 자유롭게 기억하고 추도할 수 있기에, 지금 당장 내가 나서지 않아도 된다는 안도감이 너무 과하게 발휘된 탓일까? 기억과 추모의 횟수는 점차 줄어들었고, 심지어 그것을 식상해 하고 귀찮게 여기는 이들까지 생겨났다.

변한 것은 하나도 없다고…… 당신은 그의 넋두리를 되씹어보았다. 세상은 어느덧 그날, 그 도시, 그 기다림의 기억을 말끔히 지워버리고 말았다. 그것들은 한낱 과거의 이름, 지나간 역사의 불유쾌한 흉터일 뿐이었다. 잊자. 잊어라. 더 나은 미래를 위해서 잊어버리자. 너나 없이 입을 모아 외치며, 세상 사람들은 일제히 앞만 보며 내달리고 있었다. (…) 죽어 묘지에 묻혀 있는 사람들과 마찬가지로, 이들도 이젠 '역사' 속에 박제될 존재들인가? 이들 역시 그대들이 이젠 그만 잊기로 하자던 '과거' 속의 존재인가? 그대들은 최소한 이들의 훼손된 청

춘에 대해, 삭제된 무수한 시간들에 대해 참으로 아무런 책임이 없는
가? 그들의 남아 있는, 이미 훼손되어버린 미래에 대해서도?(《백년여
관》, 298~299)

어떤 느낌이 드는가? "그대들은 최소한 이들의 훼손된 청춘에
대해, 삭제된 무수한 시간들에 대해 참으로 아무런 책임이 없는가?"
라는 작가의 질문에 잘못을 들킨 것처럼 부끄럽거나 가슴 한구석이
저릿하였는가? 그렇다면 다행이다. 그러나 점점 더 많은 이들이 이
런 질문을 받고도 무덤덤한 반응을 보인다. 이렇게 5·18은 과거의
다른 사건들처럼 현재로부터 멀어져도 될 것인가.

5·18을 소재로 한 영화 〈26년〉의 마지막 장면은 다소 특이하다.
'그 사람'을 향한 마지막 총성이 울리고 결과를 보여 주지 않은 채 영
화의 모든 이야기는 끝이 난다. 스크린에는 엔딩 크레디트가 올라가
고 관객은 하나둘씩 자리를 뜬다. 그런데 그 순간 스크린에 광화문 주
변의 풍경을 담은 새로운 장면과 함께 '오늘 아침'이라는 자막이 나타
난다. 그리고 신호등이 파란색에서 빨간색으로 갑자기 바뀌면서 광
화문 앞 교통상황이 일제히 통제되고 텅 빈 거리 한가운데를 '그 사
람'의 것으로 추정되는 검은색 차량이 유유히 지나가는 장면이 이어
진다. 이 장면은 사건의 가해자이자 책임자인 '그 사람'이 여전히 기
세등등하게 권력을 누리고 있는 모습을 상징적으로 나타낸다.

이 장면이 영화가 다 끝난 시점에서 '오늘 아침'이라는 자막과 함

문학으로 읽는 나의 인권감수성

께 제시되었다는 사실에 주목할 필요가 있다. 마지막 장면이 없었더라면 관객은 이 영화를 그저 5·18의 피해자와 그 가족들이 '그 사람'에게 복수하는 이야기 정도로 볼 것이고, 자연히 자신과는 상관없는 허구의 이야기로 여길 가능성이 크다. 그런 관객에게 영화는 실제로 많은 사람이 영화를 보고 있는 '그날 아침'에도 지나쳐 왔을 법한 광화문의 전경과 함께 그 시공간을 지나고 있는 '그 사람'을 보여 준다. 그것도 여전히 상당한 권력을 누린 채로. 이로써 관객은 영화 속 이야기가 단지 허구의 이야기, 이미 다 지난 과거의 이야기, 나와 무관한 이야기가 아니라 현재 자신의 삶과 밀접하게 맞닿아 있는 상황임을 깨닫는다. 그런 의미에서 원작 웹툰에는 없던 이 한 컷이야말로 영화의 메시지가 상징적으로 드러나는 장면이라 할 만하다. 5·18은 박물관 진열장 속에 전시된 유품도, 박제화된 과거사도, 이미 종결된 사건도 아니다, 적어도 아직까지는. 그것은 여전히 현재진행형이다.

　5·18을 현재진행형의 사건으로 바라봐야 하는 이유는 단지 그것이 가진 역사적 가치나 의미 때문이 아니다. 이기적인 생각이라 여길 수도 있겠지만, 5·18을 잊지 말고 기억해야 하는 이유는 '우리'를 위해서다. 우리가 제2의 5·18의 피해자가 되지 않기 위해서다. 만약 5월 18일에 휴교령을 반대하며 시위하던 이들이 전남대 학생이 아니라 부산대나 경북대 학생이었다면 어땠을까? 그렇다면 80년 5월의 장소는 광주가 아니라 부산이나 대구가 되었을지도

모른다.* 이는 곧 5·18이 80년 5월, 광주라는 특정 시공간에서 일어난 예외적 사건이 아니라 언제 어디서든 일어날 수 있었던 사건임을 의미한다. 더 나아가 앞으로도 얼마든지 제2, 제3의 5·18이 일어날 수 있다는 의미이기도 하다. 이런 이유에서 소설 〈불나방〉의 주인공은 광주가 더 이상 고유명사가 아니라 보통명사라고 말한다. 그리고 광주의 진실을 외면하는 이들에게, 망각해 버린 이들에게 "빨리 깨어나지 않는 한 네 고향도 언젠가는 광주가 될 수 있어"(〈불나방〉, 353)라는 날카로운 일침을 가한다.

제2, 제3의 광주가 되지 않기 위해, 또 다른 5·18을 만들지 않기 위해 우리가 할 수 있는 일은 '기억'하는 것이다. 현행법상 같은 죄목으로 '그 사람'을 또 다시 법정에 세울 수는 없다. 이제 우리가 할 수 있는 행동이라고는 잊지 않고 기억하는 것뿐이다. 기억하고 있는 한

---

* 물론 이런 역사적 가정이 당시의 정치·사회적 상황을 생각하면 다소 터무니없는 이야기로 보일 수 있다. 신군부에게 광주가 표적이 된 것은 단지 5월 18일 아침에 전남대 학생들이 계엄을 반대하는 시위를 일으켰기 때문만은 아닐 것이다. 이전부터 김대중이라는 막강한 야당 정치인과 그의 확고한 지지기반이었던 호남지역은 신군부가 주시하는 대상이었다. 신군부는 박정희 정권 때부터 급진적 이미지로 굳어진, 지역기반 역시 소외된 호남이었던 김대중을 내란혐의의 구속대상으로 삼는 전략적 선택으로 민주화진영을 분열시키는 것은 물론이고, 의도적으로 광주와 호남지역 사람들의 강한 반발을 유발한 것으로도 충분히 해석할 수 있다. 최근에 이런 사실을 뒷받침하는 증언들이 쏟아지면서 5·18이 우연이 아니라 사전에 기획된 시나리오였다는 주장이 점점 더 설득력을 얻고 있다.(손호철, 《현대 한국정치: 이론과 역사 1945~2003》, 사회평론, 2003, 360~361쪽 참고)

문학으로 읽는 나의 인권감수성

똑같은 잘못을 되풀이할 가능성이 낮기 때문이다. 5·18이 일어났을 당시 열 살 꼬마였던 작가 한강은 그날을 잊지 않기 위해 소설을 썼다. 그가 처음 접한 5·18은 아버지와 고모가 작은 목소리로 나누던 오싹한 대화와 어색한 침묵을 통해서였다. 그 도시에 다녀온 아버지가 구해 온 사진집을 통해서였다.

성인이 된 그가 5·18에 대해 쓰기로 결심한 것은 꿈 때문이었다. 꿈에서 그는 33년 동안 지하 밀실에 가둬 둔 5·18 연행자들을 곧 처형할 것이라는 소식을 듣고 어쩔 줄 몰라 한다. 5·18을 이야기할 수 있는 시간이 얼마 남지 않은 것이다. 그래서 1980년 5월로 돌아가 보기로 한 그는 만 열다섯 살의 동호를 찾아 그곳으로 내려간다. 이런 방식으로 작가는 5·18을 잊지 않으려고 노력한다. 비록 꿈속에서는 5·18 연행자의 처형 소식을 듣고 아무것도 할 수 없었지만 현실에서는 소설을 통해 그들을 기억함으로써 그들의 죽음이 헛되지 않도록 한 것이다.

1980년 광주를 기억하는 것은 그동안 5·18을 제대로 알아보려는 노력을 얼마나 했는지, 그들의 아픔과 상처에 공감하기는커녕 그들을 외면하고 차별하지는 않았는지 스스로에게 물어보는 반성의 시간이기도 하다. 그때의 나는 어디서 무엇을 하고 있었는지, 그리고 지금의 나는 그 시간을 어떻게 기억하고 있는지, 혹시라도 재발할지 모르는 이런 사건들 앞에서 나는 어떻게 행동할 것인지를 물어보고 답하는 시간이 되어야 한다.

2009년 1월 새벽, 용산에서 망루가 불타는 영상을 보다가 나도 모르게 불쑥 중얼거렸던 것을 기억한다. 저건 광주잖아. 그러니까 광주는 고립된 것, 힘으로 짓밟힌 것, 훼손된 것, 훼손되지 말았어야 했던 것의 다른 이름이었다. 피폭이 아직 끝나지 않았다. 광주가 수없이 되태어나 살해되었다. 덧나고 폭발하며 피투성이로 재건되었다.(《소년이 온다》, 207)

5·18을 기억한다는 것은 이런 의미다. 누군가는 용산참사를 보며, 또 누군가는 세월호를 보며 함께 아파하는 것, 고립되고 짓밟힌 이들을 보며 분노하고, 부당함을 말할 수 있는 것, 그것이 바로 우리가 광주를 기억해야 하는 이유이자 광주가 가진 상징적 의미다. 이처럼 오늘날 우리에게 1980년 광주는 윤리의 가능자가 된다.

베를린 브란덴부르크 앞 버스정류장에는 유럽 전역의 나치수용소로 떠나는 버스가 운행된다고 한다. 날마다 새로운 승객들을 실어나르는 버스는 그 자체가 부끄러운 과거를 잊지 않으려는 의지의 상징이다. 또한 유럽의 거리 곳곳에는 '그가 여기 있었다'는 문구가 새겨진 걸림돌이 박혀 있다고 한다. 이름 그대로 지나가는 사람들의 발에 걸리적거리도록 해서 사람들이 나치 희생자를 기억하도록 하기 위한 돌멩이인 것이다. 잔인한 국가범죄를 제대로 심판하고 처벌하는 방법은 어쩌면 법정이 아니라 길 위의 작은 걸림돌 하나, 버스정류장 하나일지 모른다. 광화문 앞에 1980년 5월 그날의 광주로 가는 버스정류장이 세워지고, 우리나라 곳곳에 과거의 아픔을 기억하

문학으로 읽는 나의 인권감수성

좌) 주한일본대사관 맞은편 소녀상 앞에 설치된 걸림돌(《한겨레》)
우) 독일 베를린 베르노이어가 지하철역 인근의 걸림돌(《경향신문》)

는 걸림돌이 박히기를 바란다. 그 일을 할 수 있는 유일한 사람은 바로 우리다.

🌿 미주 ···

1. 최영태, 〈5·18광주민주항쟁의 기억과 교육〉, 《민주주의와 인권》 10(3), 2010, 83쪽.
2. 광주민주화운동기념사업회 엮음, 황석영·이재의·전용호 기록, 《죽음을 넘어 시대의 어둠을 넘어》, 창비, 2017, 330쪽.
3. 위의 책, 62쪽.
4. 전남사회운동협의회 編, 황석영 기록, 《죽음을 넘어 시대의 어둠을 넘어》, 풀빛, 1985, 51쪽 참고.
5. 5·18 당시에 관한 기록은 황석영의 《죽음을 넘어 시대의 어둠을 넘어》를 참고하였다.
6. 아우슈비츠에서의 참상에 대해서는 테렌스 데 프레의 《생존자》(차미례 옮김, 서해문집, 2010)에 자세히 나와 있다.
7. 국가범죄에 관한 설명은 이재승의 《국가범죄》(앨피, 2010)를 참고하였다.
8. 임철우, 〈낙서, 길에 대하여〉, 《문학동네》, 1998년 봄호, 58~59쪽.
9. 김의기, 〈동포에게 드리는 글〉(유재철, 〈후배의 충격적 투신자살, 그가 '동포에게 드리는 글'〉, 《오마이뉴스》, 2016.2.26.).

···

IV

가해자로서의 반성과 피해자로서의 용서 —
두 번의 전쟁, 피해자로서의 한국과 가해자로서의 한국

"마음의 빚이 있다."

"책임을 통감한다."

이 둘은 모두 전쟁으로 인한 고통과 비극에 대한 발언이다. 하나는 우리가 받은 것이고 다른 하나는 우리가 누군가에게 했던 것이다.* 우리 근현대사는 전쟁의 역사라 해도 지나치지 않을 만큼 우리는 많은 전쟁을 겪어 왔다. 어떤 전쟁에서는 피해자로 고통받았고 또 다른 전쟁에서는 가해자로 고통을 주었다. 물론 전쟁은 그 자체로 모두에게 고통이자 상처이고, 아픔이다. 한꺼번에 수많은 이들의 인권이 송두리째 박탈되는 비극의 현장이 바로 전장이다. 이렇게 아픈 전쟁의 경험을 오늘날 우리는 어떻게 기억하고 있는가? 그리고

---

* "마음의 빚이 있다"는 지난 2017년 문재인 대통령이 베트남에 했던 발언이고, "책임을 통감한다"는 2015년 한일 위안부 합의에서 일본 정부가 내놓은 표현이다.

　　　　　　　　　　　　　문학으로 읽는 나의 인권감수성

우리는 어느 편에서 그 비극의 현장을 바라보고 있는가?

나도 피해자요 🌿

21명.

2019년 4월 16일 현재 생존해 있는 일본군 '위안부'의 수다.* 이
분들이 모두 돌아가신 이후를 생각해 본 적이 있는가? 2016년에 발
표된 김숨의 소설 《한 명》은 일본군 '위안부' 생존자가 단 한 명만 남

---

* 오랫동안 한국에서는 이 분들을 '정신대'라는 이름으로 불렀다. '정신대'라는 표
현은 전시체제에서 일본 제국주의의 전투력 강화를 위해 특별히 노동력을 제공
하는 조직을 의미하는 것으로, 여자근로정신대와 **일본군 '위안부'**는 다른 것이
다. 이들을 칭하던 또 다른 표현은 '종군위안부'였는데, 자발적으로 군을 따라다
닌 위안부라는 의미를 포함하고 있기에 이 또한 적절하지 않다. 이런 반성의 결
과 최근에는 공식적으로 **일본군 '위안부'**라는 표현을 사용하고 있다. 물론 '위안
부'라는 표현 자체가 당시 일본군이 붙인 이름이며, 피해자의 입장이 전혀 반영
되지 않은 남성 중심적인 용어라는 점에서 비판이 꾸준히 제기되고 있는 것이
사실이다. 그래서 잠정적으로 따옴표를 사용해 **일본군 '위안부'**라고 사용하고
있는 것이다. 이 문제가 유엔 등의 국제기구에서 언급될 때는 군대성노예military
sexual slavery라는 용어가 사용되고 있다. 이는 일제뿐 아니라 모든 전시하 성폭력
문제를 포함할 수 있다는 특징이 있으나, **일본군 '위안부'** 생존자들이 성노예라
는 표현을 받아들이는 데 문제가 있어 제한적으로 사용된다.(강정숙, 〈'위안부',
정신대, 공창, 성노예〉, 역사비평편집위원회 편, 《역사용어 바로쓰기》, 역사비평사,
2006, 319~320쪽 참고) 최근 일부 시민단체를 중심으로 **일본군 성노예**라는 표현
을 사용하자는 목소리가 다시 제기되고 있다. 늦은 감이 없지 않지만, 우리 사회
내부에서부터 이 문제에 대한 충분한 논의가 필요해 보인다.

은, 그리 멀지 않은 가까운 미래의 시점을 이야기한다.

"한 명밖에 남지 않았다고 했다. 둘이었는데 간밤 한 명이 세상을 떠나"(《한 명》, 9)로 이야기는 시작된다. 주인공은 텔레비전에서 생존해 있는 일본군 '위안부'가 이제 한 명밖에 남지 않았다는 소식을 듣고 "여기 한 명이 더 살아 있다……"(《한 명》, 10)며 나직이 중얼거린다. 그 역시 일본군 '위안부'였던 것이다. 집 앞 강으로 다슬기를 잡으러 갔다 만주 위안소까지 끌려간 그는 그곳에서 열세 살의 소녀가 도저히 감당할 수 없는 끔찍한 경험을 한다. 일본 패망 후 위안소를 탈출해 겨우 살아남아 어렵게 고향으로 돌아왔지만 그는 이미 사망신고가 된 상태였다. 살아서 돌아왔지만 호적을 살리지 못해 여전히 죽은 사람인 것이다. 자궁이 한쪽으로 돌아가 아기를 낳기도 어렵고 월경마저 마흔이 안 되어 끊어진 그로서는 결혼도 쉽지 않다. 게다가 사람들은 그가 어디서 무슨 일을 당하고 왔는지 모르며, 가족들은 자신의 체면을 위해 그가 일본군 '위안부'였음을 밝히지 못하도록 만류한다.

가족도 없이 혼자 살아가던 그는 현재 임대주택 입주권 때문에 재개발 예정 지역에 조카가 전세를 얻어 둔 집에서 이름뿐인 실거주자로 살아가고 있다. 그는 자식 하나 없이 사는 처지라 나중에 혹시나 문제될 일이 없기 때문이다. 모두가 떠난 오래된 동네의 낡은 주택에서 혼자 살아가던 중 그는 일본군 '위안부' 생존자가 한 명뿐이라는 뉴스를 접하고 얼마 후 그 마지막 한 명도 입원했다는 소식을 듣는다. 이에 주인공은 마지막 생존자를 만나 여기 한 명이 더 있다는 것을 알려 주고 싶다는 생각을 한다. 증언이라는 걸 하고 싶은 마음이 생긴 것이다. 70년 만에 어렵게 "나도 피해자요"라는 한마디를 꺼낼 용기를 낸 그는 마지막 생존자를 만나러 병원으로 향한다.

이 소설에는 무려 316개의 주석이 달려 있다. 주석은 대부분 일본군 '위안부'였던 이들의 증언이다. 그래서 이 소설은 허구라기보다는 허구와 실재의 경계에 있는 새로운 장르의 이야기처럼 보인다. 오롯이 작가의 상상력만으로 빚어진 이야기가 아니라 일본군 '위안부' 할머니들의 증언이 겹겹이 쌓이고 그 가운데 작가의 상상력이 조금 가미된 형태가 바로 김숨의 《한 명》이다. 그래서일까. 이 소설에 담긴 모든 이야기가 실제 누군가의 경험이었다는 사실을 알기에 그 내용이 더욱 가슴 아프게 다가온다.

일본군 '위안부'로 끌려간 소녀들의 고통은 사전에 실린 그 어떤 단어로도 충분히 표현할 수 없을 정도의 것이었다. 키가 고작 150센티미터인 작은 소녀를 하루에만 50여 명의 남자들이 공기놀이하듯 가지고 놀았으며, 성폭력으로도 모자라 칼이나 성냥으로 소녀들의 몸에 잔인한 폭력을 가하였다. 그렇게 매일 밤 위안소에는 소녀들의 비명이 돌림노래처럼 이어졌다. 고통을 견디다 못한 소녀들은 자기 피와 아편을 먹고 자살을 시도하는가 하면, 배가 고파 핏물로 밥을 지어 먹기도 했다.

실재였음을 알리는 작은 주석 표시와 함께 지면을 빼곡히 채우고 있는 이 이야기들이 오늘날의 독자에게는 단지 종이 위에 적힌 문자의 행렬일 뿐 상상조차 쉽지 않을 것이다. 그래서 심지어 소설이나 영화에서 이런 장면을 마주할 때면 아예 눈을 감고 귀를 막아 버린다는 이들도 있다. 그러나 독자에게는 상상만으로도 힘겨운 이 상황이 누군가에게는 직접 겪은 고통, 그것도 극히 일부의 고통인 것이다. 어떤 말로도 표현할 수 없을 정도로 실제 그들이 겪었던 고통은 크고 무거운 것이리라, 우리는 이렇게 짐작만 할 따름이다.

이 소설은 단지 일본군 '위안부'들이 경험한 고통의 기억을 알리는 것에만 초점을 맞추지 않는다. 가족과 조국으로부터 따뜻한 위로와 치유를 받아야 할 이들이 오히려 오랫동안 피해자로 제대로 인정받지 못했다는 사실을 소설은 아프게 지적한다. 20만 명이 일본군 '위안부'로 끌려갔지만 살아 돌아온 이들은 겨우 2만 명이었다. 그런데 이들이 마주한 조국의 반응은 냉소와 무관심이었다. 소설의 주인공 역시 피해자로 인정받기까지, 그리고 스스로를 피해자라고 인정하기까지 아주 많은 시간이 걸렸다. 자신이 있었던 곳이 위안소였다는 것과 자신이 '위안부' 피해자라는 것을 아무도 그에게 일러 주지 않았기에 오랫동안 그는 스스로를 원망하며 자책해야 했다.

가족의 반응 또한 다르지 않았다. 그들조차 일본군 '위안부'를 가리켜 몸 파는 장사를 하러 나온 여자니 정신대니 하는 표현을 예사로 사용한다. 그런 가족들 앞에서 그는 자신이 차마 '위안부'였음을 밝힐 수 없었고, 피해자라고 고백하고 싶을 때마다 스스로의 입

문학으로 읽는 나의 인권감수성

을 틀어막아야만 했다. 그에게 자신의 과거를 떠올리는 것은 모욕적이고 고통스러운 일이었고, 그렇게 부정하는 삶만 살다 보니 어느 순간 자신이 어떤 사람인지조차 잊어버리게 되었다.

수많은 일본군 '위안부' 피해자들이 이런 삶을 살았다. 그러다 이들은 1991년 8월 14일에야 비로소 "나도 피해자요"라는 이 한마디를 어렵게 꺼낼 결심을 한다. 일본군 '위안부' 문제를 세상에 처음 알린 김학순 할머니는 "살아 있는 증인이 있는데 세상에 그런 일이 없었다고 하니까, 눈물이 나고 기가 막히고 감감해서"(《한 명》, 143) 증언을 결심했다고 한다. 그 후 하나둘씩 자신도 피해자였노라 용기 있는 고백을 하기 시작한다. 그러나 그 과정 역시 순탄하지만은 않았다. 먹고 살기가 힘들어 어렵게 용기 내어 피해 신고를 하러 간 곳에서 이들을 반기는 것은 감사와 위로의 말이 아니라 취조하듯 쏟아지는 질문들이었다. 군인을 하루에 몇 명 받았는지, 군인이 군복 바지는 어떻게 내렸는지, 매독은 걸리지 않았는지. 떠올리는 것만으로도 고통스러운 기억을 국가는 얼마 되지 않는 보조금을 명분으로 무자비하게 소환해 낸다. "내가 잘못한 게 뭐 있어?"(《한 명》, 145)라는 할머니의 말처럼 그들은 분명 아무 잘못도 없는 피해자일 뿐이다. 그러나 우리는 가해자가 아닌 피해자에게 피해 사실을 입증하라며 또 한 번 가혹한 폭력을 가한다.

일본군 '위안부' 문제를 다룬 다른 영화나 소설에서도 이런 상황은 빠지지 않고 등장한다. 영화 〈귀향〉에서는 '위안부' 신고를 하러 갔다가 공무원으로부터 수모를 당하는 이가, 영화 〈아이 캔 스피크〉에서는 주변의 가까운 지인에게조차 사실을 숨겨야만 했던 이가 등장한다. 상황이 이렇다 보니 일본군 '위안부'는 자신도 피해자라는 사실을 쉽게 꺼내지 못한다. 《한 명》의 주인공 역시 자매들을 만날 때마다 자신도 '위안부'였다는 말이 목구멍을 타고 치밀어 오르지만 끝내 하지 못한 채 숨기고 산다.

이 소설의 주인공처럼 자신이 '위안부' 피해자라는 사실을 차마 털어놓지 못한 채 살아가시는 분들이 우리 주변에도 계실지 모른다. 1991년 8월 김학순 할머니가 최초로 용기 있는 고백을 하기 전까지는 모두가 그렇게 숨죽여 살아야만 했다. 이후 1992년 1월부터 주한 일본대사관 앞에서는 일본 정부를 상대로 '위안부' 문제를 제기하는 수요집회가 진행되었으며, 1,000번째 집회가 있었던 2011년 12월 14일에는 일본대사관 앞에 평화의 소녀상이 세워졌다. 이렇게 긴 세월 동안 '위안부' 할머니들을 기억하고 위로하는 수요집회가 열리고 있으며, 이따금씩 일본군 '위안부'를 소재로 한 영화와 소설이 발표되어 사람들의 관심을 끌면서 이들을 잊지 않으려는 노력이 계속되고 있는 것은 참으로 다행스러운 일이다.

그러나 다른 한편에서는 여전히 그들을 이 소설의 주인공처럼, 엄연히 살아 있지만 이미 죽은 존재로 여기기도 한다. 우리 사회에는 아직도 이들의 고통을 더럽고 수치스러운 것으로 낙인찍고 그것들이 사회적으로 기억되고 공론화되는 것을 꺼리는 이들이 있다. 무지에서 비롯된 오해인지 자신의 잘못을 은폐하고 싶은 부정의 심리인지 모르겠으나 이들은 일본군 '위안부' 문제를 서둘러 봉합해 버리려 한다. 더 이상 기억하고 싶지 않은 것이다. 그 결과 중 하나가 바로 2015년 어느 날 느닷없이 발표된 한일협정이다. 2015년 12월 28일 한국 정부와 일본 정부는 한일 외교장관 회담을 열어 '위안부' 피해자 문제의 해결방안에 합의했다고 발표하고 공동기자회견을 통해 다음과 같은 합의사항을 발표한다.

1. 일본측 표명사항

일−한간 위안부 문제에 대해서는 지금까지 양국 국장급 협의 등을 통해 집중적으로 협의해 왔음. 그 결과에 기초하여 일본 정부로서 이하를 표명함.

1) 위안부 문제는 당시 군의 관여 하에 다수의 여성의 명예와 존엄에 깊은 상처를 입힌 문제로서, 이러한 관점에서 일본 정부는 책임을 통감함. 아베 내각 총리대신은 일본국 내각 총리대신으로서 다시 한 번 위안부로서 많은 고통을 겪고 심신에 걸쳐 치유하기 어려운 상처를 입은 모든 분들에 대해 마음으로부터 사죄와 반성의 마음을 표명함.

2) 일본 정부는 지금까지도 본 문제에 진지하게 임해 왔으며, 그러한 경험에 기초하여 이번에 일본 정부의 예산에 의해 모든 전前 위안부 분들의 마음의 상처를 치유하는 조치를 강구함. 구체적으로는, 한국 정부가 전前 위안부 분들의 지원을 목적으로 하는 재단을 설립하고, 이에 일본 정부 예산으로 자금을 일괄 거출하고, 일·한 양국 정부가 협력하여 모든 전前 위안부 분들의 명예와 존엄의 회복 및 마음의

상처 치유를 위한 사업을 행하기로 함.

3) 일본 정부는 상기를 표명함과 함께, 상기 2)의 조치를 착실히 실시한다는 것을 전제로, 이번 발표를 통해 동 문제가 최종적 및 불가역적으로 해결될 것임을 확인함. 또한, 일본 정부는 한국 정부와 함께 향후 유엔 등 국제사회에서 동 문제에 대해 상호 비난·비판하는 것을 자제함.

2. 한국측 표명사항

한–일간 일본군위안부 피해자 문제에 대해서는 지금까지 양국 국장급 협의 등을 통해 집중적으로 협의를 해 왔음. 그 결과에 기초하여 한국 정부로서 이하를 표명함.

1) 한국 정부는 일본 정부의 표명과 이번 발표에 이르기까지의 조치를 평가하고, 일본 정부가 상기 1. 2)에서 표명한 조치를 착실히 실시한다는 것을 전제로 이번 발표를 통해 일본 정부와 함께 이 문제가 최종적 및 불가역적으로 해결될 것임을 확인함. 한국 정부는 일본 정부가 실시하는 조치에 협력함.

2) 한국 정부는 일본 정부가 주한일본대사관 앞의 소녀상에 대해 공관의 안녕·위엄의 유지라는 관점에서 우려하고 있는 점을 인지하고, 한국 정부로서도 가능한 대응 방향에 대해 관련 단체와의 협의 등을 통해 적절히 해결되도록 노력함.

3) 한국 정부는 이번에 일본 정부가 표명한 조치가 착실히 실시된다는 것을 전제로 일본 정부와 함께 향후 유엔 등 국제사회에서 동 문제에 대해 상호 비난·비판을 자제함.*

이 협정은 당시 우리 정부가 일본군 '위안부' 문제를 어떻게 보고 있는지 여실히 보여 준다. 협정에 관여한 이들에게 일본군 '위안부' 문제는 전쟁이라는 폭력의 공간에서 인간의 존엄성과 인권이 훼손된 문제가 아니라 그저 전쟁 중에 불가피하게 일어난, 그리고 모든 전쟁터에서 일반적으로 일어나는 수많은 문제 중 하나일 뿐이다. 또한 국가의 발전과 이익이 더 중요하기에 국가 간의 합의로 문제는 충분히 해결될 수 있다는 것이 이들의 생각이다. 그렇기에 이들의 합의 과정 어디에도 피해자들이 겪은 고통과 상처, 인간으로서의 존엄성과 인권에 대한 공감은 찾아볼 수 없다. 피해 당사자에 대한 직접적인 사과와 반성 그리고 그들의 용서는 생략된 채 외교적 미사여구로만 가득한 이 합의문은 '위안부' 할머니들에게 또 한 번의 상처를 남겼다.

일본군 '위안부'를 부인하는 그들 🌿

2018년 5월, 외신기자 간담회에서 일본 기자가 한국의 여당 대표에게 일본대사관 앞에 설치된 소녀상을 언제 철거해 줄 수 있냐는 질

＊ 윤병세 외교부 장관과 기시다 후미오 일본 외무상은 2015년 12월 28일 오후, 서울 외교부 청사에서 한일 외교장관 회담을 열고 일본군 '위안부' 문제를 타결했다. 한일 외교장관회담 공동기자회견문 전문은 다음을 참고했다. (이제훈, 〈한 · 일, 위안부 문제 해결 합의… "군 관여 여성에 상처"〉, 《한겨레》, 2015. 12. 28.)

문을 던진다. 그가 내세우는 이유는 일본군 '위안부' 문제는 한일 양국 간의 외교 과제이며 대사관 앞 소녀상은 국제적인 기준이나 관례에 비춰 볼 때 문제가 있다는 것이다.* 자신들의 행동에 대한 반성과 사과는커녕 국제적 기준과 관례를 들먹이며 소녀상을 문제 삼는 일본인의 이러한 태도가 우리로서는 무례하고 불편하게 느껴진다.

2010년 공지영이 발표한 단편 〈맨발로 글목을 돌다〉에도 이렇게 염치없고 뻔뻔한 일본인들이 등장한다. 소설가인 주인공은 자신의 책을 번역한 인연이 있는 H를 취재하러 일본으로 가기 전날 그와의 첫 만남을 떠올린다. 일본인 H는 대학교 3학년 때 해변에서 여자친구와 데이트를 하던 중 북한으로 납치된다. 그곳에서 한국말을 익힌 그는 이후 일본으로 돌아와 번역 일을 하고 있다. H의 이런 특이한 이력 덕분에 일본 기자와 출판사 관계자들이 주인공에게 던지는 공통된 질문은 한국인으로서 H의 납치 사건에 대해 어떻게 생각하느냐는 것이다. 그 질문에는 당신도 H를 납치한 북한과 같은 조선인이지 않느냐는 핀잔과 비양이 담겨 있다.

질문에 대해 주인공은 "가슴 아픈 일이라고 생각합니다", (〈맨발로

---

* 이 질문을 받은 여당 대표는 "소녀상은 흉물이 아니라 전 세계에 인권을 사랑하는 이들에게 일본이 전시에 나라를 잃은 사람을 성노예로 부렸다는 것을 보여주고, 다시는 이런 일이 일어나선 안 된다는 것을 평화적으로 항변하는 것"이며 "일본이 과거사를 반성하고 진정으로 사과하며 인권에 대한 회복력을 보여준다면 소녀상이 이렇게 양국 간 문제가 되지 않으리라 본다"고 답했다.(강성원, 〈추미애, "소녀상 철거 언제" 묻는 일본기자에 "흉물 아니다"〉, 《미디어오늘》, 2018.5.29.)

충북 평화의 소녀상 기림비 제막식 공연의 한 장면(《연합뉴스》)

글목을 돌다〉, 17) "인간이 인간의 생을 폭력으로 뒤바꿔놓는 일을 저는 가장 증오하고 있습니다"(〈맨발로 글목을 돌다〉, 23)라는 준비된 답을 내놓는다. 그런데 그 순간 주인공은 몇 년 전 갔던 '나눔의 집'에서 본 '위안부' 할머니들의 얼굴을 떠올린다. 그러고는 자신에게 질문한 일본인들을 향해 "위안부 문제에 대해서는 어떻게 생각하십니까?"(〈맨발로 글목을 돌다〉, 38)라고 되묻는다. 주인공의 물음에 해쓱해진 일본인들이 내놓는 대답은 "그거야 아직 역사적으로 해명된 일도 아니고……"(〈맨발로 글목을 돌다〉, 38)였다.

북한의 납치 문제에 날선 비판을 서슴지 않던 일본인들이 자신들의 가해 행위에 대해서는 부인하는 듯한 모호한 태도를 보이는 것이다. 물론 충분히 예상했던 결과다. 지금까지 일본은 일본군 '위안부' 문제에 대해 과거에 맺은 협정으로 법적 책임은 이미 다 이행했으며, 일본 정부와 일본군 차원에서 강제로 동원했다는 자료나 증거를 확인하기 어렵다는 등의 이유를 들어 일관되게 책임을 부정해 왔다. 이는 스탠리 코언이 지적한 부인否認, denial의 전형에 해당된다. 인권침해 문제의 가해자나 목격자들이 내놓는 반응 가운데 '애초에 아무 일도 없었다'며 사실관계 자체를 부정하거나 사실 여부는 인정하되 그에 대한 해석을 달리하는 경우, 가령 민간인 학살이 아니라 부수적인 피해였으며, 강제 추방이 아니라 인구 이동이라는 식의 부인, 그리고 사건의 중요성이나 함의를 부정하거나 현실적 불가피함을 이유로 들어 정당화하고 합리화하는 방식 등이 모두 코언이 지적한 부인에 해당한다. 정부와 군 차원에서의 강제 동원 증거 없이 단지 생존자들의 증언에 의존한 주장일 뿐이라는 반응이나 일본군의 관여는 인정하지만 불법성은 없었다는 식의 해석을 내놓는 것은 모두 가해자가 보이는 부인의 전형이다.

일본군 '위안부' 문제를 해석하는 또 다른 시선 중 하나는 그것이 인권을 침해한 가해 행위가 아니라 숭고하고 아름다운 사랑이었다는 식의 해석이다. 한국계 미국인 작가 이창래의 소설《척하는 삶 A Gesture Life》은 일본군 장교로 태평양전쟁에 참가한 남자와 일본군 '위안부'로 끌려온 조선인 여자와의 사랑을 그리고 있다. (적어도 주인공은 그렇게 말하고 있다.) 주인공 프랭클린 구로하타는 어렸을 때 일본인 가정에 입양되어 일본인으로 자란 조선계 일본인이다. 과거 태평양전쟁 중 위생장교로 복무한 그는 미얀마전선에서 일본군 '위안부'로 끌려온 끝애라는 조선인 여자에게 연민과 사랑의 감정을 느낀다. 구로하타는 그녀를 탈출시키고자 했으나 그녀는 더럽혀지지 않은 상태에서 구로하타의 손에 명예롭게 죽기를 원했다. 하지만 결국 끝애는 일본군에 의해 더럽혀진 채 처참한 죽음을 맞는다. 전쟁 이후 미국 시민권을 획득한 구로하타는 그녀의 죽음에 대한 죄책감과 전쟁에 대한 트라우마로 괴로워하며 살아간다.

조선인으로 태어나 일본인 가정에 입양되어 자신을 거둬 준 가족과 일본이라는 새로운 조국으로부터 버려지는 것에 대해 두려움을 느낄 수밖에 없었으며, 그런 이유에서 원하지 않던 전쟁의 한복판에 서게 된 구로하타 역시 전쟁의 피해자라 할 수 있다. 그리고 다른 여성과 달리 총명하고 자존심 강한 끝애를 향한 구로하타의 감정 역시 그의 기억 속에서는 사랑이었다. 적어도 그는 다른 군인과 달리 '위안부' 여성들을 강제로 끌려온 성노예가 아니라 자신과 동등한 처지의 인간으로 대하고자 했다. 그런데 피해자 여성이 아닌 일본군 남성의 목소리로 자신들의 관계가 사랑이었다고 하는 이야기를 듣는 것은 어딘지 모르게 불편하다. 과연 끝애도 구로하타와 같은 감정이었을까? 일본군 '위안부'로 끌려온 그녀도 일본군 장교인 구로하타를 진심으로 사랑했을까? 우리는 끝애로부터 이 질문에 대한 답을 끝내 듣지 못한다. 어쩌면 그녀 역시 유일하게 자신의 편을 들어준 구로하타에게 진심으로 마음을 준 것일 수도 있다. 그럼에도 불구하고 일본군 장교와 조선인 '위안부'의 관계를 사랑으로 표현하는 것이 한국인이자 여성인 나에게는 가해자의 자기합리화이자 비겁한 변명으로만 들릴 뿐이다.

자신의 행동은 결코 타인의 인권을 침해한 가해 행위가 아니었다는 식의 이런 해석이 피해자의 위치에 있는 우리로서는 불편할 수밖에 없다. 성관계는 있었으나 합의된 것이었다, 서로 호감을 갖고 있는 관계였다는 식의 이런 해석은 공교롭게도 요즘 뉴스를 통해 많이 접하는 것이기도 하다. 1장에서 언급한 직장 내 성범죄가 바로 그것이다. 직장 내 성범죄 가해자 모두가 마치 약속이나 한 듯 이 말만 되풀이하고 있다. 직장 내 성범죄나 성노예로 강제 동원된 상황처럼 갑과 을의 권력 관계가 명확할 때 갑의 위치에 있는 이들이 성폭행을 사랑 행위라고 표현하는 것은 가해자의 자기합리화나 정당화일 수 있다. 따라서 이런 경우에는 양측의 목소리를 모두 들어봐야 한다. 다시 말해, 끝애의 목소리를 통해 직접 확인하지 않는 한 자신의 행위가 사랑이었다는 구로하타의 말은 어디까지나 그의 '의견'일 뿐이며, 그 의견은 여느 가해자들의 부인과 다르지 않다.

월남 처녀와 따이한의 사랑 그리고 낙타누깔 🌿

한국 정치인에게 일본 기자가 했다는 소녀상 철거에 관한 질문을 듣는 순간 대부분의 한국인은 불쾌한 감정을 느꼈을 것이다. 불

문학으로 읽는 나의 인권감수성

쾌함을 넘어서 분노와 모욕이 느껴지기도 한다. 그런데 그런 감정이 치밀어 오르는 순간, 마음 한편에서 또 다른 종류의 불편함이 몇몇 단어들과 함께 무겁게 다가온다. 월남 파병, 라이 따이한, 낙타누깔, 베트콩……. 일본군 '위안부' 문제에 대해 객관적인 증거를 찾을수 없다, 법적으로 모두 해결되었다는 등의 핑계를 대며 부인하는가하면 도리어 자신들도 피해자라며 큰소리치는 일본인의 모습은 분명 무례하고 염치없다. 그러나 그것은 고스란히 우리의 모습이기도하다.

> 우리들은 영어와 프랑스어와 월남말이 뒤섞인 불결한 대화로는 도저히 표현할 수 없을 듯싶은 얘기들을 두런두런 나누었다. 한국의 겨울과, 나쁜 전쟁과, 희뿌연 밤의 대기와, 아끼는 사람이 있음을 알 때의 푸근한 마음을 우리들은 얘기했다.(《하얀 전쟁》, 235)

치열한 전쟁터에서 만난 여자와의 사랑을 회상하는 이 장면은 앞서 살펴본《척하는 삶》의 일본인 구로하타의 이야기가 아니다. 이 사랑의 배경은 태평양전쟁이 한창이던 동남아시아가 아니라 1960년대 무렵의 베트남이며, 이 사랑의 주인공은 베트남전쟁에 참전한한국 군인과 베트남 여성이다. 인용된 구절은 베트남전쟁에 참전한경험을 바탕으로 한 안정효의《하얀 전쟁》의 일부로, 베트남전 참전군인인 주인공 한기주가 과거 전우였던 변진수로부터 걸려 온 전화를 받고 기억을 떠올리는 것으로 이야기는 시작된다.

전쟁에 막연한 동경과 낭만을 품고 있던 한기주는 베트남전에 자원하는데, 그가 마주한 전쟁터는 살아남기 위해 다른 누군가를 죽여야 하는 생존의 정글이었다. 폭력과 광기로 가득한 전쟁을 경험한 한기주는 귀국 후에도 당시의 기억으로부터 자유롭지 못한 삶을 살아간다. 아내와의 관계는 서먹해지고 이유를 알 수 없는 불임의 공포에 시달리는가 하면, 직장에서도 무기력하고 무관심한 태도로 일관할 뿐이다. 결국 그는 아내로부터 이혼당하고 회사에서는 한직으로 쫓겨나게 된다. 이렇게 방황하고 있는 주인공 앞에 10여 년 만에 변진수가 나타난다. 변진수는 전쟁터에서 제대로 적응하지 못하고 정신 착란 증세를 보였던 인물로, 한기주 앞에 다시 나타나 권총을 내밀며 자신을 죽여 달라고 요구한다. 처음에는 거절했지만 한기주는 결국 변진수를 향해 방아쇠를 당긴다.

베트남전쟁은 세계사에서뿐 아니라 한국 근현대사에서도 빼놓을 수 없는 중요한 사건이다.* 8년 6개월 동안 약 33만 명이라는, 미

---

* 베트남전쟁은 베트남인들이 30년 전쟁 혹은 10,000일간의 전쟁이라고 부르는 것으로, 베트남이 1945년 8월 혁명 이후 1975년 미국이 철수할 때까지 프랑스와 미국을 상대로 독립과 통일을 위해 싸운 전쟁을 일컫는다. 즉 베트남전쟁은 연달아서 일어난 두 개의 전쟁을 말하는데, 첫 번째 전쟁은 제1차 인도차이나전쟁으로 1945년 일본이 패망한 다음 8월 혁명으로 성립한 베트남민주공화국이 다시금 베트남 지역을 자신의 식민지로 삼으려던 프랑스와 싸운 것이다. 이 전쟁은 디엔비엔푸Dien Bien Phu 전투로 프랑스가 물러나면서 끝이 났다. 두 번째 전쟁은 제2차 인도차이나전쟁으로 동남아시아의 공산화를 두려워 한 미국이 베트남에 개입하고 그 결과로 남과 북이 분단된 이후, 북베트남과 미국 사이에서, 그리고 남쪽에 있던 베트민, 남베트남군과 미국 사이에서 발생한 기나긴 싸움을 말

국 다음으로 많은 군대를 파견한 한국은, 미국을 제외하면 독자적인 전투 작전을 수행할 수 있는 유일한 국가였다. 파병이 결정된 과정에 대해서는 미국과의 관계라는 외교적 이유와 전투 경험 축적이라는 국방상의 이유, 국가의 경제적 실익과 박정희 정권의 정통성 확보 등 의견이 분분하다. 모든 결정이 국가의 강제 때문이었다고 할 수 없을 만큼 베트남전에 참전한 개개인의 사연 또한 다양했으나, 참전한 모든 이들에게는 국가를 위해 싸우러 간다는 대의명분이 있었다.

월급을 받는 용병이 참전하는 오늘날의 전장은 그렇지 않겠지만, 적어도 과거 이 시기의 전쟁에 참전한 이들에게는 국가를 위해 싸운다는 추상적인 이 한마디가 매우 중요했다. 대신 이들에게는 국

한다. 이 싸움을 베트남에서는 항미구국전쟁이라고 부른다.

베트남전쟁에 대해 이렇게 긴 설명을 옮겨 놓은 것은 그동안 우리가 베트남전쟁에 대해 제대로 모르고 있었다는 반성의 의미를 일깨우기 위해서다. 가해 행위에 대한 사과와 반성에는 그것에 대한 정확한 이해가 선행되어야 한다. 그러나 여전히 우리 기억 속에서 베트남전쟁은 단편적인 이미지나 낭만적인 환상으로 가득한 영화의 한 장면이나 노랫말의 한 구절로만 재현될 뿐, 전쟁의 배경과 역사, 구체적인 전쟁의 과정에 대해서는 제대로 아는 바가 없는 것이 사실이다. 그리고 제대로 알지 못하다 보니 생긴 오해나 잘못도 있다. 가령 우리가 흔히 사용하는 '베트콩'이란 표현이 대표적이다. 원래 남베트남 쪽에서 활동하던 민족해방전사들을 가리키는 말은 '베트민'이나, 우리나라에서는 이들을 '베트콩'으로 부른다. 이는 '베트남 공산주의자'라는 뜻으로 그들을 경멸하는 의미가 담긴 것이다. 따라서 이 글에서는 소설 인용이나 문맥상 필요한 경우를 제외하고는 '베트민'이라는 표현을 사용하고자 한다. 베트남전쟁과 베트민에 대한 설명은 최정기의 논문(〈민간인 학살의 사회구조적 요인 비교〉, 《민주주의와 인권》 11(1), 2011)을 참고하였다.

가를 위한 희생의 대가로 어떠한 폭력과 일탈 행위도 정당화되었는데, 그 대상은 주로 여성이었다. 가부장제 사회의 암묵적 동의 아래 숭고한 국방의 의무를 수행하는 남성은 우월한 존재로, 여성은 남성의 보호를 받아야 하는 약자이자 남성으로 상징되는 국가 혹은 민족의 소유물로 인식되었다. 이러한 사회적 묵인하에 여성에 대한 군인(남성)의 폭력과 착취는 정당화되었고, 이는 죽음이라는 공포가 일상화된 전쟁터에서 더욱 극단적으로 나타났다.

그러나 우리와 같은 민족인 《하얀 전쟁》 속 주인공은 이런 경우와 다르다고, 그와 베트남 여성과의 관계는 진정한 사랑이었다고 믿고 싶을지 모르겠다. 한국군 한기주와 베트남 여인 하이는 여느 연인과 다를 바 없다고 말이다. 그렇다면 여기서 다시 《척하는 삶》으로 돌아가 보자. 일본군 장교 구로하타와 조선인 '위안부' 끝애의 관계는 순수한 사랑이라고 할 수 없을까? 단지 상대가 일본인이고 피해자가 조선인이라는 이유만으로 이들의 관계를 진정한 사랑이 아닌 그저 일본군이 일방적으로 가해 행위를 저지른 착취와 수탈의 관계로 보는 것은 아닐까? 만약 그것이 아니라면, 같은 이유로 베트남 여인과의 관계가 사랑이었노라고 추억하는 한기주에 대해서도 같은 감정을 느껴야 할 것이다.

물론 한쪽은 나라의 주권이 빼앗긴 상태에서 강제로 동원된 처지인 데 반해, 다른 한쪽은 물리적인 강제나 동원의 과정 없이 여성이 자발적으로 응했다는 점에서 이 둘은 엄연히 다른 경우라고 반박

문학으로 읽는 나의 인권감수성

할 수도 있다. 그러나 두 상황 모두 전쟁이 한창이던 시기의 전장에서 군인 신분인 남성과 민간인 여성 간의 관계라는 점은 다르지 않다. 모든 인간관계는 아군과 적군으로 나뉘고, 오직 힘과 계급에 따라 서열화되는 것이 생존법칙인 전쟁터에서, 게다가 상대가 언제든지 총기를 사용할 수 있고 살인도 허용되는 전쟁 중의 군인이라면, 이때 그 군인과 민간인 여성은 동등한 관계일 수 있을까? 상대가 전시의 군인이라는 사실 하나만으로도 여성은 절대적 약자일 수밖에 없다. 따라서 우리는 일본인 구로하타에게 그랬던 것처럼, 자신은 순수한 사랑이었다고 말하는 한기주에 대해서도 불편한 감정을 느껴야 한다. 인권 문제의 가해자와 피해자를 가르는 데 국적과 민족이 고려되어서는 안 된다.

이렇듯 많은 전쟁에서 가해자는 대부분 총으로 무장한 남성(군인)이며, 피해자는 여성(민간인)이다. 전쟁은 아군과 적군의 대결이기도 하지만 다른 한편으로는 남성과 여성 사이의 갈등이기도 하다. 물론 후자의 대결은 언제나 남성의 일방적인 승리로 끝이 난다. 앞서 말한 것처럼, 전쟁은 국가를 위해 자신의 목숨을 담보로 싸우는 남성만의 전유물이고, 여성의 역할은 국가를 '위해' 싸우는 남성을 '위해' 봉사하고 희생하는 것이기 때문이다.

여성의 희생과 봉사를 공식화한 대표적인 예가 바로 공창이다. 베트남전쟁 당시 미군은 자국 군인의 불만을 분출시키기 위한 탈출구의 하나로 군창을 만들어 운영했다. 한국군 역시 군창을 만들 계획을 세웠다. 정의나 조국 수호라는 거창한 명분은 온데간데없고 실제로는 용병과 다르지 않은 처지에 대한 병사들의 불만을 무마시키기 위해 한국군은 성매매 여성들로 구성된 군창을 계획했으나 실행에 옮기지는 않았다. 공교롭게도 이때 이들이 계획한 군창의 이름은 '위안부대'였다. 위안부대는 끝내 실현되지 않았지만 이를 대신할 사창은 전쟁이 일어나는 베트남 전역에서 한국 군인들을 상대로 성행했다.

안정효와 마찬가지로 황석영 역시 베트남전을 직접 경험한 작가로 유명하다. 제대 이후 발표한 〈탑〉과 〈돌아온 사람〉, 그리고 〈낙타누깔〉과 《무기의 그늘》이 모두 생생한 베트남전의 참상을 담고 있는 것은 바로 이 때문이다. 제목부터 얄궂은 〈낙타누깔〉의 주인공은 정신신경성 노이로제 환자로 전투부적격자 판정을 받고 조기귀국 중이다. 그런 그가 귀국선물로 준비한 것은 미국 달러나 레이션박스가 아니라 휴양지에서 구입한 아주 요사스러운 물건이다.

휴양을 갔던 곳에서 주인공은 자신에게 다가와 거의 정확한 우리말로 "나타누갈, 나타누갈"을 외치는 그곳 아이들을 만난다. 열 살 남짓한 그 소년들은 한국 군인들에게 춘화와 콘돔, 그리고 낙타누깔이라는 성 보조기구를 팔고는 음탕한 몸짓을 하며 그들을 조롱한다. 성 보조기구의 명칭이 하필 우리말로 불린다는 사실과 자신을 향한 어린아이들의 야유에 주인공은 창피함을 느낀다. 그러나 부끄러움을 느낀 〈낙타누깔〉의 주인공과 달리 다른 한국 군인들은 낯선

문학으로 읽는 나의 인권감수성

땅에서 이국 여자와의 관계를 기대하고 있었다. 그들이 전쟁과 죽음에의 두려움을 이겨낼 수 있었던 이유 중 하나는 "'씩씩한 따이한'들에게 발가벗은 온몸으로 헌신"(《하얀 전쟁: 2부 전쟁의 숲》, 17)하는 베트남 처녀들에 대한 낭만적 기대였으며, 그 결과 한국 군인들의 매춘행위가 실제로 성행했음을 보여 주는 증거가 바로 '낙타누깔'인 것이다.

물론 현장에서 만난 이들은 "따이한 소리만 들어도 영웅으로 생각하는 월남 처녀들"(《하얀 전쟁: 2부 전쟁의 숲》, 17)이 아니라 생계를 위해 "대낮에 돗자리를 둘둘 말아 들고 다니며 몸을 파는 이동 꽁가이"(《하얀 전쟁》, 12)들이 대부분이었지만, 죽음의 공포와 억제된 욕망 앞에서 그런 차이쯤은 문제될 것이 없었다. 이렇듯 전시 군인에게 여성은 정복과 유희의 대상이었고, 그 행위의 절정은 여성 포로를 상대로 나타났다. 《하얀 전쟁》에서 주인공이 속한 부대의 부대원들은 어느 날 바위 턱에 숨어 있던 어린 여자 포로를 잡는다. 포로의 옷을 다 벗기고 몸수색을 하자는 부대원들의 합의에 그 포로는 수많은 남성에게 둘러싸여 알몸 상태가 된 채 '미스 베트콩'이라는 별명까지 붙여져 놀림을 당한다. 병사들이 이렇게 나체를 수색하는 이유는 여자 베트민들이 가랑이 사이에 독침을 숨겨 가지고 다닌다는 맹랑한 소문이 무서워서가 결코 아니었다. 그들은 그저 어린 여자의 몸이 구경하고 싶었을 뿐이었다.

한국 군인에게 포로로 잡힌 여자 베트민은 적군이기보다는 그저 '여자'일 뿐이었다. 그래서 이들에게 여자 포로가 잡힌 날은 오랜 만에 새로운 장난감을 가지고 노는 날이었다. 송기원의 〈경외성서〉역시 베트남전을 배경으로 한 소설로, 주인공은 앞서 〈낙타누깔〉의 주인공처럼 전쟁 후유증으로 신경증을 앓고 있으며, 그 때문에 변태 성욕적 살인을 저지르기까지 한다.

전쟁이 한창이던 어느 날 주인공이 속한 부대는 베트민 은신처에 숨어 있던 여자를 발견하고, 여자 포로를 잡은 부대원들은 어김없이 그녀를 희롱한다. 그러던 중 여자가 독침으로 분대장을 공격하자 여자를 알몸으로 나무에 묶어 놓고 죽이라는 명령이 떨어지고, 이 일은 부대 관습에 따라 부대원 중 가장 신참인 주인공에게 맡겨진다. 이런 관습이 불문율처럼 내려온 것은 살인 경험이 없는 신참에게 살인을 가르침으로써 용맹심을 길러 주기 위함이다. 군대에서의 폭력은 이런 방식으로 합리화되면서 전수되었던 것이다. 그러나 주인공은 여자와 눈이 마주치는 순간 망설이고, 부대원들은 그런 그를 조롱하고 힐난한다. 결국 주인공은 살인에 성공하는데, 그 순간 그는 알 수 없는 쾌감을 느끼며 시체에 입을 맞추고 가지고 있던 낙타눈썹을 여자의 성기 위에 얹는 변태 성욕적 행위를 한다.

이렇듯 항시 죽음과 맞닿아 있는 전쟁이라는 예외적 시공간에서 인간 대 인간의 정상적인 관계는 기대하기 어려우며, 더욱이 그 상대가 여자일 경우에는 적군과 아군, 민간인과 군인을 가리지 않고 성적 대상이 되기 십상이었다. 특히 여성 포로는 군인들의 성욕을 채우기 위한 노리개에 지나지 않았다. 어떤 상황에서든 항상 인도적으로 대우받아야 하고, 인간으로서의 존엄성이 손상되어서는 안 되며, 특히 여성은 최선의 처우를 받아야 한다는 전쟁포로에 관한 협약 따위는 죽음에의 공포와 증오로 가득한 전장에서는 사문화된 조항에 불과했다.

전쟁 중 강간은 비단 포로로 잡힌 적군을 대상으로만 이루어지는 것은 아니었다. 베트민 수색을 위해 들어간 마을에서는 민간인 여성을 상대로 한 강간도 버젓이 행해졌다. 가부장제 사회에서 여성의 몸은 개인의 것이 아니라 그가 속한 집단, 즉 작게는 가족이나 부족 더 나아가 국가나 민족의 소유물로 인식되었기에 여성에 대한 강간은 그 집단 전체에 대한 정복과 지배를 의미했다. 따라서 전쟁 중의 군인들은 아군의 사기 진작과 적군에 대한 승리의 의미로 민간인 여성을 대상으로 한 전시 강간을 저지르기도 했다. 이러한 전시 강간은 군의 연대의식을 강화하기 위한 의식이자 전시 전략의 하나였기에 많은 사람이 보는 앞에서 집단적으로 이루어졌다.

아군의 승리 자축, 남성의 위안 등의 명목하에 희생될 위험에 노출된 이들이 바로 전시의 여성이었고, 생계를 위해 거리로 나간 여성 또한 그런 이들 중 하나였다. 베트남전쟁 당시 이런 여성의 상당수는 애초에 몸 파는 것을 직업으로 삼던 이들이 아니었다. 대부분 "늘씬하게 빠졌다든가 달콤한 웃음을 지어낼 줄 안다거나 하는 것은 바랄 수도 없는 농촌의 피난민 부녀자들"(〈탑〉, 56)이었다. 《하얀 전쟁》에서 주인공이 사랑을 느꼈다는 그 여인 또한 베트남 군인이었던 남편이 전사한 후 생계를 위해 가끔씩 미군에게 몸을 파는 여자였다. 그래서일까?《하얀 전쟁》의 주인공은 베트남 여성 하이와 자신의 관계가 진짜 사랑이었다고 말하면서도 그 사랑에 대한 책임은 지지 않는다. 자기와 아이를 궤짝에 넣어 한국으로 데리고 가 달라고 부탁하는 하이에게 그는 세관 수속과 결혼의 어려움 따위의 변명만 잔뜩 늘어놓으며 거절한다. 사랑이라고 이름 붙였지만 사실 하이와의 관계는 그저 "죽음으로부터 도피하는 정신적인 안식처요 전장에서 한때 누리는 잉여분의 낭만에 지나지 않"(《하얀 전쟁》, 234)았던 것이다. 다시 말해 한기주에게 하이는 일시적인 쾌락과 유희, 안식의 대상이었을 뿐이다.

무엇보다 하이가 베트남 경찰의 첩이자 미군을 상대로 몸을 파는 여성이었다는 사실은 그로 하여금 무거운 책임감과 부끄러움에서 쉽게 벗어날 수 있게 하였을 것이다. 돈을 벌기 위해 자발적으로 매춘을 선택한 여성은 존엄성을 보호받아야 할 인간이기보다는 그저 화폐로 거래되는 상품일 뿐이며 따라서 이들과의 관계에 대해서는 책임감이나 인간으로서의 도리를 느낄 필요가 없기 때문이다. 그러나 과연 아무런 책임도 없는 것일까? 애초에 전쟁이라는 극한의 상황 때문에 몸을 파는 것밖에는 선택의 여지가 없는 상태에 내몰려 군인들의 쾌락과 유희의 도구로 상품화된 것이라면 이들 또한 전쟁으로 인해 착취당하고 희생당한 피해자다. 피해자가 있으면 가해자도 있는 법. 이들에 대한 책임은 전쟁을 일으킨 이들뿐 아니라 그것에 가담하고 동조한 이들에게도 있으며, 그것이 대한민국이라는 사실을 부정해서는 안 된다.

따이한 제삿날과 한국군 증오비 🌿

〈낙타누깔〉에서 주인공이 우연히 만난 흑인 병사는 베트남 사람들을 향해 "이 더러운 데서 우리는 너희 때문에 싸운다. 다친다. 죽는다"(〈낙타누깔〉, 121)며 큰소리를 치고 그들을 함부로 대한다. 과연 미군과 한국군은 베트남 사람을 위해 싸우고 다치고 죽은 것일까? 하지만 그들만큼이나, 아니 그들보다 더 많이 죽은 이들은 베트남 사람들이었다. 그것도 자신들을 지켜 준다며 쳐들어온 낯선 이들에 의해서.

전쟁에서의 죽음은 무기를 들고 싸우는 전장에서만 일어나지 않는다. 전쟁 당시 베트남 전역에서는 무장도 하지 않은 민간인의 희생이 빈번하였다. 우리가 흔히 '베트콩'이라 부르는 남베트남 민족해방전선 유격대원은 주민들과 밀접한 관계를 맺으면서 게릴라전을 펼쳤고, 따라서 민간인과 유격대원을 구분하기 어려울 수밖에 없었다. 한편 베트남전에서 한국군의 주요 임무는 민간인 거주 지역 외곽에 전술기지를 설치하고 수색과 정찰, 매복 등을 통해 주민과 유격대원 사이의 접촉을 차단하는 것이었기에, 한국군은 상대적으로 베트남 주민과 접촉할 기회가 많았다. 당시 한국군은 "백 명의 베트콩을 놓치는 한이 있어도 한 명의 양민을 보호하라"[1]를 공식 입장으로 내놓았다고 하지만, 참전 군인의 증언에 따르면 실제로는 민간인 보호와 관련된 교육이나 지시를 받은 적이 없을 뿐 아니라 오히려 상부에서는 마을이 유격대원의 하부조직으로 이용된다는 점을 강조했다고 한다. "백 명의 베트콩을 놓치는 한이 있어도 한 명의 양민을 보호하라"는 지침은 한 명의 베트콩을 잡기 위해 백 명의 민간인을 희생시키는 상황으로 변질된 것이다.

베트남전쟁 체험을 바탕으로 한 황석영의 또 다른 소설 〈돌아온 사람〉에는 우리 역사에서 가슴 아픈 두 개의 전쟁이 묘하게 겹쳐져 그려진다. 이 소설의 주인공 역시 베트남전에 참전했던 인물로 귀국 후 고열과 불면증에 시달리던 그는 정양을 위해 시골에 와 있다. 그곳에서 그는 어린 시절 한동네에서 자란 만수를 만나는데, 만수는 그에게 돼지서리 계획을 털어놓는다. 만수가 말한 돼지는 과거 한국전쟁 당시 군인 편에서 마을 사람을 죽이는 데 앞장섰던 인물로, 만수의 형은 그 사건으로 인해 미친 사람이 되었다. 만수가 말한 돼지서리란 형을 그렇게 만든 자를 직접 심판하고 복수하는 것이다. 형이 당한 것과 똑같은 방식으로 복수하는 상황을 지켜보던 주인공은 문득 베트남의 전장에서 자신이 했던 행동을 떠올린다.

내 수색구역의 백토로 지은 집안으로 들어갔을 때, 텅 빈 공간에서 파리가 잉잉거리며 날아다녔다. 뒤꼍으로 가서 마당 한가운데 펼쳐진 짚멍석을 들췄다. 두 개의 독이 묻혀 있었고, 그 안에 누가 있었더라…… 마른 나뭇가지 같은 늙은이의 손이 한데 모아져 비벼대면서 내 발부리 앞으로 솟았다. 내가 알고 있는 몇마디 말을 동원해서 빨리 나오라고 재촉했던 것 같다. 노인은 한없이 빌고만 있었다. 또 다른 독 속에는 발가벗은 아기를 품안에 감춘 비쩍 마른 소년이 있었던 것 같다. 그 아이는 구부려 세운 두 무릎 사이에 얼굴을 묻고, 아기의 입을 막은 채 소리를 죽여 울고 있었다. 나는 나오라고 또다시 재촉했다. 속눈썹 속으로 아리게 스며드는 땀방울, 말라붙은 혀, 멈춰선 사람에게 짓궂게 날아붙은 파리들, 아기의 입을 막고 고개를 묻은 소년의 흔들리는 어깨. 나는 기다랗게 혼잣말로 쌍욕을 지껄이고 있었다. 쇠끝에 손가락을 걸고 힘을 주었을 뿐이다. 두개골 속의 몽롱한 뇌수를 뒤흔들며 들려오기 시작한 연발 사격의 소리에 나는 깜짝 놀랐다. (〈돌아온 사람〉, 117)

주인공을 괴롭히는 기억 중 하나는 수색 작전 중 의식의 마비를 경험했던 것이다. 마을을 비우고 나오라는 방송이 있었지만 그 외국 말을 알아들을 수 없는 마을 사람들은 한국 군인에게 그다지 협조적이지 않다. 사람들을 난민수용소로 겨우 후송하고 텅 빈 마을을 수색하던 주인공은 땅에 묻힌 독 속에 숨어 있던 노인과 아기를 안고 있는 소년을 발견하고는 자신도 모르게 사격을 가한다. 주인공이 발견한 노인과 소년이 유격대원이었을 리 없다. 하지만 소거 명령에 응하지 않고 자신들에게 협조적이지 않았다는 이유로 또는 그저 주인공의 의식이 잠깐 마비되었다는 이유로 이들은 희생되었다.

더 참혹한 학살의 현장도 찾아볼 수 있다. 방현석의 〈랍스터를 먹는 시간〉에는 이른바 '박정희 군대'라 불리던 이들에 의해 조직적으로 마을 전체가 희생된 사건이 그려진다. 베트남 주재 한국 조선소에서 근무하고 있는 주인공 건석은 유창한 베트남어 실력 때문에 한국인 관리자와 베트남인 직원 사이의 갈등을 중재하는 역할을 맡고 있다. 그날도 어김없이 베트남전쟁에 참전했던 김부장의 시비로 싸움이 일어났고, 공안국에 잡혀가서까지 안하무인으로 행동하는 김부장 때문에 사건은 꼬이기 시작한다. 게다가 김부장이 싸운 상대는 과거 인민해방전선의 용사로 32개의 파편이 몸속에 박혀 있는 보 반 러이라는 조선소 노동자였기에 사건은 더욱 복잡해진다.

　　조선소 소장과 인민위원회 주석의 협상으로 사건이 잘 마무리되는 듯했지만, 한국인 관리자들의 반발로 보 반 러이를 비롯한 베트남 직원 37명에게 전보발령이 내려진다. 이후 보 반 러이는 사표를 제출하고, 이 상황을 해결하기 위해 건석은 사건에 처음부터 관여하고 있던 공안국의 팜 반 꾹과 함께 러이를 만나러 그의 고향을 찾는다. 그리고 그곳에서 건석은 우연히 마을의 모든 집이 같은 날 제사를 지내는 진기한 상황을 목격한다. '따이한 제삿날'이라 불리는 그날은 30년 전 '박정희 군대'가 마을을 휩쓸고 지나갔던 날이다. 집 마당의 땅굴에 숨어 있던 사람들은 한국군이 던진 수류탄에 죽어야 했고, 한국군에게 발각되어 끌려 나온 이들은 논 한가운데서 기관총 세례를 받아야 했다. 자신들은 베트콩이 아니라며 남베트남 정부가 발행한 신분증을 보여 주어도 무참히 총알밥이 되었다. 시체더미 속에서 겨우 살아난 러이는 자신의 뒷덜미를 잡는 어머니의 손을 뿌리치고 내달린 덕분에 목숨을 유지할 수 있었지만 어머니는 확인사살을 위해 던져진 수류탄에 죽고 만다.

이 비극적인 사건에서 살아남은 사람은 단 세 명뿐이다. 한국군의 만행은 여기서 끝나지 않고, 다음 날 다시 와서 임시로 묻어 둔 시신과 아직 묻지 못한 시신을 모두 중장비로 밀어 버리기까지 한다. 미국 때문에 어쩔 수 없이 참전한 용병일 뿐이라고 한국군을 이해했던 마을 사람들은 한국군을 증오하기 시작했고, 러이가 입대한 부대의 구호는 '한국군을 찢어죽이자'였다.

이 같은 상황은 소설 속 허구의 이야기가 아니다. 베트남전에 참전했던 한국군은 베트민을 수색한다는 명분으로 대부분이 여성과 어린아이, 노인이었던 마을 주민들을 한곳에 모아 놓고 중화기를 난사하는가 하면 시신을 소각하거나 불도저로 밀어 버리기까지 했다. 이런 식으로 이루어진 민간인 학살은 80여 건에 달하며 희생된 민간인 수는 무려 9천여 명 정도라고 한다.[2] 이 또한 과거 베트남 당국이 조사한 바일 뿐 추정 규모는 계속 늘어나고 있는 실정이다. 한국군의 민간인 학살이 사실이었음을 증명하는 것은 전쟁이 끝난 지 40여 년이 지난 지금까지도 당시 학살의 충격으로 한국 사람들과 제대로 눈을 마주치지 못하거나 정신질환을 앓는 채 살아가는 사람들이다.

이렇게 마을 전체가 학살의 희생양이 된 곳에는 당시 희생된 이

한국군에 의해 학살당한 74명의 희생자 명단이 적힌 베트남 꽝남성 퐁니·퐁녓 마을 위령비
(《민중의 소리》)

들을 추모하기 위한 비가 세워졌는데, 그 비의 이름은 '한국군 증오비'다. 베트남 중부 꽝응아이성 빈호아 마을 입구에 세워진 증오비에는 "하늘에 가닿을 죄악 만대를 기억하리라. 한국군들은 이 작은 땅에 첫발을 내딛자마자 참혹하고 고통스러운 일들을 저질렀다. 수천 명의 민간인을 학살하고, 가옥과 무덤과 마을들을 깨끗이 불태웠다"는 비문과 함께 희생자들의 이름이 새겨져 있는데 430명 중 268명이 여성이며, 그중 7명은 임신한 상태였고 2명은 성폭행을 당했다고 한다. 또한 그중 182명은 어린아이였으며, 109명은 노인이었다. 전쟁에서 용인되는 살인은 무장한 군인들끼리 교전 중에 상대를 죽이는 것만 해당된다. 상대편이라 하더라도 민간인, 특히 노인과 여성, 어린아이까지 희생시켜서는 안 된다. 하지만 베트남전에서 전쟁

문학으로 읽는 나의 인권감수성

의 총부리는 어린아이와 여성, 노인을 향해서까지 무차별적으로 겨누어졌으며, 그때 그 총의 방아쇠를 당긴 사람은 다름 아닌 한국 군인이었다.

과연 이런 상황을 두고 "이 더러운 데서 우리는 너희 때문에 싸운다. 다친다. 죽는다"는 말을 할 수 있을까? 베트남을 지켜 준다는 명분으로 쳐들어 와 평화롭게 살던 이들에게 총을 잡게 하고, 여성들을 거리로 내몰았으며, 영문도 모른 채 마을 사람 전부가 한자리에서 죽음을 맞이해야 하는 상황을 만든 이들은 누구인가? 그리고 그 과정에서 한국군은 단지 돈을 벌기 위해 미국이 쥐어 준 총을 들고 그들의 명령에 따랐을 뿐이라는 말을 당당하게 할 수 있을까?

우리는 베트남전쟁을 어떻게 기억하고 있는가? 🌿

최근 우리는 베트남을, 우리나라 축구 국가대표팀 코치였으나 지금은 베트남 국가대표팀 감독을 맡아 최약체로 평가받던 베트남을 아시아 정상권의 팀으로 만들어 놓은 한 사람을 통해 기억한다. 그는 한순간에 베트남의 국민 영웅이 되었고 그 덕분에 한국 사람들은 괜히 자신의 어깨까지 으쓱해지는 경험을 했다.

박항서 감독이 베트남의 영웅이 되어 베트남에서는 물론이고 한국에서도 떠들썩했던 그 무렵, 서울에서 대한민국을 피고로 세운 조그마한 법정이 열렸다. 그 법정의 이름은 '시민평화법정.' 2018년 4월 21일부터 22일까지 열린 민간 모의법정으로, 1968년 베트남 꽝남성에서 있었던 퐁니·퐁넛 마을과 하미 마을 학살사건의 생존자들을 원고로, 대한민국 정부를 피고로 하여 베트남전쟁 시기 한국군에 의한 민간인 학살 책임을 묻기 위해 마련된 법정이었다. 주심을 맡은 김영란 전 대법관은 당시 그 사건을 중대한 인권침해이자 전쟁범죄의 성격을 띠는 사건으로 규정하고 대한민국 정부에 책임이 있음을 선고했다. 그러나 많은 한국인들은 이 법정의 존재조차 모른 채 지나쳤고, 이를 다룬 언론 역시 많지 않았다. 이렇게 우리에게 베트남은 국민영웅으로 추앙되는 자랑스러운 한국인을 통해서만 기억되고 있다.

　방현석의 〈존재의 형식〉과 〈랍스터를 먹는 시간〉은 베트남전쟁을 다룬 다른 소설과 달리 전쟁이 끝나고 꽤 오랜 시간이 흐른 후의 베트남과 베트남 사람 그리고 그들을 바라보는 한국인의 시선을 그리고 있다. 〈존재의 형식〉의 주인공 재우는 오랫동안 베트남에서 생활하며 누구보다 베트남을 잘 이해하고 있다고 생각한다. 그는 한때 민주화운동에 앞장섰던 인물로 현재는 뛰어난 베트남어 실력으로 번역과 통역은 물론이고 한국 기업들의 코디네이터 역할을 수행하고 있다. 그가 이렇게 할 수 있었던 것은 사회주의 국가인 베트남이라는 나라의 역사와 현재를 있는 그대로 이해하는 유일한 한국 사람이기 때문이다. 그렇게 승승장구하던 그는 자신이 도와준 한국 기업이 베트남 사람들을 상대로 무례한 행동을 하는 것을 목격한다. 마치 자신이 잘못한 것처럼 죄책감에 괴로워하던 그는 한국 기업들의 행태를 비판하는 글을 쓰고, 신문에 실린 그의 글을 본 교민 사회로부터 저주의 대상으로 낙인찍힌다.

　베트남과 베트남 사람을 무시하는 한국 사람의 태도는 이것만이 아니었다. 재우는 대학동기인 문태로부터 베트남어 통역을 구해 달라는 부탁을 받는다. 이후 문태 일행은 "무시와 모욕의 의도를 드러낼 수 있는 대명사는 모두 동원"(〈존재의 형식〉, 22)해 통역비가 비싸다는 항의를 하는데, 그것은 통역을 소개해 준 재우나 통역 아르바이트를 하러 나간 한국인 유학생을 향한 것이 아니었다. 그 대상은 바로 베트남이었다. 미국에서도 50불이면 되는데 '겨우' 베트남에서 250불이 말이 되느냐는 것이다. 또한 재우와 함께 번역 작업을 하던 희은은 음식을 배달하는 베트남 청년의 기름때 묻은 손을 보며 기겁한다. 배달시간이 지체되어도 사과하지 않고 비위생적인 상태로 음식을 배달한다는 희은의 불평 또한 베트남 사람을 향한 우리의 일반적인 시선 중 하나를 보여 준다.

　그뿐만 아니라 문태는 술집 손님들에게 복권과 안주, 뻥튀기 등을 팔러 다니는 잡상인들을 보며 함께 있던 베트남인 레지투이에게 묻는다. 300명의 부대원 중 295명이 목숨을 버려 가며 이루려고 했던 나라가 바로 이런 모습이냐고. 재우와 함께 번역을 하고 있던 베트남 감독인 레지투이는 사실 열일곱 살에 자원입대하여 전쟁에 뛰어든 베트남민족해방전선 전사였던 것이다. 함께 입대했던 300명의 부대원 중 10년 동안의 전쟁이 끝났을 무렵에는 겨우 5명이 살아남았고, 그중 하나였던 레지투이는 자신이 다른 친구들을 대신해서 산다고 생각하는 인물이다. 이런 레지투이의 이력을 알고 있던 문태의 질문 또한 베트남 사람을 향한 멸시와 냉소가 담긴 것이었다.

이렇듯 〈존재의 형식〉 곳곳에는 베트남과 베트남 사람을 바라보는 한국인의 시선이 적나라하게 묘사되어 있다. 노골적인 하대와 무시는 아니지만 우월한 지위에 선 자가 걱정과 염려를 가장하여 쏟아 내는 말을 듣고 있노라면 나도 모르게 얼굴이 붉어진다. 그러나 같은 상황에 놓여 있었다면 과연 나의 태도는 저들과 다를 것이냐는 질문에는 자신 있게 답할 수가 없다.

앞서 살펴본 방현석의 또 다른 소설 〈랍스터를 먹는 시간〉에는 한국인의 민낯이 더 노골적으로 드러난다.

　　"내, 저 개새끼가 언젠가 한번은 뒤꿈치를 물 줄 알았어. 그게 베트콩새끼들 특기지."
　　건석의 눈길이 반사적으로 공안들에게 향했다. 술기운이 가시지 않은 김부장은 하지 말았어야 할 말을 입에 담았다. 베트콩. (…)
　　"그런 말 쓰지 마세요."
　　짜증을 내며 쏘아붙이는 건석에게 김부장이 발끈했다.
　　"무슨 말을?"
　　"베트콩이란 말 그렇게 쓰지 말란 말예요. 교육시간에 수없이 한 얘기잖아요."

　　　　　　　　　　　　문학으로 읽는 나의 인권감수성

"콩새끼를 콩이라고 그러지 콩나물이라 그러나?"

김부장은 안하무인이었다.

"공안들 태반이 그 출신들입니다."

"그래? 게임도 안되는 것들이, 우리 한국군이 철수 안했으면 이 새끼들은 전부……"(〈랍스터를 먹는 시간〉, 91~93)

'베트남 사람＝베트콩'이며 한국군의 철수 덕분에 베트콩이 무사한 것이라고 으스대는 김부장은 전형적인 한국인의 모습일지 모른다. "삼십년 전에 우리가 철수 안했으면 베트콩새끼들이 판치는 빨갱이 세상이 되지도 않았어"(〈랍스터를 먹는 시간〉, 93)라며 우쭐대는 그의 말은 어렸을 때부터 교육받은 공산주의에 대한 혐오와 함께 베트남전쟁은 그런 혐오의 대상으로부터 베트남을 '구해' 주러 간 것이라는 자부심으로 가득하다. 김부장에게 베트남 사람은 우리가 은혜를 베푼 가난하고 힘없는 나라의 국민일 뿐, 결코 한국인과 동등한 존재로 인식되지 않는다. 이런 태도는 "집안 다 디비도 베트남하고 피 한 방울 섞은 역사가 읎는 내가 와 베트남말을 배우노"(〈랍스터를 먹는 시간〉, 87)라며 베트남에 발령받은 지 3년이 넘도록 베트남어를 배우려 하지 않는 오부장도 다르지 않다. 만약 이들이 일하는 곳이 베트남이 아니라 미국이었다면 과연 이들은 피 한 방울 섞이지 않았다는 이유로 영어를 거들떠보지도 않고 미국인을 양키라 부르며 함부로 대할 수 있었을까?

베트남과 베트남 사람들을 향한 우리의 비뚤어진 시선은 주인공 건석의 형을 통해서도 드러난다. 어린 시절 동네 아이들이 형을 부르던 이름은 째보 아니면 베트콩이었다. 베트남전에 참전했던 아버지와 그곳 여인과의 사이에서 태어난 형의 진짜 이름은 최건찬 혹은 우옌 카이 호앙. 그런 형은 언제나 아이들의 놀림감이었고 동생인 건석도 그런 형을 부끄러워하며 '형이 집밖에 나오지 않았으면 좋겠다'는 일기를 형이 보도록 써 두기까지 한다. 최건찬으로도 우옌 카이 호앙으로도 온전히 살 수 없는 이런 이들을 가리켜 베트남에서는 '라이 따이한'이라 부른다. 한국인을 뜻하는 '따이한'에 혼혈잡종이라는 경멸적인 의미의 '라이'가 결합된 이 표현에서부터 이들을 향한 베트남 사람의 시선을 알 수 있다.*

　소설 속 주인공의 형처럼 아버지의 나라 한국에서 생활할 수 있는 라이 따이한은 극히 일부이며, 대부분은 베트남에서 따가운 시선을 받으며 살아갈 수밖에 없다. 베트남 현지에 거주하고 있는 라이 따이한은 최소 5천 명, 최대 3만 명으로 추산될 뿐 정확한 수를 파악하기는 어렵다고 한다. 이들 중에는 《하얀 전쟁》의 한기주와 하이처럼 한국 군인과 베트남 여인과의 사랑(?)의 결과로 태어난 아이도 있겠지만 상당수는 한국군의 성폭행이나 성매매에 의해 태어난 이들일 것이다. 한국군에 대한 베트남 사람들의 부정적인 이미지는 고

---

* '라이 따이한'의 의미를 알고 나서부터는 이 단어를 사용하는 것이 거리끼지만 이를 대체할 다른 표현을 찾지 못해 부득이하게 이 단어를 계속 사용한다는 사실을 밝혀 둔다.

스란히 이들 라이 따이한에게 향했고, 이들은 베트남 사회에서 차별과 조롱의 대상이 된 채 살아가고 있다.

지금까지 살펴본 소설들은 모두 작가의 실제 경험을 바탕으로 한 것들로, 그 어떤 소설보다 생생하게 베트남전쟁을 그린 것이라는 평가를 받는 작품들이다. 그런 소설들이 기억하고 있는 베트남전쟁에서의 한국 군인은 곤경에 처한 가난한 나라 베트남을 구해 주는 멋진 영웅이 아니었다. 9년 가까운 기간 동안의 파병을 마치고 돌아온 한국 군인이 그곳에 남겨 놓은 것은 최대 3만여 명이라는 엄청난 수의 라이 따이한과 수많은 증오비였다.

이는 결코 부정할 수 없는 명백한 사실임에도 불구하고 그동안 한국 정부와 참전 군인 대부분은 이러한 사실을 애써 외면해 왔다. 2001년 한국을 방문한 베트남 국가주석에게 "불행한 전쟁에 참여해 본의 아니게 베트남 국민에게 고통을 준 데 대해 미안하게 생각하고 위로의 말씀을 드린다"[3]며 김대중 전 대통령이 처음으로 베트남과의 불편한 과거사를 거론한 이후 노무현 전 대통령과 문재인 대통령은 모두 "마음의 빚이 있다"는 표현으로 유감의 뜻을 표명했다. 그리고 이에 대해 아예 침묵한 대통령들도 있다. 지금까지 아픈 과거사가 공식적인 기억으로 인정받지 못한 것은 한국 정부의 일방적인 부정이나 외면 때문만은 아니었다는 해석도 있다. 1992년 한국과 베트남이 공식 수교를 맺을 당시 양국은 전쟁관계에 대한 배상문제는 제외했고, 또한 당시 베트남 정부는 "우리가 승전국이기 때문에 한국 쪽으로부터 사과 등을 받을 필요가 없다"는 입장을 내놓았다고 한다.*

한국 정부가 이 문제에 미온적인 반응을 보일 수밖에 없었던 데는 베트남전 참전 군인들의 강한 반대 여론도 작용했다. 이들은 한때 국가 영웅이었다. 이들이 베트남으로 떠날 때면 가족은 물론이고 정치인과 공무원, 학생까지 동원된 대대적인 환송식이 열리는가 하면 위문편지나 물건 보내기 행사가 전국적으로 진행되기도 했다. 베트남전 파병은 끊임없이 전쟁 위협에 시달렸던 한국 사회에 반공이데올로기를 강화시키고, 국가 경제를 발전시키기 위한 것이었기에 참전 군인들의 희생은 숭고하고 아름다운 것으로 미화되었으며, 그곳에서의 모든 행동은 국가를 위한 것으로 정당화되고 합리화되었다. 그러나 미국의 패전과 함께 참전 군인은 우리 사회에서 급속히 소외되기 시작했다. 그들은 외화벌이를 하러 베트남에 다녀온 정도로 여겨졌고 시간이 지날수록 그러한 관심마저도 사라져 갔다.

물론 참전 군인들도 베트남전쟁의 피해자라 할 수 있다. 앞서 살펴본 소설의 주인공들은 마치 약속이나 한 듯이 모두 정신질환을 앓고 있는 인물로 그려진다. 〈낙타누깔〉의 주인공은 전투부적격자 판정을 받은 노이로제 환자이며 〈돌아온 사람〉의 주인공도 귀국 후 고

---

* 《한겨레》, 2009.10.13. 당시 투자와 원조가 시급한 문제였던 베트남 정부로서는 과거사가 부각되는 것을 원하지 않았다고 한다. 한국군 민간인 학살 관련 기사를 보도하는 언론에 대해서는 비공식적으로 보도 자제를 요청했고, 외신의 취재 활동 역시 허락하지 않았다고 한다.(《한겨레21》 293호, 2000.1.27. 참고)

열과 불면증에 시달린다. 《하얀 전쟁》의 주인공 한기주는 전쟁 후 일상생활에 적응하지 못하며, 변진수는 정신 착란증에 시달린다. 심지어 〈경외성서〉의 주인공은 신경증을 앓고 있는 변태 성욕자로 그려진다. 일상생활에서는 예외적 경험인 죽음의 문제가 일상적으로 빈번하게 일어나는 상황을 경험한 이들로서는 온전한 정신으로 평범한 일상에 복귀하는 것이 결코 쉽지 않았을 것이다.

게다가 이들은 정신질환이나 트라우마뿐 아니라 육체적 고통까지 감당해야 했다. 공식적으로 집계된 것만 전체 참전 군인의 25%에 이른다는 고엽제 피해자들의 경우 자신은 물론이고 후대에까지 그 피해가 대물림된다는 점에서 이는 분명 전쟁의 참사라 할 수 있다. 이들이 이 전쟁에 참여하게 된 배경에 "자유월남에 대한 공산침략은 곧 한국의 안전에 대한 중대한 위협이므로 우리의 월남지원은 바로 우리의 간접적 국가방위라는 확신에 의한 것"[4]이라는 국가적 명분과 요구가 강하게 작용하고 있었음을 부정할 수 없다는 점에서는 이들도 피해자인 셈이다.

이런 이들에게 민간인 학살의 가해자임을 인정하라고 요구하기란 어려운 일이다. 그것을 인정한다는 것은 곧 자신의 피해와 희생, 더 나아가 삶 전체를 부정하는 것과 마찬가지이기 때문이다. 그렇기에 대부분의 참전 군인들은 명령에 따른 것일 뿐이며 자신들도 피해자라는 등의 말로 그러한 사실을 외면하거나 부인해 버린다. 일종의 집단적 방어기제가 작동되는 것이다. 국가로서도 이들은 소외와 배제의 대상이었다. 패배한 가해자였음을 인정할 수 없었던 한국 사회는 그 사건을 지워 나가는 방식으로 국가의 공식 기억을 만들어 갔고, 이 과정에서 참전 군인들은 또 한 번 소외를 경험해야 했다. 결과적으로 베트남전 참전 군인들은 민간인 학살 문제의 가해자이자 동시에 국가의 이익과 명예를 위해 전장에 동원된 피해자라는 모순적인 정체성을 동시에 가지고 살아가는 것이다. 그리고 우리 사회는 침묵과 외면으로 일관하면서 그 늙은 군인들 뒤에 비겁하게 숨어 있기만 했다.

나의 인권감수성은? 미안해요 베트남 🌿

애초에 이 장의 초점은 일본군 '위안부'의 인권 문제가 아니었다. 물론 여전히 부족하고 아쉬운 점이 많지만 일본군 '위안부'에 대한 사회적 관심은 높아졌고 문제제기도 많이 이루어지고 있다. 이 문제를 소재로 한 영화가 간간이 개봉되고 있으며 그럴 때마다 사회적 관심과 여론이 모아진다. 일본이 소녀상과 관련된 발언을 하거나 역사 문제 등을 언급할 때면 국민적 분노가 들끓기도 한다. 그리고 우리는 이 장에서 피해자인 '위안부' 할머니들과 같은 입장이 되어 가해자인 일본을 향해 반성과 사과를 요구하는 모습 너머에 우리가 외면하고 있었던 가해자로서의 모습도 마주하였다.

몇 해 전 수업시간에 인권 문제에 관해 토론하던 중 일본군 '위안부' 문제에 대해서는 적극적으로 한목소리를 내던 학생들이 베트남전쟁에서 한국군이 저지른 민간인 학살에 대해서는 말하기를 주저하던 모습이 오랫동안 기억에 남는다. 영화를 보거나 소설을 읽을 때, 혹은 다른 사람의 이야기를 들을 때 우리는 그 이야기 속 누군가와 자신을 동일시하며 이야기에 몰입하곤 한다. 동일시는 내면의 심층에서 무의식적으로 일어나는 과정이다. 이때 인권 문제처럼 가해자와 피해자가 비교적 선명할 때 사람들은 가해자가 아닌 피해자의 입장과 동일시하는 경향을 보인다. 당연한 심리일 것이다. 가해자로서 느낄 도덕적 죄책감이나 타인으로부터의 비판을 좋아할 사람은 없기 때문이다. 불편한 정서나 부정적 심리를 사전에 차단하고자 하는 것은 인간의 본능이자 무의식적인 방어기제다.

타인의 고통도 마주하기 힘들어 외면하는 것이 인간의 본능인데, 자신의 치부 혹은 자기가 속한 공동체의 잘못을 솔직하게 인정하고 반성하기란 결코 쉽지 않다. 또한 개인적으로도 감당하기 어려운 이 일을 국가나 사회 전체가 나서서 수습하기란 더욱 어려울 수밖에 없다. 이런 이유로 우리는 그동안 가해자로서의 모습을 애써 외면하고 침묵으로 일관해 왔다. 겨우 입을 떼서는 우리도 어쩔 수 없었다, 모든 전쟁에서 일반적으로 일어나는 것이었다는 부인과 변명을 늘어놓는다. 또는 그저 몇몇 개인의 일탈적 행위였다거나 공식적으로 입증할 것이 없다는 식의 핑계를 대기도 한다.

그런데 이 말들이 낯설지 않다. 우리가 일본을 향해 엄중한 반성과 사과를 요구할 때면 늘 그들이 내놓던 레퍼토리와 조금도 다르지 않기 때문이다. 가해자였음을 인정하기 싫은 것은 일본도 마찬가지일 것이다. 그들 역시 가해자이기보다는 원폭의 피해자로만 기억되고 싶을 것이다. 그들의 잘못을 이해하고 용서하자는 것이 아니다. 다만 일본을 비판하기에 앞서 우리를 먼저 돌아보아야 한다는 것이다. 얼마 전 문재인 대통령이 베트남과의 과거사를 가리켜 "마음의 빚이 있다"고 한 것에 대해 베트남 사람들은 '그것은 사과가 아니다'는 반응을 보였다고 한다. 우리가 "책임을 통감한다"는 일본 외무상의 발언을 진정한 사과로 받아들이지 않는 것처럼.

그렇다면 무엇이 진정한 사과인가? 간단하다. 우리가 일본으로부터 받았으면 하는 사과를 베트남 사람들에게 하면 된다. 우리가 원하는 진정한 사과는 사실 인정과 책임이 전제되고 공식 조사와 보상 방침이 제시되며, 무엇보다 피해 당사자들을 향한 진심 어린 사과가 포함된 형태일 것이다. 물론 지금까지 우리 사회가 베트남전쟁에 침묵으로만 일관했던 것은 아니다. 1999년 5월 〈아! 몸서리 쳐지는 한국군〉이라는 기사를 시작으로 《한겨레21》이 베트남전쟁에서의 민간인 학살 문제를 처음 이 땅에 알린 후로 꾸준히 이 문제에 관심을 갖고 노력해 온 사람들이 있다.* 그리고 용기 내어 당시의 일

---

* 《한겨레21》은 1999년 10월 28일(280호)부터 2000년 8월 21일(325호)까지 약 46주간 민간인 학살사건에 관한 연재를 진행했다. 그리고 1999년 10월부터는 독

을 증언하고 사과했던 이들도 있다. "국가 명에 의해서 전쟁을 했을 망정 많은 민간인이 죽은 것은 어쨌거나 잘못된 것이다"며 과거 자신들이 수많은 민간인을 학살했던 마을에 위령비를 세우는 일에 앞장섰던 용기 있는 이들도 있다.[5] 또 2009년에는 어느 포털사이트 게시판에 '한국군의 베트남 민간인 학살사건을 교과서에 실어주세요'라는 청원이 올라와 많은 이들로부터 지지를 받기도 했으며, 최근에는 대통령의 베트남 국빈방문을 앞두고 청와대 국민청원 게시판에 "이제 우리도 베트남 정부와 국민들에게 정부 차원에서 공식적으로 사과했으면 합니다"라는 청원이 올라와 많은 사람들의 공감을 얻기도 했다.

비록 10년을 주기로 기억과 망각을 반복하고 있긴 하지만 베트남전쟁을 기억하려는 노력이 있었다는 점은 분명 의미 있다. 우리 사회의 다양한 인권 문제를 생각해 보는 이 자리에서 기억하고 싶지 않은 베트남전쟁을 굳이 들춰낸 까닭은 당시 참전했던 군인에게 베트남전쟁에서의 민간인 학살이나 전시 강간 등에 대한 책임을 묻고자 함이 아니다. 앞서 말한 것처럼 그들 또한 피해자다. 전쟁용사이자 국가유공자이고, 민간인 학살의 가해자이자 조국의 경제발전과 국가 안보를 위한 희생자라는 이 많은 이름을 그들에게 붙인 것은

자들의 자발적인 요구로 성금운동이 시작되는데, 이 운동은 《한겨레21》의 연재가 끝난 이후에도 지속되어 2003년 2월 28일까지 진행되었다. 베트남전에서의 민간인 학살사건에 대한 관심과 이해의 노력은 이 기사 이전까지는 거의 없었다고 해도 과언이 아니다.

바로 우리다. 국가를 위해 싸운 전쟁용사이자 희생자라는 이름을 우리가 붙였다면 그 과정에서 그들이 행한 일에 대한 책임 또한 그들 개개인에게만 맡겨서는 안 될 것이다. 이제는 우리가 적극적으로 그들의 아픈 경험과 어두운 기억을 나누어 가져야 한다. 다행히 우리에게는 당시 그들의 고통과 폭력을 공감할 수 있는 많은 이야기들이 있다.

그리고 무엇보다 우리에게는 피해자로서의 경험이 있다. 소설 《한 명》에는 주인공이 텔레비전에서 반군에게 성폭행을 당했다는 아프리카 소녀들을 보면서 눈물을 흘리는 장면이 나온다. 자신과 같은 아픔을 겪은 이에 대한 공감의 눈물이다. 〈맨발로 글목을 돌다〉에서도 위안부 소녀 순이 이야기가 아프가니스탄에서 탈레반에게 납치당한 한국의 젊은이들로 이어지고 또 다시 아우슈비츠의 프리모 레비로 연결되는 상황이 그려진다. 이처럼 피해자로서의 경험이야말로 다른 피해자를 이해하고 그들과 함께 아파할 수 있는 가장 귀한 바탕이 된다. 그리고 피해의 경험을 토대로 베트남 사람들의 상처를 이해하고 눈물 흘릴 수 있다면 기꺼이 그 상처에 대한 책임도 져야 한다. 나의 인권이 소중한 만큼 다른 사람의 인권도 소중하며, 자신의 인권을 주장하기 위해서는 타인의 인권을 먼저 존중해야 하는 것은 너무나 당연한 명제다.

일본군 '위안부'였던 김복동 할머니가 베트남 여성들에게 보내는 이 메시지야말로 그 어떤 긴 설명보다 앞으로 우리가 해야 할 일

문학으로 읽는 나의 인권감수성

일본군 '위안부' 피해자이자 여성인권운동가셨던 故 김복동 할머니(YTN)

을 잘 말해 주고 있는 듯하다.

반성과 사과는 우리 모두의 몫이다.

여러분들 앞에 무슨 말을 해야 될지, 말이 생각이 안 나요. 각 나라
에서 전쟁이 없어야 하는데 서로가 전쟁을 하는 사태에 과거에 당했
던 분들께 너무나 미안하고, 우리들도 억울하게 당했지만, 우리들로
인해 베트남 여성들이 피해를 입었다니 한국 국민으로 너무나 죄송하
고 미안합니다. 그래서 우리들 힘으로 나비기금을 모아서 다문 일 년
에 몇 만 원이라도 보탬이 되면 좋겠고, 보탬이 되도록 우리들도 열심
히 나비기금을 모아서 생활비에 보낼 수 있도록 노력하겠습니다. 우
리들은 이미 이제 죽을 때가 다 되었지만, 앞으로 커 가는 후손들과 어
린아이들에겐 절대로 전쟁이 있어서는 안 되니, 각국 나라들도 전쟁
없는 나라가 되도록 열심히 힘을 써 주시면 고맙겠습니다.[6]

❧ 미주

1. 이는 당시 베트남전에 참전한 채명신 사령관의 발언으로 유명한 말이다. 고경태, 〈심각한 사건… 최종조처를 통지해주시오〉, 《한겨레21》 1016호, 2014. 6.19.
2. 한홍구, 〈미안해요 베트남〉, 《황해문화》 36호, 2002, 5쪽.
3. 고경태, 《한겨레21》 374호, 2001.8.28.
4. 박정희, 〈월남파병에 즈음한 박정희 대통령 담화문(1965.1.26)〉, 국방부전사편찬위원회 편, 《파월한국군전사》, 1978, 891쪽.
5. 김태현, 〈구수정 한베평화재단 이사 "참전세대가 용서 못하면 다음 세대라도 나서야"〉, 《일요신문》, 2018.10.13.
6. 세계 여성의 날을 맞아 '위안부' 생존자이신 김복동 할머니께서 베트남 여성들에게 보내는 메시지다.(www.youtube.com/watch?v=rgE5bba8t8Q)

V

'국민'과 '인간' 사이의 딜레마 ─
이주노동자, 재중동포, 난민, 북한이탈주민, 그들의 인권

오늘날 우리나라 사람들의 생각을 한 눈에 들여다볼 수 있는 곳, 청와대 국민청원 게시판. 이곳에서 이주노동자(외국인노동자), 재중동포(조선족), 난민, 북한이탈주민(탈북자) 등을 검색해 보면 눈에 띄는 게시물들은 대부분 다음과 같은 것들이다. "외국인 인권보다 우리 국민 먹고 사는 게 더 급함!", "내국민보호법을 만들어 주세요", "외국인 유입으로 국민의 삶은 피폐해지고 있습니다", "조선족 좀 그만 받아요", "다문화 가정, 탈북자 가정, 왜 이런 가정이 우선이죠?", "대한민국은 자기 국민도 못 챙기면서 탈북자들만 챙기는 이상한 국가다", "국민은 예멘 난민 반대한다. 국민이 먼저다", "가짜 인권팔이들~ 자국민의 인권은 세금 내는 노예냐?" 등 모니터 너머로도 이 글을 쓴 사람들의 따가운 시선이 느껴지고 목소리가 들리는 듯하다. 이런 글의 논리는 대개 자국민의 인권이 우선되어야 한다는 것이다. 이러한 글을 보면서 다시 한번 질문하게 된다. 인권은 무엇인가? 그리고 자국민의 인권은 무엇인가?

국경을 넘나드는 이방인들 🌿

"아름다운 이 땅에 금수강산에 단군할아버지가 터 잡으시고 홍익인간 뜻으로 나라 세우니"로 시작되는 노래가 이 땅의 많은 어린이들 사이에서 유행하던 시절이 있었다. 이렇게 주입된 '단군의 자손'이라는 정체성은 단일민족이라는 자부심으로 이어졌다. 1980년대에 초등학교를 다닌 세대, 소위 국민학교 세대에게는 단군의 자손, 단일민족의 후예로서의 자부심이 세뇌되다시피 했다. 그리고 단군의 자손답게 '널리 인간을 이롭게 한다'는 뜻의 '홍익인간弘益人間'은 당시 단골로 나오던 시험 문제였다. 그런데 문득 당시에는 그저 외워 쓰기만 했던 홍익인간의 의미가 새삼 궁금해지기 시작했다. 과연 단군할아버지가 이롭게 하라던 그 '인간'은 누구를 가리키는 것인가?

단군의 후손이라는 자부심이 시험을 통해 세뇌되던 시절만 해도 피부색이 다르고 국적이 다른 외국인은 명절마다 방송되던 〈외국인 장기자랑 대회〉 같은 텔레비전 프로그램 속에서만 볼 수 있는 정도였다. 그러다 어느 순간 이 이방인들은 개그 프로그램의 소재가 되어 텔레비전에 다시 등장했다. 2004년 무렵, 스리랑카 출신 이주노동자로 분한 개그맨이 어눌한 말투로 외치던 "사장님 나빠요"는 이주노동자들의 열악한 노동환경과 반인권적 상황을 보도하는 뉴스에까지 언급될 정도로 유행어가 되었다. 이보다 앞서 2001년 무렵에는 연변총각이란 캐릭터로 등장해 연변지역 사투리를 개그 소재로 사용했던 개그맨도 있었다. 그런데 언제부턴가, 한국 노래를 곧잘 부른다고 칭찬을 받던 외국인들과 "사장님 나빠요"를 외치던 이주노동자, 사투리만으로 사람들을 웃기던 연변총각에게 '혐오'나 '추방'과 같은 꼬리표가 붙기 시작했다.

그들의 어색한 말투나 낯선 생김새를 희화화하거나 개그 소재로 삼는 것도 물론 문제다. 권력자를 대상으로 한 희화화는 용기 있는 행동이지만 사회적 약자를 대상으로 했을 때의 웃음은 폭력이 되기 때문이다. 그러나 그런 희화화는 적어도 그 대상이 우리 곁에 있는 것을 전제로 하는 데 반해 오늘날 그들을 향해 가해지는 혐오와 배제의 정서는 아예 공존 자체를 거부한다는 점에서 더 폭력적인 반응이라 할 수 있다.

혐오嫌惡, 싫어하고 미워한다는 두 개의 한자가 합쳐진 만큼 상대에 대한 관용과 배려는 조금도 기대할 수 없을 것만 같은 느낌의 단어. 어감만으로도 부정과 배제의 강도가 상당한 이 단어를 요즘처럼 빈번하게 일상에서 접했던 적이 있었을까? 그리고 이러한 혐오의 시대를 살아가는 우리는 어떤 모습일까?

〈A〉 오사카 길거리에서 '일한 국교 단절 국민 대행진'이라는 행사가 한창이다. 재특회재일 특권을 허용하지 않는 시민회 오사카 지부가 주최한 이날 행사에서 이들은 "길거리에서 한국, 조선인이 보이면 돌을 던지세요. 조선인 여자는 강간해도 괜찮아요"라는 말을 서슴지 않고 떠들어

댄다.[1]

〈B〉 이탈리아·몰타·그리스 등 지중해 연안 나라들이 난민에 대한 빗장을 단단히 걸어 잠그는 사이, 스페인은 이들을 적극적으로 받아들이는 '다른 선택'을 하고 있다. 오픈 암스호 입항 후 콜라우 시장은 트위터에 "죽을 수도 있던 그들이 살아 있다. 이것은 삶을 축하하고 보호하는 지중해 바다와 유럽이 원하던 일"이라고 적었다. 또 "어떤 경우에도 우리가 이 일을 계속해 나가야 한다. 그것은 모두의 의무"라고 했다. 스페인은 지난달 17일에도 국경없는의사회와 구호단체 '에스오에스 메디테라네'가 운영하는 난민 구조선 '아쿠아리우스'에 탄 난민 629명을 받아들였다.[2]

이방인을 대하는 매우 대조적인 두 사회의 모습이다. 극단적으로 혐오하고 배척하는 이들이 있는가 하면, 이방인을 받아들이는 것이 자신들의 의무라 자처하고 나서는 이들도 있다. 이 중 우리는 어떤 모습에 가까운가?

희망로 7번지에서 좌절된 코리안 드림 🌿

지난 11월 11일 오후 7시 28분, 외국인 한 사람이 지하철 8호선 성남 단대오거리역 승강장에서 20여 분 동안이나 서성거렸다. 이어 전동차가 진입한다는 안내방송이 들리자 결심했다는 듯이 선로에 뛰어

내렸고 달려드는 전동차를 향해 무겁게 한걸음 한걸음 걷기 시작했다. 결국 목과 팔뚝이 잘린 채로 처연하게 한국에서의 꿈을 접었다. 이는 역에 설치된 폐쇄회로 텔레비전에 녹화된 내용 그대로다.[3]

작가 박범신은 전철을 향해 뛰어드는 한 청년의 모습을 우연히 뉴스에서 보고 안면조차 없던 그의 장례식장을 찾았고 마침내 그들의 이야기를 소설로 써야겠다는 결심을 했다고 한다. 《나마스테》는 고용허가제 도입을 앞두고 많은 이주노동자를 죽음으로 내몰았던, 유난히 추웠던 그 겨울을 배경으로 한 소설이다. 실제로 이 소설이 《한겨레》에 연재되었던 시기는 이주노동자들이 명동성당에서 농성하던 기간이기도 했다. 스리랑카 청년 다르카가 지하철역 선로에 뛰어든 바로 다음 날에는 방글라데시 출신 이주노동자 한 명이 크레인에 목을 매 자살했고, 일주일 후에는 러시아인이 귀국 도중 자살했으며, 그들의 뒤를 이어 두 명의 우즈베키스탄인과 재중동포 한 명이 타국에서 비참한 죽음을 맞이했다. 소설은 코리안 드림을 좇아 한국으로 건너왔지만 이 땅에 발을 딛는 순간부터 관심과 보호는커녕 차별과 배제의 대상이 되었던 이들의 이야기를 다루고 있다.

네팔인 카밀은 사랑하는 여인 사비나를 찾으러 한국에 왔지만 지갑을 날치기당하는 바람에 불법체류자 신세가 된 후 여러 공장을 전전하며 일을 한다. 그러나 다니는 공장마다 불법체류자, 이주노동자라는 이유로 온갖 폭력과 위협에 시달리다 도망친 상태다. 사비나의 상황 역시 카밀과 다르지 않다. 처음에는 산업연수생 신분으로 한국에 왔지만 그녀가 꿈의 나라 대한민국에서 가장 처음 겪은 일은 회사 상사의 강간이었다. 이후 부도가 나서 회사가 망하자 그는 유흥업소에서 일하게 된다. 이런 문제는 비단 카밀과 사비나만의 일이 아니다. 막대한 빚을 얻어 코리안 드림을 좇아 한국에 왔지만 산업연수생 신분은 이들에게 어떠한 권리나 자유도 보장하지 않았다. 일을 하다 다쳐도 산재보험을 적용받지 못하는가 하면, 욕설과 폭력은 일상이 되었고, 강제 추방의 협박에 시달려야 했다.

우연히 이들과 함께 지내게 된 신우는 카밀에게 연민과 공감을 느꼈고, 결국 이들 사이에 아이가 생긴다. 혼인귀화를 통해 카밀이 안정적으로 한국에서 살 수 있을 것이라 생각했던 신우의 기대와 달리 남성 이주노동자가 한국 여성과의 결혼을 통해 대한민국 국적을 얻는 것은 무척 까다롭고 복잡한 조건을 필요로 했다. 외국인 여성과 한국인 남성 간의 결혼을 통한 여성의 국적 취득은 간단한 데 반해 반대의 경우는 그렇지 않은 것이다. 이들 사이에서 출생한 아이 또한 엄연히 한국에서 태어났고 어머니가 한국인임에도 불구하고 국적 취득이 안 된 채 외국인으로 살 수밖에 없다.

이렇게 카밀과 신우가 대한민국의 차별과 모순에 맞서 싸우는 동안 산업연수생제도는 고용허가제라는 새로운 이름으로 바뀌지만 이는 이주노동자들을 위한 것이 아니라 이들을 내쫓는 또 다른 폭력으로 다가왔다. 고용허가제 실시를 앞두고 이전부터 들어와 있던 상당수의 이주노동자를 정리하기 위한 대대적인 단속과 강제 추방이 시행된 것이다. 이를 반대하는 이들이 잇달아 목숨을 끊는 상황에서 카밀 역시 강제 추방을 반대하는 농성에 합류한다. 그러나 농성만으로는 자신들의 이야기를 세상에 전하는 것이 어려워지자 결국 그는 최후의 수단으로 '더 이상 죽이지 마라'는 현수막을 내걸고 건물 옥상에서 투신하는 방법을 선택한다.

카밀을 비롯해 수많은 이주노동자들의 꿈과 생명을 앗아 갔던 고용허가제는 기존의 산업연수생제도의 한계와 문제점을 해결하기 위해 2003년 8월에 마련된 제도다. 그러나 이것은 한마디로 합법을 가장한 편법제도였다. 중소기업의 인력난을 해결하고 외국 인력 유입을 제도화하기 위해 1993년에 만들어진 산업연수생제도는 이들이 근로기준법으로 보호받을 수 있는 노동자가 아니라 연수생 신분으로 설정되었다는 사실에서부터 여러 문제점을 지니고 있었다. 기술을 가르쳐 준다는 명분에서 붙여진 연수생 자격이 오히려 이들에게는 노동착취를 정당화하는 구실이 된 것이다. 연수생에게는 작업장 이동의 자유가 없었기에 아무리 심한 폭행과 불이익을 당해도 작업장을 바꿀 수 없었고, 이들에게 주어진 선택지는 억압과 횡포를 견디며 일하거나 작업장을 벗어나 미등록 노동자, 즉 불법체류자 신분으로 떠도는 것뿐이었다.

사비나를 비롯해 《나마스테》에 등장하는 수많은 이주노동자의 삶이 그러했다. 이들은 대부분 가족의 생계를 위해 최소 1,500불,

문학으로 읽는 나의 인권감수성

많으면 3천~4천 불씩 들여 연수생 신분을 얻어 한국 땅을 밟지만 그들을 기다리는 것은 상상하기조차 어려운 냉혹한 현실이었다. 마치 정해진 코스마냥, 입사하자마자 이들은 여권과 외국인등록증을 빼앗겨 마음대로 회사를 벗어날 수 없도록 족쇄에 채워지는가 하면 귀국할 때 한꺼번에 준다며 강제적립금이라는 명분의 돈을 월급에서 떼이기도 한다. 그렇게 적립금과 방값, 밥값 심지어 유니폼값까지 떼고 나면 월급은 마이너스다. 이것이 많은 산업연수생의 현실이었다. 그뿐만 아니라 작업 도중 부상을 당해도, 다니던 회사가 부도가 나도 피해는 고스란히 노동자들이 감당해야 했다.

그렇다면 애초에 산업연수생제도는 외국인노동자들을 헐값에 '부려먹기' 위한 날강도 같은 제도에 지나지 않았던 것인가? 물론 그렇지는 않다. "물론, 법 있어요. 연수생들, 법대로만 해주면 월급 작아도 다 열심히 일할 거예요"(《나마스테》, 91)라는 카밀의 말처럼 국내에 들어와 있는 외국인 산업연수생을 보호하기 위한 법적 장치가 아예 없었던 것은 아니었다. 연수생 보호지침에 따르면 여권을 뺏거나 한국어로만 된 계약서를 강제로 작성하거나 강제적립금의 명목으로 월급을 뺏는 행위는 일절 해서는 안 된다. 또한 연수생의 치료비를 회사가 부담하는 것은 물론이고 연수생을 함부로 해고해서도 안 된다. 법과 제도 자체는 나쁘지 않다. 다만 고용주들이 그 법을 잘 따르지 않을 뿐. 그리고 그런 고용주들을 정부 기관이 엄격하게 단속하거나 처벌하지 않을 뿐.

고용허가제는 이런 한계를 극복하기 위해 마련된 것으로, 이주노동자에게 근로기준법상 근로자 신분을 부여해 국적에 따른 차별을 철폐하는 것을 근간으로 한다. 산업연수생제도의 문제점을 해결하고 보완하기 위해 만들어진 제도임에도 불구하고 제도가 시행된 지 14년이 지난 지금까지도 여전히 이 제도의 문제를 지적하는 이들이 적지 않다. 그중에서도 이 제도가 도입되기 전부터 가장 논란이 되었던 문제는 이미 들어와 있던 이주노동자들을 강제 추방한다는 조건이었다. 고용허가제는 최장 4년 10개월 동안의 거주를 보장하지만 이는 어디까지나 고용허가제가 시행된 이후에 들어온 이들에게만 적용되는 조건으로, 이미 4년 이상 거주한 불법체류 상태의 이주노동자들은 본국으로 강제 추방한다는 것이 정부의 계획이었다. 이 계획이 발표된 후 수많은 이주노동자가 단속에 쫓기는 불안한 삶을 살다 죽음에 이르렀고, 크리켓 선수 출신의 스리랑카 청년 다르카도 이 때문에 달려오는 지하철 앞으로 뛰어든 것이다.

정책의 변화로 20만 명(고용허가제 시행을 앞둔 2003년 당시 이주노동자 40만 명 중 4년 이상 된 사람은 20만 명이 넘었다)에 달하는 이들이 한순간에 강제 추방 대상자로 내몰렸고, 열악했던 이들의 삶은 낙인이 찍힌 순간부터 더 큰 곤경에 빠졌다. 고용주들은 이주노동자의 불법체류자 신분을 약점으로 삼아 임금체불이나 폭력과 같은 문제를 무마하려고 했다. 임금체불은 물론이고 폭력이나 성폭력 등의 범죄도 불법체류라는 법 위반 앞에서는 한낱 사소한 실수에 불과했

문학으로 읽는 나의 인권감수성

고, 대한민국의 공권력은 언제나 자국민인 고용주의 편에 서서 이주노동자들을 단속하고 추방하기에 급급했다. 이러한 구조 속에서 수많은 미등록 이주노동자는 치명적 약점이 잡힌 채 그 누구에게도 도움을 청하지 못하고 부당하게 당할 수밖에 없는 현대판 노예 신세로 전락했다.

문제는 고용허가제에 따라 정당한 절차를 거쳐 온 이들도 다르지 않다는 점이다. 고용허가제는 노동자에게 작업장을 이동할 자유나 체류기간을 결정할 자유를 허용하지 않는다. 물론 이동의 자유는 있다. 그러나 고용주의 허가를 받아야 하기에 실질적인 자유라 할 수 없다. 노동3권 또한 한국인 노동자와 동일하지 않다. 한마디로 고용허가제란, 제도의 이름부터가 그러하듯 철저하게 고용주의 입장에서 만들어진 것으로, 고용주에게 모든 권리가 있는 제도다. 그래서 이주노동자들은 고용주의 입장에서, 그들의 고용 편의를 위해 만들어진 현재의 불합리한 제도를 노동허가제로 바꿀 것을 요구한다. 노동허가제란 이주노동자를 단지 고용해서 사용하는 '노동력'으로서가 아니라, 인권과 존엄성을 지닌 '인간'으로 볼 것을 전제로 한다. 작업장 이동의 자유와 노동3권의 실질적 보장, 동일가치 동일임금 보장 등 고용주가 아닌 노동자의 입장에서 필요한 권리와 자유를 중심으로 하는 제도로 바뀌어야 한다는 것이다.

그러나 이주노동자를 힘들게 하는 것은 불합리한 법이나 제도만이 아니다. 이주노동자를 더 고통스럽게 하는 것은 고용주의 부당한

노동허가제를 요구하는 이주노동자들(《연합뉴스》)

노동착취만이 아니라 함께 일하는 동료들을 비롯한 한국인의 시선과 태도다.

소형 전기난로 하나를 놓고 한국 직원과 외국인 노동자 간에 심각한 대거리가 벌어졌다. 전기난로가 고장났다고 해서 이쪽 방의 난로를 빼앗아가려고 한 발상 자체가 문제였다. (…) 왜 우리 난로를 내주어야 하느냐, 라고 카밀은 따져 물었다.

왜는 짜샤, 우리가 주인이잖아!

한국인 직원 중 한 명이 소리쳤다.

그것이 그들의 명분이었다. 추우면 너희 나라로 가라는 말도 나왔고, 너희들은 원래 난로 같은 것 없이 살아왔지 않느냐는 말도 나왔고, 급기야 까불면 모조리 신고해서 붙잡혀 가도록 하겠다는 말까지 나왔다. (…)

　우리는 직원, 너희는 노동자.

　우리는 주인, 너희는 노비였다. (《나마스테》, 192~193)

　분명 같은 일을 하는 동료지만 피부색과 국적은 이들을 주인과 노비로 가른다. 이주노동자란 그저 돈을 받고 일하러 온 '노동력'일 뿐 안 먹으면 배고프고 기온이 내려가면 추위를 느끼는 자신과 같은 '인간'이라는 사실을 인정하지 않는 한국인의 차별적인 시선은 이주노동자를 더욱 힘들게 한다. 게다가 이런 차별은 이주노동자 개인이 아니라 그들의 모국 전체를 향해서도 무자비하게 가해진다. "니네 나라 택시 있냐", "니네 나라, 텔레비전도 있냐", "니네 나라, 비행기 있냐"(《나마스테》, 100~101)라는 질문은 낯선 나라에 대한 관심에서 비롯된 것이 아니다. 조롱과 비하가 잔뜩 묻어 있는 이 질문에는 오직 경제력으로만 순위를 매겨 가난한 나라와 그 나라 사람들 전체를 비하하는 그릇된 인식이 전제되어 있다.

　이런 시선을 가리켜 'GDP 민족주의' 혹은 'GDP 인종주의'라 부른다. 오직 경제력만을 기준으로 민족의 우열을 가리고 순위를 매길 뿐 아니라 개인에 대한 평가 역시 출신 국가의 경제 순위만으로 판단해 버리는 것이다. 《나마스테》의 신우 역시 사비나의 잘못을 지적하는 상황에서 "네팔 여자들은 이럴 때 돌아?"(《나마스테》, 56)라는 말을 내뱉는다. 사비나의 대꾸처럼 그는 네팔의 대표 선수가 아니다. 그럼에도 많은 한국인은 이주노동자의 조국까지 함부로 비난과 조롱의 대상으로 삼는다, 국가의 경제력이라는 단 하나의 잣대를 기준으로.

　여전히 많은 한국인에게 외국인은 우리와 다른, 그래서 낯설고 생경한 존재다. 물론 익숙하지 않은 것에 대한 불편하고 어색한 느낌이 모두 부정적인 것만은 아니다. 문제는 대상에 따라 그 느낌의 양상이 다르다는 것이다. 유럽이나 미국 출신으로 영어를 사용하는 파란 눈의 백인도 분명 우리에게 생경하고 어색한 존재이지만, 그렇다고 해서 그들을 싫어하거나 기피하지는 않는다. 영어를 가르치고 (영어권 국가 출신의 외국인들이 한국에서 가장 많이 하는 일이 바로 학원이나 학교에서 영어를 가르치는 일이다) 돈을 번다는 점에서 그들 역시 이주노동자라 할 수 있지만, 그 누구도 그들을 이주노동자 혹은 외국인노동자라고 부르지 않을 뿐 아니라 그들을 향해 "니네 나라 어쩌고저쩌고" 하면서 조롱하거나 손가락질하지 않는다. 오히려 영어로 말 한마디라도 더 붙여 보려고 먼저 가까이 다가가서 친한 척을 한다. 따라서 상당수의 한국인에게 불편하고 두려운 대상으로서의 외국인은 영어를 사용하지 못하고, 피부색이 검으며, 우리보다 경제수준이 낮은 국가에서 온 이들이라는 결론에 이르게 된다. 여기에 이슬람교라는 특정 종교까지 더해진다면 더욱 완벽하다, 한국인들이 꺼리고 무시하는 외국인의 조건으로.

　그 친구, 귀화하고 나서 더 힘들어 했던 건 확실해요. 회사에서 진급하는 데도 외국인으로 분류하더래요. 나는 당당히 한국 사람이다, 라고 주장했지만, 한국인 직원들이 따르지 않을 거라면서 진급에 누, 누락시켰대요. 아내 친정집에서도 외톨이고, 시장을 가도 가난뱅이 네파리 놈, 소리까지 듣구요. 그러니까 더 견딜 수 없었겠지요. 네팔로 가기 전에 나보고 그래요. 여기선 귀화 아무 소용도 없다, 껍데기를 다 벗겨서 한국 사람 껍데기로 바꾸기 전엔 아무도 한국 사람 취급 안 한다, 그러니 귀화하려면 차라리 껍데기 바꿀 길을 찾아봐라, 하고 말예요. 한국 사람들 진짜 지독해요. 색깔대로 점수 매겨요. 같은 네팔 사람 중에서도 그 친구 유난히 얼굴색 검었는데요, 항상 그게 문제였어요. 얼굴색으로 등급 다르게 쳐요. 여기선요.(《나마스테》, 226~227)

한국 사람이 되는 것이 꿈이었던 어느 네팔 청년은 어렵게 소원하던 한국 국적을 얻었지만 끝내 한국인이 되지 못한다. 귀화에 성공해서 얻은 것은 법적 권리 몇 가지가 전부였을 뿐, 그를 대하는 사람들의 시선은 여전히 차갑고 낯설었다. 한국인이 되는 방법은 귀화가 아니라 껍데기를 바꾸는 것이라는 그의 냉소적인 말은 우리의 민낯을 그대로 보여 준다. 마치 정육점에서 고기를 구입하듯 사람에게도 등급을 매겨 판단하는 것, 그것도 오직 피부색과 같이 눈에 보이는 몇 가지 조건만으로. 인종갈등이 그렇게 심한 미국에서도 10여 년 전 흑인 대통령이 선출되었건만 우리는 여전히 피부색을 따지는 것이다.

이런 환경에서 살아남기 위해 백인이 되려고 탈색제로 세수를 하는 까무잡잡한 피부의 어린아이도 있다. 바로 김재영의 소설 〈코끼리〉의 주인공 아카스다. 네팔 말로 '하늘'이라는 뜻의 아카스는 식사동 가구공단에서 네팔인 아버지와 함께 사는 열세 살 소년이다. 10여 년 전까지 돼지축사로 쓰였다는 낡은 건물에는 아카스 부자 외에도 방글라데시 아줌마, 미얀마 아저씨, 러시아 아가씨, 파키스탄 청년이 살고 있다. 아카스의 아버지는 '어루준'이라는 자신의 이름보다 '야 임마, 혹은 씨발놈아'라는 이름으로 더 많이 불리는 이주노동자다. 돈도 제대로 벌지 못하고 의료보험조차 없는 처지를 견디기 힘들어했던 조선족 어머니는 얼마전 집을 나갔다. 그리고 아카스는 한국에 네팔대사관이 없어 아버지가 혼인신고를 하지 못한 탓에 호적도 국적도 없는 처지로, 살아 있지만 공식적으로 태어난 적이 없는 아이다. 출생부터 남다른 아카스는 아버지처럼 살지 않겠다고 다짐하지만 현실은 독한 화학약품 냄새로 가득한 공장지대를 벗어날 수 없는 이방인의 자식일 뿐이다.

아카스 주변 인물 역시 그의 처지와 다르지 않다. 산업연수생으로 한국에 들어와 휴일도 없이 하루 열여섯 시간씩 일하다 한밤중에 창문으로 도망쳤다는 네팔인 쿤은 공장 기계에 손가락이 잘린 상태며, 옆방의 방글라데시 아줌마는 남편이 단속반에게 잡혀 스리랑카로 추방된 이후 돌아오지 못하자 갓난아이와 함께 겨우 생활을 해나가는 형편이고, 병든 어머니를 위해 한국행 배를 탔다는 러시아

아가씨 마리아는 나이트클럽에서 일한다. 또한 같은 집에 사는 비재 아저씨는 아들의 심장수술을 위해 모은 돈을 같은 방을 쓰던 파키스탄 청년에게 도둑맞는다. 이후 비재 아저씨가 선택한 방법은 자신과 같은 처지의 인도인 이주노동자의 돈을 훔치는 것이었다.

이렇듯 〈코끼리〉에 등장하는 모든 인물은 마치 서로가 더 불행하다고 경쟁이라도 하듯 고통스러운 삶을 살고 있다. 특히 이들을 힘들게 하는 것 중 하나는 까무잡잡한 피부색을 향한 한국인의 불신과 편견이다. "한국 사람들은 단일민족이라 외국인한테 거부감을 갖는다고? 그래서 이주노동자들한테 불친절한 거라고? 웃기는 소리 마. 미국 사람 앞에서는 안 그래. 친절하다 못해 비굴할 정도지."(〈코끼리〉, 17) 머리를 노랗게 염색하고 짝퉁 리바이스 청바지와 나이키 점퍼를 입어 얼핏 미국 사람처럼 보이는 쿤의 이 한마디에 아카스는 저녁마다 탈색제를 풀어 세수를 한 뒤 거울 앞으로 달려간다. 그가 바랐던 것은 미국 사람처럼 하얗게 되는 것도 아니었다. 그저 한국 사람만큼만 하얗게 되는 것, 이 땅에서 남의 눈에 띄지 않고 조용히 살아갈 수 있는 보호색을 갖는 것이 이 열세 살 소년의 꿈이었다.

그러나 아무리 씻어도 한국 사람으로 보일 수 없는 아카스를 또 한 번 좌절하게 만든 것은 영어권 국가 출신과 그렇지 않은 이들에 대한 차별의 벽이다. "헬로, 나이스 투 미튜"라는 인사에 "안녕하세요"라고 답하자 "외국 애라고 해서 영어를 잘하는 줄 알았는데"(〈코끼리〉, 36)라며 노골적으로 실망감을 드러내는 친구 어머니의 모습은

'외국인＝영어 사용자'라는 케케묵은 편견이 여전히 우리의 생각 저편에 자리 잡고 있음을 보여 준다. 피부색이 하얗고, 영어를 사용하며, 선진국이라 불리는 나라에서 온 이에게만 '외국인'으로서의 관심과 대우를 해 주는 것이, 부끄럽지만 인정할 수밖에 없는 우리의 모습이다.

이처럼 이주노동자에 관한 문제는 불합리한 법과 제도의 한계뿐 아니라 외국인에 대한 우리의 편견과 차별적 시선에서 비롯된 문제까지 중첩되어 복잡한 형태를 띠고 있다. 마치 커다란 코끼리조차 꼼짝하지 못하게 할 정도로 빠르게 휘몰아치는 거대한 '외'에 빠진 것처럼. '외'는 미얀마말로 '소용돌이'라는 뜻이다. 이 땅에 들어와 있는 이주노동자들은 자신의 처지를 한번 빠지면 제 힘으로는 도저히 빠져나올 수 없는 '외'에 빠진 것과 같다고 표현한다. 발버둥 칠수록 점점 더 깊이 빨려 들어가 비명조차 지르지 못하는 거대한 '외'에서 이들이 빠져나올 수 있는 유일한 방법은 '외' 바깥에 있는 사람들이 이들의 손을 잡아 주는 것이다.

재중동포, 조선족 그리고 되놈 🌿

하긴 어머니는 조선족이니까 어디서든 살아갈 수 있다. 적어도 자신에게 수치를 주거나 학대하려 드는 사람들에게 한국 말로 대꾸할

문학으로 읽는 나의 인권감수성

수는 있을 테지. 그만 때리세요, 왜 욕해요, 돈 주세요 따위 말고도 여러 가지 어려운 말들을. 선처, 멸시, 응급실, 피해 보상, 심지어 밑구멍으로 호박씨 깐다느니, 개 발에 땀 난다는 말까지.(〈코끼리〉, 11~12)

한국말이 서툴러 불이익을 당하는 경우가 허다한 이주노동자 입장에서는 같은 언어를 사용하는 재중동포만 해도 부러움의 대상일 수밖에 없다. 의사소통만 원활하게 할 수 있어도 자신이 겪는 많은 문제들, 가령 '선처', '응급실', '피해 보상'과 같은 단어들이 필요한 상황을 수월하게 해결할 수 있을 것이라 생각하기 때문이다. 많은 이주노동자들이 이 땅에 처음 들어와서 배운 한국어가 '얌마'이며 의미조차 모른 채 그저 그 말이 좋은 뜻인 줄 알고 사용했다가 곤란했던 상황을 털어놓는 그들의 모습을 보면 어떤 이들에게는 언어가 이 땅에서 살아남을 수 있는 큰 무기가 될 것 같다는 생각이 들기도 한다.

그러나 그들의 기대와 달리 같은 언어를 사용하고 같은 핏줄을 나눠 가진 재중동포가 자신의 조국에서 겪는 수모는 이주노동자의 그것과 별반 다르지 않다. 무엇보다 다른 국가의 동포와 달리 유독 재중동포에게만 '조선족'이라는 별스러운 이름이 붙은 것부터가 이들에 대한 차별과 편견이 있음을 보여 준다.* 그리고 다른 나라에서

---

* '조선족'이라는 용어는 중국의 조선족자치주에서 생겨난 것으로, 이들의 기원은 한참을 거슬러 올라간다. 이들은 19세기 후반부터 정치적·경제적 이유로 중국으로 이주한 사람들로, 1949년 중화인민공화국이 건립된 이후 자신들의 의사

온 이주노동자들이 부러워하는 한국어 역시 이들에게는 조선족이라는 차별적 정체성을 드러내는 기호에 지나지 않는다. 많은 재중동포가 말투를 고치려는 이유도 이 때문이다. 그뿐만 아니라 앞서 언급한 것처럼 재중동포가 사용하는 연변 사투리는 한동안 개그 프로그램의 소재로 사용되어 희화화되기도 했다. 이렇듯 한국에서 재중동포 특유의 억양과 말투는 '값싼 노동력'을 상징하는 차별과 무시의 기호 내지는 그저 흉내 내고 깔깔거리기 좋은 개그 소재 정도에 지나지 않는다.

3개월짜리 관광비자로 한국에 들어와 불법체류자 신세가 된 〈가리봉 양꼬치〉의 주인공 임파의 삶 역시 다른 이주노동자와 다를 바 없다. 한국으로 돈 벌러 떠난 어머니와 그녀를 찾아 떠난 아버지를 찾기 위해 한국에 들어와서는 가리봉 시장통에 있는 중국식당에서 3년째 일하고 있는 그는 누가 신고만 했다 하면 출입국사무소 직원에게 수갑이 채워져 당장 추방당할 신세다. 그러나 그에게도 한국에

와는 무관하게 중국의 소수민족이라는 법적 지위를 부여받았다. 1984년 처음으로 동포의 자격으로 한국 방문이 가능해졌으며, 1992년 한중수교와 산업연수제 시행 이후 다수의 중국동포가 한국으로 들어오게 된다. 미국이나 일본 등 다른 국가에 거주하는 우리 민족을 가리켜 재미동포, 재일동포라고 하는 데 반해 유독 중국에 거주하는 이들에 대해서는 '조선족'이라는 표현을 사용하는 것 역시 앞서 언급한 GDP 민족주의가 전제된 것이라 할 수 있다. 무엇보다 자신들의 의사와 상관없이 중국의 소수민족으로 취급당하는 상태를 가리키는 '조선족'이라는 표현 자체가 문제라는 이유에서, 이 책에서는 '조선족'이라는 용어 대신 '재중동포'로 호칭한다.

문학으로 읽는 나의 인권감수성

서 이루고 싶은 꿈이 있다. 바로 한국 사람들이 양고기를 좋아하도록 만드는 것. 아버지도 어머니도 찾을 방법이 묘연해지자 그는 자신의 꿈에 더욱 매진한다.

그 결과 한국 사람들이 좋아하는 부추를 이용해 양고기의 누린내를 없앨 방법을 연구하고 한국 사람들이 좋아할 만한 비법 양념을 개발하기도 한다. 이것은 아버지의 오랜 꿈이기도 했다. 교원이었던 아버지는 이쪽에도 저쪽에도 속하지 못하고 겉도는 경계인인 재중동포를 위한 일을 하는 것이 꿈이었다. 임파는 한국 사람들이 중국 음식인 양고기를 좋아하도록 만드는 것이야말로 중국동포와 한국인 사이를 이어 주는 경계인이 되고 싶다던 아버지의 꿈을 대신 이루는 것이라 생각한다.

그리고 마침내 여러 번의 시행착오 끝에 개발한 비법 양념의 양고기를 분희와 그녀의 한국 친구들에게 맛보게 할 꿈의 그날이 되었다. 분희는 닝안에서 함께 자란 친구로 부추꽃반지를 나눠 끼며 짝꿍이 되기로 약속한 사이다. 자동차 부품 공장에서 일하다 지금은 가리봉 시장통의 조그마한 지하 다방에서 일하고 있는 그녀는 임파의 요리에 관심을 보이며 틈만 나면 비법을 캐묻곤 했다. 그런 그녀에게 드디어 자신의 야심작을 선보이는 자리다. 그러나 분희가 데리고 온 이들은 가리봉 시장통에서 동포를 보호해 준다고 접근해서는 도리어 그들을 뜯어먹고 사는 사내들이었고, 그들은 임파가 혼자서만 돈을 벌기 위해 새로운 양념 비법을 공개하지 않는다고 오해하여 그를 살해한다.

　많은 재중동포가 이 땅에 발을 딛게 되는 과정은 소설 속 임파와 비슷하다. 관광비자가 허락한 3개월의 체류기간이 끝나는 순간부터 이들은 불법체류자 신세가 된다. 불법체류자란 이 땅에서 함께 숨 쉬고 살고 있으되 대한민국의 어느 인명부에서도 그 이름을 찾을 수 없는 유령과 같다. 이들이 이 나라의 인명부에 이름을 올릴 수 있는 유일한 방법은 불의의 사고로 죽어 무연고 사망자로 경찰서 장부에 기록되는 것이다. 존재가 사라짐으로 인해 비로소 존재를 확인받을 수 있는 이 상황은 그 자체로 비극이다. 지금 이곳에 살고 있는 수많은 재중동포가 바로 이런 비극적 상황에 처해 있는 것이다. 이들의 삶은 앞서 살펴본 이주노동자의 삶과 한 치도 다르지 않다. 능숙하게 구사할 수 있는 한국어 역시 이들의 비극을 막는 데는 아무런 도움이 되지 못한다.

　공선옥의 소설 〈가리봉 연가〉의 주인공 명화 역시 임파처럼 낯선 땅에서 비극적 죽음을 맞는 재중동포다. 한국 국적의 남자와 결혼했으니 명화는 이제 엄연한 대한민국 국민이다. 흑룡강 해림에 살던 그는 바람을 피운 남편에 대한 배신감과 간암에 걸린 오빠의 치료비 마련을 위해 한국의 농촌 총각과 결혼을 결심한다. 결혼만 하면 처갓집 식구들을 다 한국으로 불러들일 수 있고 오빠 병까지 치료해 준다고 했지만 이 약속은 지켜지지 않았고, 명화에게 남은 것은 "한국 국적 얻으려고 순진한 한국 남자 꼬셔서 위장결혼을 했"

　　　　　　　　　　　　　文学으로 읽는 나의 인권감수성

'연변 거리'로 불리는 가리봉동 일대(《연합뉴스》)

(〈가리봉 연가〉. 62)다는 따가운 눈초리뿐이다. 결국 명화는 배사장이란 사람을 따라 야반도주를 해 현재 살고 있는 가리봉동까지 오게 되는데, 이후 배사장은 명화를 북경노래방에 팔아 넘겼고 명화의 방 보증금까지 빌려 달아난다.

이렇게 해서 재중동포 명화는 대한민국 국민이 되었고, 가리봉동 노래방의 유명한 '카수'가 되었다. 허승희라는 이름으로 노래방 일을 하던 명화는 노래방 일을 마치고 숙소인 여인숙으로 돌아가던 길에 돈을 노리는 누군가의 칼에 찔려 숨진 채 발견된다. 〈슬픈 노래는 부르지 않을 거야〉라는 제목의 〈가리봉 연가〉를 잘 부르던 그녀는 결국 어떤 노래도 부를 수 없는 상태가 된 것이다.

명화가 사는 곳 역시 가리봉이다. 많은 이들에게 가리봉은 영화를 통해 익숙해진 지명이다. 영화에서 그려지는 가리봉은 한마디로 범죄와 가난의 공간이다. 열악한 주거환경과 범죄에 노출되기 쉬운 곳이라는 이미지가 가리봉이란 동네 앞에 언제나 따라 붙는다. 분명 서울 한가운데 있지만 보이지 않는 장벽이 세워진 게토 같은 공간, 가리봉이 이렇게 기억되는 이유는 그곳에 살고 있는 이들 때문이다. 가리봉은 임파나 명화와 같은 재중동포들이 사는 곳으로 유명하다. 그리고 그곳에 사는 이들 중 상당수는 쫓기는 신세다. 관광비자로 들어와 불법체류자 신분으로 생활하면서 단속반에 쫓기거나, 결혼을 통해 이주해 왔지만 결혼 생활을 견디지 못하고 도망친 이들 모두 한곳에 뿌리내리지 못하는 신세이기는 마찬가지다.

결혼은 재중동포 여성이 한국에 들어오는 방법 중 하나다. 재중동포 이주의 특징 중 하나는 여성 비율이 높다는 것인데 이들 중 상당수가 한국 남성과의 결혼을 통해 입국한다. 그러나 결혼으로 대한민국 국적은 취득했지만 여전히 많은 이들은 이 땅에 온전히 뿌리내리지 못한 채 살아간다. 사람들의 시선 속에서 그들은 대한민국 국민이 아니라 그저 돈에 팔려 온 이방인에 지나지 않기 때문이다. 처음부터 사랑이 아닌 돈으로 맺어진 관계인 탓에 그들은 한국에서의 결혼 생활에 잘 적응하지 못한다. 차별과 무시가 일상화되어 있는가 하면 남편의 폭행에 시달리거나 심지어 살인을 당했다는 안타까운 뉴스도 어렵지 않게 접할 수 있다. 그뿐만 아니라 그들은 한국에서의 결혼 생활에 제대로 적응하지 못하는 점을 악용한 범죄에까지 노출되어 있다.

〈가리봉 연가〉와 〈가리봉 양꼬치〉, 이 두 소설에서 일어난 주인

문학으로 읽는 나의 인권감수성

공의 죽음은 소설이라는 가상 세계에서만 일어난 일이 아니다. 이는 그만큼 많은 재중동포가 각종 범죄와 폭력에 노출되어 있음을 의미한다. 그러나 폭력과 범죄로부터 이들을 보호해 줄 법은 결코 그들 곁에 있지 않다. 더 심각한 문제는 앞서 이주노동자들이 그러했던 것처럼 재중동포들을 힘들게 하는 것은 비단 불합리한 법과 제도만이 아니라는 점이다. 어떤 때는 중국동포라 부르고, 또 어떤 때는 조선족, 심지어 기분에 따라서는 되놈이라고 부르면서 이들을 무시하고 배제하는 우리의 이중적인 시선이 이들에게는 더 큰 상처다.

> "말이 나왔으니 말이지, 그 자식들, 우리 한국 와서 돈 엄청 벌었을 것이여?"
> 옷을 기다리던 남자가 맞장구를 친다.
> "하여간 여기 가리베가스 상권을 요새는 그자들이 다 잡고 있다 해도 과언이 아니지."
> "공산주의 사회에서 온 자들이라 그런지 의심들은 또 얼마나 많은지, 도대체 사람 말을 안 믿어요. 저 앞에 있는 군복 말여, 나 오천 원에 떼와 육천 원에 팔아. 그런데 이 뙤놈들이 그걸 삼천 원에 달라 그래, 내참."(〈가리봉 연가〉, 88)

한국인들에게 재중동포의 이미지는 자신의 경제적 이익을 뺏어가는 경쟁자이며, 악착같이 돈만 밝히는 수전노거나 돈이 되는 일이면 무엇이든 하는 잠재적 범죄자일 뿐이다. 2018년 10월에 일어난

PC방 살인 사건에서도 살인 용의자라며 가장 먼저 의심받던 사람은 역시 재중동포였다. 이 사건은 물론이고 재중동포가 용의자로 지목된 상당수의 사건에서 이들은 실제 가해자가 아닌 것으로 드러났다. 통계상 이들의 범죄 비율은 다른 국적의 외국인에 비해 결코 높은 편이 아니다. 그럼에도 불구하고 '아니면 말고' 식의 무차별적인 괴담이 무성하며, 그 결과 재중동포에 대한 이미지는 계속해서 악화되고 이들은 두려움과 배제의 대상으로 낙인찍히는 악순환이 되풀이된다.

흔히 재중동포에게 민족적 정체성을 따져 묻는다. 당신은 중국인인가, 한국인인가? 그러나 그들 스스로가 자신의 정체성을 어떻게 느끼든 그것과 무관하게, 부여되는 인권은 동등해야 한다. 또한 재중동포의 인권이, 그리고 그들을 향한 우리의 시선이 재미동포나 재일동포의 경우와 달라서도 안 된다. 재미동포가 한국에 들어와서 인권을 보장받지 못하고 차별받았다는 내용의 뉴스는 아직까지 들어보지 못했다. 그렇다면 재중동포 역시 그래야 하지 않겠는가. 그러나 우리는 '동포'라는 이름을 가진 이들에게조차 여전히 'GDP 인종주의'의 차별적 잣대를 들이대고 있다.

문학으로 읽는 나의 인권감수성

우리도 한때 난민이었다 🌿

난민은 2018년 한국에서 어떤 의미로든 가장 뜨거운 감자 중 하나였다. 이전까지만 해도 많은 한국인에게 난민은 저 멀리 유럽 국가에서나 골칫거리인 문제일 뿐이었다. 말 그대로 강 건너, 아니 바다 건너 불구경의 대상이었던 것이다. 그리고 먼 거리만큼이나 난민을 향한 우리의 태도도 관대하고 포용적이었다. 곤경에 처한 사람들에게 인류애를 발휘해야 한다, 선진국들이 인도적 차원에서 나서야 한다는 의견을 서슴지 않고 냈다. 어차피 우리 문제가 아니었기에.

그러던 어느 날 제주에 상당수의 예멘 난민이 들어왔다는 뉴스가 들리기 시작했다. 이후 난민은 매우 빠른 속도로 전 국민의 관심 대상이 되었다. 청와대 국민청원 게시판에는 난민 수용에 반대하는 여론이 들끓기 시작했으며, 최단기간에 가장 많은 동의를 얻은 청원이라는 기록을 세우기도 했다. 그리고 난민을 지지하는 유명 영화배우는 전에 없던 비난과 악플에 시달려야 했다. 난민을 둘러싼 다양한 가짜뉴스들이 쏟아져 나오는가 하면 급기야 이들의 수용을 둘러싼 찬반 여론은 시위의 형태로 이어져 거리로 나왔다. 그러는 동안 사람들의 머릿속에서 난민은 잠재적 범죄자, 괴물, 테러리스트 등 부정과 혐오의 상징이 되어 갔다.

이렇게 혐오의 대상이 되어 버린 이들이 한국에서 갈 곳은 어디인가? 아마 그런 곳이 있다면 외부와의 접촉이 철저하게 차단되고 통제된 수용소일 것이라는 상상에서 최인석의 〈스페인 난민수용소〉는 시작된다. 영천시 외곽에 있는 난민수용소를 배경으로 한 이 소설에는, 경북 영천이라는 실제 지명이 등장하기에 소설의 내용이 더욱 사실처럼 느껴진다. 지금 당장이라도 차를 몰고 영천 외곽 47번 도로변 어딘가로 달려가면 소설 속 그 난민수용소가 있을 것만 같다.

스페인 난민수용소가 들어선 곳은 홍수로 강이 범람해 자갈밭이 되어 버려진 땅이다. 철조망과 감시탑으로 에워싸인 이곳은 철저하게 바깥세상과 분리되어 있다. 그래서 난민을 직접 만난 사람은 아무도 없으며 이들에 관한 무성한 소문만 떠돌 뿐이다. 그러던 어느 날 사람들은 그 지역에 또 다른 난민수용소가 하나 더 들어섰다는 사실을 알게 된다. 며칠 뒤, 스페인 난민수용소의 몇몇 난민들이 탈출을 시도했으며 이들을 수색하기 위해 당국이 군경을 동원하고 일부 지역의 통행을 금지했다는 뉴스가 발표된다. 이후 소리 소문도 없이 알바니아 난민수용소가 들어섰고, 그로부터 며칠 뒤 삼봉산에 산불이 일어나자 그것이 알바니아 난민들의 소행이라는 소문이 퍼지기 시작한다. 성묘객의 담뱃불이 원인이라는 경찰의 발표가 있었지만 소문은 사라지지 않았고, 얼마 지나지 않아 알바니아 난민수용소에 불이 나 갇혀 있던 난민 30여 명이 사망하는 사건이 발생한다.

이후 알바니아 난민을 비롯해 스페인과 페루 난민까지 합세한 한 무리의 난민이 수용소를 탈출해 영천 시내로 밀고 들어와 상점을 약탈하고 불을 지르는가 하면 경찰서를 습격해 총기까지 탈취하는 폭동을 일으킨다. 당국은 위수령을 선포하고 군을 동원해 진압에 나선다. 폭동과 약탈의 무법천지의 상황에서 상철의 엄마인 승자가 난민에게 피살된다. 이 사건 후, 상철은 학교에서 은밀히 활약 중이던 단군청년단에 가입한다. 단군청년단은 단군과 안중근, 박정희를 숭배하고, 거리에서 외국인을 보면 가차 없이 덤벼들어 두들겨 패는 배타적인 민족주의자 집단이다.

난민에게 살해된 엄마 덕분에 단장으로 추대된 상철은 난민수용소를 습격할 계획을 세운다. 작전명 '오퍼레이션 승자.' 이들은 승자의 3주기를 맞아 스페인 난민수용소를 급습해 순식간에 수용소를 화염과 비명의 아수라장으로 만들어 버린다. 난민수용소의 천막과 컨테이너 가건물이 불에 탔으며 난민 2명이 사망하고 30여 명이 중화상을 입은 이 사건은 단군청년단이 일망타진되는 것으로 끝이 난다. 그러나 이들은 호송버스에 실려 가는 중에도 자신들은 범죄자가 아니라 애국청년학생이라고 억울해 한다.

이 소설은 난민수용소를 소재로 하지만 정작 소설을 가득 채우는 것은 난민들의 삶과 그들의 이야기가 아니라 난민에 대한 무성한 소문뿐이다.

스페인 난민들에게서는 냄새가 난다, 모두가 지독한 전염병 환자들이다, 전부 범죄자들이다, 하는 소문이 돌았으나, 그것을 확인해줄 수 있는 사람은 없었다. 장마가 가고 난 뒤에 수용소 철조망 근처 강물에

서 죽은 스페인 태아가 발견되었다는 소문에다가, 그곳 여자들이 경
비병들이나 직원들을 상대로 몸을 판다는 소문. 심지어는 그들이 전
혀 스페인 사람들이 아니라는 소문이 떠돌기도 했다. 어른들은 질색
을 하여 아이들이 그 근처에 얼씬도 못하게 막았다.(〈스페인 난민수용
소〉, 231)

이처럼 그들을 둘러싼 소문은 부정적이고 혐오스러운 내용들로
가득 차 있다. 사실 여부는 중요하지 않다. 소문은 떠돌기 시작하는
순간 사실이 되기 때문이다. 이 터무니없는 소문은 처음부터 철조망
너머에 갇혀 있기만 했던 그들을 누구도 직접 만나 본 적이 없기에,
그들의 실체를 누구도 모르기에 생겨난 것들이다. 아이러니하게도
이러한 소문으로 인해 그들은 점점 더 고립되고 격리되며, 더 나아
가 추방의 대상이 된다.

소설에서 난민을 쫓아내는 데 앞장선 사람들은 지역 환경운동단
체였고, 그들이 내세운 이유는 황당하게도 이미 오래전에 사라진 영
천새우를 보호하기 위함이었다. 난민은 새우만도 못한 존재가 된 셈
이다. 그 밖에도 수많은 소문 속에서 재현되는 난민의 모습은 가난
과 범죄, 부도덕과 타락의 이미지로 제한되어 있다. 그러나 이 모든
것은 어디까지나 타인에 의해 전해지는 전언일 뿐 소설 어디에서도
난민이 직접 들려 주는 이야기는 들을 수 없다. 텍스트를 통해 우리
가 들을 수 있는 난민의 목소리라고는 죽기 직전에 도움을 요청하는
절박한 한마디, "헬프"가 전부다.

문학으로 읽는 나의 인권감수성

삼인성호三人成虎라 했던가. 걷잡을 수 없이 퍼진 소문은 결국 이들을 진짜 괴물로 만들었다. 경찰의 발표보다 소문의 힘이 더 강력했던 탓에 난민들이 화재사건의 범인이라는 추측은 결국 확신이 되었다. 이에 대한 복수로 수용소에 방화가 일어나고, 그 결과 난민들은 거리로 몰려나와 한순간에 폭력적인 시위대가 된다. 혐오의 감정이 무서운 이유는 여기에 있다. 혐오는 또 다른 혐오로 이어지면서 눈덩이처럼 계속 불어나기 때문이다. 단군청년단 역시 이러한 혐오가 빚어낸 또 하나의 괴물이다. 가끔씩 해외뉴스에서나 보던 극단적 민족주의자들이 단군청년단이라는 이름으로 등장한 것이다. 이런 이유에서 애초에 모든 갈등의 시발점이 되는 난민들은 더욱더 고립된 곳으로 옮겨진다.

스페인 난민수용소가 경북 영천의 깊은 산속 어디쯤에 있었다면, 또 다른 난민수용소가 위치한 곳은 영종도라는 섬이다. 비록 영종대교를 통해 육지와 연결되어 있지만 상징적으로 섬은 쉽게 벗어날 수도, 다른 곳으로 옮겨갈 수도 없는 고립된 장소를 의미한다. 실제로 2013년 8월, 우리가 흔히 영종도라 부르는 인천시 중구 운북동 일대에 난민지원센터(출입국지원센터)가 설립되었다. 이곳은 100여 명의 난민 인정자 또는 난민 인정 신청자가 3개월까지 체류할 수 있는 공간이다. 이 난민수용소를 배경으로 한 소설이 표명희의《어느 날 난민》이다.

영종도에 들어선 '외국인 지원 캠프'는 난민에 대한 사람들의 거부감을 의식해 일부러 붙인 이름일 뿐 실상 이곳은 난민보호센터다. 난민 신청을 하고 허가를 받을 때까지 대기하는 곳인 만큼, 이곳에는 다양한 국적과 각양각색의 사연을 가진 이들이 함께 살고 있다. 부모가 강제한 결혼을 거부했다는 이유로 명예살인의 위기에 처한 찬드라, 중국 소수민족의 독립운동에 가담했다가 가족과 함께 한국 땅으로 건너온 모샤르 가족, 인종과 계급 갈등을 벗어나 사랑을 지키기 위해 조국을 떠나온 미셸과 웅가 커플, 라이 따이한으로 태어나 보트피플로 생활하던 뚜앙까지, 모두 나름의 역경과 고난을 겪고 이곳까지 왔다. 이들은 각자의 고향으로 돌아가지 못하거나 혹은 돌아갈 고향조차 없는 이들로, 대한민국 국민이 되기를 희망하지만 난민으로 인정된 사람은 찬드라뿐이다.

스페인 난민수용소처럼 이곳 역시 한국의 평범한 일상으로부터 격리되어 있다. 난민센터가 다른 나라에서는 외교부 소속인 데 반해 우리나라에서는 법무부에 소속되어 있다는 점만으로도 대한민국이 난민을 대하는 태도를 알 수 있다. 대한민국에서 난민은 감시와 통제의 대상인 것이다. 즉 처음부터 이들을 한국이라는 사회 속에 들여놓을 마음이 없었고, 그래서 깊은 산속이나 섬에 이들의 거주지를 마련한 것이다.

고립된 상황에서 살 수밖에 없다는 점은 〈스페인 난민수용소〉나 《어느 날 난민》이 다르지 않지만, 그래도 《어느 날 난민》에서는 〈스페인 난민수용소〉에서는 들을 수 없었던 난민의 이야기를 그들의 목

문학으로 읽는 나의 인권감수성

소리로 직접 들을 수 있다. 난민이 될 수밖에 없었던 이들의 사연이 보여 주는 것은 이들은 소문이 전하는 것처럼 테러리스트도, 잠재적 범죄자도 아니며 돈을 벌기 위해 들어온 '가짜' 난민도 아니라는 사실이다. 이들 또한 가족과 사랑하는 사람이 있는, 우리와 다르지 않은 사람이며, 다만 나름의 사정으로 태어난 곳에 뿌리내리지 못하고 다른 나라로 옮겨 올 수밖에 없었다는 점이 다를 뿐이다. 이는 곧 우리도 난민이 될 수 있다는 뜻이기도 하다.

실제로 우리 역시 한때는 난민이었다. 일제에 나라를 **빼앗기고** 조국을 떠나 중국 땅을 떠돌던 이들 모두가 난민이었고, 그들이 세운 대한민국 임시정부는 난민의 망명 정부였다. 또한 일제의 패망 후 일본에서 살아가던 많은 조선인은 일본 정부가 이들의 국적을 박탈함에 따라 무국적자, 즉 난민 신세가 되었다. 이렇듯 난민으로 떠돌며 살아야 했던 시간 역시 부정할 수 없는 대한민국 역사의 일부다. 그뿐만 아니라 앞으로도 언제든 상황에 따라, 그리고 나름의 사정에 의해 국적을 갖지 못하고 한곳에 뿌리내리지 못한 채 떠도는 삶을 살게 될지도 모를 일이다.

〈스페인 난민수용소〉에서 역사 교사가 학생들에게 "우리나라가 그런 나라가 아니라는 것을 고맙게 여기며 살아라. 너희들은 난민이 될 일이 없으니까"(《스페인 난민수용소》, 238)라고 말하는 장면이 나오지만, 마냥 이렇게 감사할 상황이 지속되리라는 보장은 없다. 특히 변화무쌍한 격변의 중심에 놓인 이곳에서는. 허무맹랑한 상상이라 여길지 모르겠지만, 우리에게 국민이라는 자격을 부여하고 우리를 지켜 주던 국가가 어느 날 갑자기 없어질 수도 있다. 모처럼 찾아온 한반도의 평화 분위기를 그르치는 것 같아 조심스럽지만, 이 땅은 여전히 여차하면 다시 전쟁이 일어날 수 있는 위험의 공간이며 전쟁이 일어난다면 그 순간 우리는 말 그대로 '어느 날 난민'이 될 수밖에 없다. 이러한 위험 속에 살면서 난민은 우리와 상관없는 이들이라고 자신 있게 말할 수 있는가. '어느 날 난민'이 된 우리가 다른 나라에 도움을 요청했을 때 우리를 잠재적 범죄자로 취급하며 외면한다고 상상해 보자. 그때 우리는 어떻게 할 것인가?

그럼에도 불구하고 당장 일어나지도 않은 만에 하나의 경우보다는 눈앞의 이익에 관심이 갈 수밖에 없다. 난민을 반대하는 많은 이들이 경제적 문제를 핑계로 내세우는 것도 이와 무관하지 않다. "외국인 유입으로 국민의 삶은 피폐해지고 있습니다", "가짜 인권팔이, 자국인은 세금 내는 노예냐?" 등 경제적 요인이 실제로 가장 많이 거론된다. 그러나 대한민국은 이미 오래전에 당당히 OECD에 가입했으며, 오늘날 GDP 세계 11위를 자랑한다. 난민을 받아들이는 것은 경제력이 충분한 선진국에서나 가능한 상황일 뿐 우리는 아직 그럴 만한 능력이 없다고, 아직은 때가 아니라고 말하는 이들에게 묻고 싶다. 당신이 말하는 '그때'는 과연 언제쯤인지. GDP 순위가 1, 2위를 다툴 정도가 되면 그때는 허락할 것인지. 늘 좋은 지표는 OECD의 다른 국가들과 비교하면서 왜 이런 상황 앞에서는 여전히

파도에 밀려온 세 살 시리아 난민 아이(《프레시안》)

가난하고 어려운 나라임을 자처하는지도 묻고 싶다. 1조 6천억 달러가 넘는 GDP와 약 470조 원이라는 1년 예산 규모가 보여 주듯 우리는 난민을 책임질 충분한 여력이 있다.

심지어 우리보다 GDP 순위가 낮은 국가들조차 우리보다 많은 난민을 받아들이고 있다. 2017년 난민 신청자에게 그 지위를 가장 많이 인정한 나라는 터키, 파키스탄, 우간다 등이다. 터키는 유럽에서 가장 많은 난민을 받은 독일에 비해 무려 4배나 많은 난민을 받아들였다. 이 나라들은 결코 경제적으로 부유해서 난민을 받아들인 것이 아니다. 물론 터키를 비롯한 이 나라들은 많은 난민이 발생하는 시리아와 국경을 맞대고 있다는 공통점이 있다. 그렇다면 인접국이 아닌 유럽 국가로 제한해서 살펴보자. 2015~2017년 동안 수용한 누적 난민 수가 각각 8만여 명과 6만여 명인 네덜란드와 스페인은 지난해 기준 GDP 순위가 우리보다 아래에 있다. 이 상황은 어떻게 설명할 것인가? 결국 우리에게 부족한 것은 경제적 능력이 아니라 낯선 이에 대한 공감 능력과 그들과 함께 살아갈 세상에 대한 상상력이 아닐까?

경제적 문제가 난민을 반대하는 현실적 핑계였다면 다른 한편에는 민족의 순수한 혈통을 내세우며 낯선 이방인을 경계하는 목소리도 있다. 그렇다면 과연 '순수한' 대한민국이란 어떤 것인가? 지난 러시아 월드컵에서 우승컵을 들어 올린 프랑스 국가대표팀은 우승의 영광을 전 세계에 있는 이주민에게 돌렸다. 당시 프랑스 대표팀 선수 23명 중 21명이 이민자 출신이었다. 결승전에서 2골을 터뜨리며 브론즈볼을 수상한 앙투안 그리즈만Antoine Griezmann은 이민자 2세이며, 제2의 펠레로 불리며 이번 월드컵 최고의 스타가 된 킬리안 음바페Kylian Mbappé 역시 가난한 이민자 가정의 아이로 태어났다. 그렇다면 알제리와 가나, 카메룬과 말리 등에서 건너온 이민자의 자녀로 구성된 이 팀은 프랑스 팀인가 아닌가? 반대로 〈스페인 난민수용소〉에서 개량한복을 입고 택견을 배우며 단군과 김구, 박정희를 숭상하는 단군청년단은 대한민국의 순수한 혈통을 이어 나가는 단체라 할 수 있는가? 우리가 말하는 '국민'과 '대한민국'은 과연 무엇인가? 한복을 입지 않고 박정희를 부정하면 대한민국 국민으로서의 자격이 없는 것인가? 자유, 평등, 박애의 정신으로 가득한 프랑스이기에 이민자들로 구성된 축구 대표팀이 가능하다고 생각하는가? 우

문학으로 읽는 나의 인권감수성

리는 왜 그런 팀을 만들면 안 되는가?

상상력을 키워 보자. 난민과 함께 사는 문제를 풀어 가기 위해서는 정치적 해법이나 경제력보다 우리들의 상상력이 더 필요하다.

Legal Alien in Korea 🌿

스팅Sting의 노래 〈Englishman In New York〉에는 "I'm a legal alien"이라는 노랫말이 나온다. 'legal alien', 어찌 보면 꽤 아이러니한 이 노랫말을 듣는 순간 떠오르는 이들이 있다. 법적으로는 국민이지만 우리 사회에서 여전히 이방인과 같은 존재, 바로 북한이탈주민이다. 이들은 엄연한 대한민국 국민이지만 고립되고 소외된 채 이방인으로 살아가기로는 앞서 살펴본 이들과 다르지 않고 심지어 이주노동자나 난민과 달리 되돌아갈 고향도 없다. 과연 대한민국 국민이 된 북한이탈주민들은 어떤 모습으로 살아가고 있을까?

정도상이 2008년에 발표한 《찔레꽃》은 북한이탈주민의 월경과 정착 과정을 그리고 있는 연작소설이다. 북한 함흥에서 시작해 남양, 중국 헤이룽장성, 선양을 지나 마침내 대한민국 땅을 밟게 된 주인공 은미의 여정은 수많은 북한이탈주민들이 지나온 길이기도 하다. 한국 땅을 밟기 전까지는 이들 역시 앞서 살펴본 난민과 다를 바 없는 신세였다. 어느 곳에도 정착하지 못하고, 어떤 국가로부터도 보호를 받을 수 없는 몸. 그렇다 보니 이 과정에서 수없이 많은 인권 유린을 당할 수밖에 없다.

대표적인 것이 바로 인신매매다. 《찔레꽃》의 네 번째 이야기 〈풍풍우우〉에는 국경을 넘은 북한 여성이 중국 농촌 마을에 팔려 가 원하지 않는 결혼 생활을 하는 상황이 그려진다. 충심과 함께 월경한 이종사촌 미향은 취업할 수 있다는 조선족 여자의 말에 속아 두만강을 건넜지만 결국 인신매매를 당해 농촌으로 팔려 간다. 이후 결코 정상적이라 할 수 없는 결혼 생활로 정신적 고통에 시달리던 미향은 끝내 죽음을 맞는다. 이렇듯 한국으로 오기 전까지의 여정은 한마디로 험난한 인권유린의 여정이라 해도 과언이 아닐 정도다. 그러나 우리의 인권감수성을 돌아보는 것이 이 책의 주제인 만큼, 여기서는 우여곡절을 겪은 은미가 대한민국 국민이 된 이후의 모습을 그린 단편 〈찔레꽃〉을 중심으로 살펴보고자 한다.

연작소설의 마지막 편인 〈찔레꽃〉은 힘든 탈북 과정을 거쳐 한국 사회에 들어온 이후의 삶을 그린다. 많은 북한이탈주민들이 그러하듯, 〈찔레꽃〉의 주인공 은미 역시 한국 땅에 첫발을 내딛는 그 순간에는 기대에 부풀어 있었다.

노래방 도우미, 타인의 즐거운 노래에 장단을 맞추며 사는 인생이 내 운명의 어딘가에 있을 줄은 꿈에도 생각하지 못했다. 인천공항에 내릴 때만 하더라도 무엇이든 할 수 있을 것만 같았다. 물론 약간의 두

문학으로 읽는 나의 인권감수성

려움이 없는 것은 아니었지만, 하고 싶은 일을 하며 살 수 있다는 꿈에 마음이 풍선처럼 부풀었던 것은 사실이었다. 이 땅에 도착하기까지 겪어야 했던 지나온 모든 고통이여 안녕, 이라고 마음속으로 소리쳤다. 그러나 하나원을 나오자마자 기다리고 있는 것은 탈북자는 이방인에 불과하다는 사실이었다. 같은 민족이었지만 외국인노동자보다도 차별이 더 심했다. 조금이라도 번듯해 보이는 회사에 가서 면접을 보면, 탈북자라는 사실에 모두들 고개를 저었다. 심지어 식당에서도 탈북자라면 고개를 외로 꼬았다. 공장에 가서 재봉틀을 돌리거나 다른 일을 하고 싶었지만 먼저 지나간 탈북자들의 행세가 나쁘다는 소문 때문에 그것도 여의치 않았다. 집밖으로 나가면 나도 모르게 주눅먼저 들었다. (〈찔레꽃〉, 202~203)

충심, 메이나, 소소, 그리고 지금은 은미로 불리는 주인공의 직업은 노래방 도우미다. 노래방 도우미는 〈가리봉 연가〉의 명화가 그러했듯, 상당수의 여성 이주노동자나 북한이탈주민이 한국이라는 낯선 땅에서 비교적 가장 쉽게 돈을 벌 수 있는 일자리 중 하나다. 이때 '비교적 쉽게 돈을 벌 수 있다'는 말은 결코 편하다거나 수월하다는 의미가 아니다. 학력도 경력도 자본도 변변치 않은 이들이 얻을 수 있는 직업이라는 뜻이다. 손님들의 요구에 맞춰 노래만 부르는 것이 아니라 경우에 따라 '2차'라 불리는 성매매로까지 이어진다는 점을 생각하면 노래방 도우미야말로 가장 힘들고 고통스러운 직업 중 하나다. 소설 속 은미의 넋두리처럼 마음에도 없는 행위를 몸으로 겪어 내야 하는 모멸감이 육체적 고통보다 더 크게 스스로를 괴롭히는 극한 직업인 것이다.

남성의 상황도 크게 다르지 않다. 양질의 직업은 극히 소수의 북한이탈주민에게만 허락될 뿐 대개는 저임금의 불안정한 직업을 가질 수밖에 없다. 헌법상 모든 국민에게 허락된 직업 선택의 자유가 엄연한 대한민국 국민인 이들에게는 없다. 많은 북한이탈주민이 불안정하고 열악한 조건의 노동에 내몰리는 것이야말로 이들이 한국에 제대로 뿌리내리지 못하는 이유 중 하나라 할 수 있다. 그뿐만 아니라 이렇게 힘들게 버는 돈조차 제 것이 될 수 없다. 대개 브로커를 통해 입국한 이들은 그들에게 빚을 진 상태기 때문에 그 빚을 갚아야 한다. 또한 북한에 가족을 두고 온 이들은 브로커를 통해 가족들에게 돈을 보내기도 한다. 이런저런 이유로 상당수 북한이탈주민의 삶은 경제적으로나 정신적으로 빈곤할 수밖에 없고, 남과 북 어디에도 뿌리내리지 못한 채 부유하는 삶을 살 수밖에 없다.

정영선의 장편소설 《생각하는 사람들》도 이런 이유로 대한민국 국민으로 편입되지 못한 채 떠도는 북한이탈주민의 다양한 모습을 그리고 있다. 편집자를 구한다는 말에 출판사를 찾은 주영은 그곳에서 인터넷 댓글 다는 일을 하게 된다. 각종 선거를 앞두고 야당 인사를 친북이나 종북으로 공격하는 것이 주영의 일이다. 선관위에 고발이 들어온 바람에 출판사가 문을 닫자 주영은 '코'의 도움으로 유니원에서 일하게 된다. 유니원은 탈북자들이 안전부에서 신원 확인을 마친 후 3개월 동안 적응 훈련을 받는 곳으로, 주영은 그곳에서 상담과 글쓰기 수업을 한다.

주영에게 댓글 작업을 지시하고 유니원 일자리를 소개해 준 '코'의 본명은 남철수, 그가 하는 일은 안전부에서 정보원들로부터 각종 정보를 수집하거나 노조활동 방해, 댓글조작을 통한 선거 방해 등을 지시하는 것이다. 탈북한 이후 중국어 과외로 근근이 살아가는 병욱과 한국 사회에 적응하지 못하는 혜산 출신의 준혁이 주로 '코'의 정보원 노릇을 하거나 댓글 알바를 하는 이들이다. 수지 역시 '코'가 안전부에서 탈북자들을 신문할 때 만난 아이로 그는 처음 본 순간부터 수지에게 호감을 갖는다. 평양에 있는 부모의 소식을 알고 싶다는 수지의 소원을 들어주기 위해 '코'는 병욱에게 비밀리에 부탁하는데, 북한이탈주민의 동태 파악을 위해 남파된 간첩이었던 병욱은 수지에 관해 알아보던 중 공화국으로부터 수지를 조선으로 데리고 오라는 명령을 받게 된다. 이후 이 일이 상부에 알려져 곤경에 처하게 된 '코'는 위기를 벗어나기 위해 수지를 간첩으로 만들 계획을 세우지만 실패하고 만다. '코'의 부탁으로 이 일에 가담했던 주영은 이후 '코'의 계획을 알아차리고 유니원을 떠난다.

〈찔레꽃〉의 은미처럼 몸을 파는 일을 하는 이들이 있는가 하면, 다른 한편에서는 《생각하는 사람들》의 준혁처럼 정보기관의 브로커 역할을 하며 생계를 이어가는 이들이 있다. 원치 않게 몸을 파는 것이나 자신의 양심과 신념을 파는 행위 모두 인간답지 않은 일이라는 점에서는 다르지 않다. 이렇듯 상당수의 북한이탈주민에게는 극단적인 유형의 직업밖에 선택의 여지가 없기에 인간다운 삶이라는 이들의 꿈과 희망은 이 단계에서부터 무너지고 만다.

많은 북한이탈주민이 정착하지 못하고 여전히 이방인일 수밖에 없는 또 다른 이유는 남한 사람들의 시선과 태도에도 있다. 은미를 향해 "암튼 탈북자년들은 대가리가 졸라 이상해"(《찔레꽃》, 201)라는 말을 서슴지 않고 하는 노래방 직원의 태도가 북한이탈주민을 대하는 남한 사람들의 흔한 모습이라고 하면 지나친 비약일까? 표현이 다소 거칠었을 뿐 그가 북한이탈주민을 대하는 시선과 태도만큼은 많은 이들과 별반 다르지 않을 것이다.

아니, 전학 오는 날 양강도 혜산에서 왔다고 하더라고. 학교가 뒤집어졌지. 좀 놀라는 것 같아도 애들이랑 잘 어울렸는데, 수업 내용을 따라갈 수 있어야지. 교과 선생 말로는 초등학생보다 못하다는데. 며칠 뒤에는 계속 엎드려 자는 거야. 기초학력진단평가도 우리 학교에서 유일하게 미달이고. 그렇지 않겠나. 학교도 제대로 안 다닌 데다가 배우는 내용도 다를 거고. 윤보 씨가 한마디 했다. 맞다. 니 좀 아네. 그것만 해도 큰 문제인데 누가 빨갱이라고 했나 봐. 그 다음부터는 아예 안 나오고. 걔 엄마가 교육청에 바로 민원 넣은 거야. 그 인간들이 고발 하나는 잘해요. 누군가 또 한마디 했다. 집 주고 정착금 주지. 학비 공짜지, 그렇게 해주는 데도 못 하면 할 수 없는 거 아냐.(《생각하는 사람들》, 258~259)

문학으로 읽는 나의 인권감수성

이러한 대화에서 드러나는 것은 북한이탈주민에 대한 우리의 인식이 무시와 비하, 차별로 가득하다는 것이다. 또 다른 한편으로는 '특혜 받은' 이들에 대한 비아냥거림과 불편한 감정도 담겨 있다. 특히 돈이 없어 공부를 포기했거나 평생 열심히 일해도 제 집 마련이 쉽지 않은 이들로서는 집과 정착금을 받는 북한이탈주민이 반가운 존재일 리 없다. 북한이탈주민인 수지를 대하는 주영의 심정도 이와 다르지 않다. 월급 30만 원을 더 준다는 조건에 악성 인터넷 댓글을 다는 일까지 해야 했던 그로서는 스물한 살 난 여자아이가 15평 아파트를 가지고 있다는 게 부러웠고, 북한에서 왔다는 이유만으로 이런 대우를 받는다는 건 특혜라고 생각할 수밖에 없다. 한마디로 북한이탈주민은 자신들과는 '다른' 존재일 뿐, 자신들과 똑같은 대한민국 국민으로 인정하지 않는 것이다. 이런 불편한 정서 속에서 북한이탈주민이 이 땅에 제대로 뿌리를 내리기란 결코 쉽지 않다.

더 나아가 자신들의 목적과 이해관계에 따라 북한이탈주민을 언제든 이용할 수 있는 대상으로 취급하는 이들도 있다. 《생각하는 사람들》에서 안전부(현실의 국가정보원) 요인인 '코'는 한때 호감을 갖고 있던 수지조차 자신의 필요에 따라 얼마든지 공작에 이용하는 인물이다. 자신의 행동이 문제가 되어 상부로부터 질책을 받자 그는 주저 없이 수지를 간첩으로 몰기 위한 작전을 계획한다. 비록 소설에서는 이 계획이 실패로 돌아갔지만 현실에서는 이보다 더 계획적이고 잔인한 간첩 조작 사건이 실제로 일어난 바 있다.

이와 관련해 가장 최근에 세상을 떠들썩하게 만든 사건은 일명 '서울시 공무원 간첩 조작 사건'이라 불리던 것으로, 서울시 공무원으로 근무하던 재북화교 출신 유우성 씨가 북한이탈주민의 정보를 북한에 넘겨준 혐의로 기소된 사건이다. 검찰과 국정원은 유우성 씨 여동생의 자백을 토대로 그를 구속기소 했으나, 이후 밝혀진 바에 따르면 유우성 씨의 여동생은 당시 국정원의 협박을 받아 허위 진술을 했으며, 검찰이 증거로 제시한 중국 정부의 문서 역시 위조된 것이었다. 영화에서나 나올 법한 이런 일이 일어난 때가 1970~80년대가 아니라 불과 몇 해 전이었다는 점은 다시 한번 우리 사회가 북한이탈주민을 어떻게 생각하고 있는지를 짐작하게 한다.

북한이탈주민이 대한민국의 정치적·경제적 필요에 의해 이용되는 경우는 이뿐만이 아니다. 이들은 한국 땅을 밟기 전부터 아주 좋은 정치적 선전 수단이자 돈벌이 수단이 되기도 한다. 《찔레꽃》에 실린 일곱 개의 단편 가운데 북한이탈주민이 국경을 넘는 그 순간을 기록한 〈얼룩말〉에는 이들의 월경을 돕는 선교사들이 등장한다. 하나님의 말씀을 따르는 이들답게 사랑과 봉사의 정신으로 곤경에 처한 어려운 이들을 도울 것이라는 순진무구한 기대는 여지없이 빗나간다. 자신들의 행위가 자선사업과 선교사업임을 내세우지만 결국 이들이 북한이탈주민에게 요구하는 것은 하나님에 대한 믿음이 아니라 한 사람당 500만 원이라는 돈이다.

"그리고 실무적인 사항도 점검을 꼼꼼히 해야 하는데…… 으흠, 비용은 정확히 해야 돼요. 비용을 받아도 어차피 여러분들을 위해서 사용하지, 우리가 쓰는 건 한푼도 없어요. 이건 자선사업이고 어디까지나 선교사업이라는 걸 아셔야 해요. 하지만 아무리 자선이고 선교라고 해도 비용까지 모조리 대신 내줄 수는 없어요. 내 말 알아들어요?"

영수로서는 무슨 말인지 도통 알 수 없었다. 그런데 어른들은 마지못해 고개를 끄덕이고 있었다.

"좋아요. 비용이…… 으흠, 한 사람당 한국돈으로 오백만원이라는 건 알고 있지요?"

오백만원이 얼마나 되는 돈인지 영수는 도무지 알 수 없었지만, 적어도 만두 열 판 사먹을 돈보다는 많을 거라는 느낌이 들었다.

"선금으로 이만 위안 내시고요. 한국 가서 정착금 받으면 삼백만원을 잔금으로 내는 것도 알고 계시죠? 자, 그럼."(〈얼룩말〉, 178)

인자한 모습으로 하나님의 말씀을 전하던 선교사는 돈 문제 앞에서 어느덧 노련한 장사꾼으로 변한다. 일부는 선금으로 주고, 나머지 금액은 한국에서 받을 정착금으로 갚는 방식을 알려 주거나 아이의 경비가 없다고 하자 현금차용증을 쓰자고 말하는 모습은 '네 이웃을 사랑하라'는 하나님의 말씀을 전하는 자와는 거리가 멀어 보인다. 이런 연유로 많은 북한이탈주민은 대한민국 국민이 되는 순간부터 빚을 진다. 그리고 빚을 갚기 위해 많은 이들은 정착금을 빼앗기기도, 〈찔레꽃〉의 은미처럼 협박에 시달리기도 한다.

그뿐만 아니라 이들 선교사들은 북한이탈주민을 정치적으로 이용하기도 한다. 아이(영수)의 비용을 받지 않는 대신 선교사는 영수의 손에 크레용을 쥐여 주고 자신이 부르는 대로 도화지에 편지를 쓰라고 요구한다. 그가 불러 준 말은 "조선으로 가고 싶지 않아요. 김정일은 나쁜 사람이에요. 예수님의 도움을 받아 한국으로 가고 싶어요. 자유를 정말 원해요. 조선은 지옥이고 많이 굶었어요. 밥도 많이 먹고 싶고, 자유를 원해요. 도와주세요"(《얼룩말》, 183)였다. 그러고는 영수의 옷이 너무 깨끗하다며 일부러 옷을 찢고 더럽힌 다음 편지를 쓰는 영수를 비디오카메라로 촬영한다. 선교사의 말 한마디에 영수는 배고픔과 억압에 못 이겨 조국을 탈출한 어린이가 되었고, 북한은 세상에 둘도 없는 지옥 같은 곳이 되어 버린 것이다. 영수의 초라한 모습과 삐뚤삐뚤 써 내려간 편지는 한국 사람들이 북한 사회는 물론이고 그곳을 떠나 온 사람 모두를 무시와 경멸의 대상으로 보게 만들 것이다.

물론 순수하게 인권운동을 목적으로 하는 NGO나 선교단체도 많다. 그러나 소설에서 본 것처럼 정치적·경제적 이익을 노리며 브로커 역할을 하는 경우도 적지 않다. 이렇듯 북한이탈주민은 국경을 넘기 전부터 돈이나 정치적 필요와 교환되는 대상일 뿐 단 한순간도 인간으로 대접받지 못한다. 그리고 국경을 넘은 이후에도 대한민국 국민으로 인정받지 못하는 많은 순간을 경험한다. 대한민국 국민으로 첫발을 내딛는 하나원에서부터 이들이 듣는 말이 정착금을 깎을

문학으로 읽는 나의 인권감수성

것이라는 협박이라면, 이것을 과연 국가가 자국민을 대하는 모습이라 할 수 있을 것인가. 하나원에서조차 이들은 그저 열등한 존재, 그래서 우리가 선심 쓰듯 보살펴야 하는 존재로 취급받기 일쑤다. 그러니 정글처럼 치열하고 무서운 한국이라는 사회에 내던져진 이들은 어떻겠는가? 엄연한 대한민국 국민이지만 여전히 그들은 '함께'의 대상이 아니라 몇 발자국 혹은 몇 계단 아래에 떨어져 있는 대상, 즉 'legal alien'일 뿐이다. 언제쯤 그들은 '북한'이나 '이탈'과 같은 꼬리표를 떼고, 은미나 수지와 같은 이름으로만 불릴 수 있을까?

나의 인권감수성은? 인간 vs. 국민 🌿

모든 국민은 인간으로서의 존엄과 가치를 가지며, 행복을 추구할 권리를 가진다. 국가는 개인이 가지는 불가침의 기본적 인권을 확인하고 이를 보장할 의무를 진다.

「대한민국헌법」 제10조의 내용이다. 여기서 혹시 불편한 점을 발견하지 못했는가? 그렇다면 아래의 내용과 비교해 다시 한번 살펴보자.

제1조 인간은 자유롭고 평등하게 태어나 존재할 권리를 가진다. 사회적 차별은 공공 이익을 근거로 할 때만 허용된다.

제2조 모든 정치 결사의 목적은 인간의 천부적이고 소멸될 수 없는 자연적 권리를 보전하는 데 있다. 이 권리란 자유, 재산, 안전, 압제에 대한 저항이다.

지금으로부터 230여 년 전 프랑스 국민의회가 채택한 「인간과 시민의 권리 선언」의 일부다. 눈에 띄는 차이를 발견하였는가? 인간으로서의 존엄과 가치, 권리의 주체가 프랑스에서는 모든 '인간'인 반면 대한민국에서는 이것들이 오직 '국민'에게만 주어진다. 예로 든 헌법 제10조뿐 아니라 「대한민국헌법」의 조항은 "모든 국민은"으로 시작된다. 헌법에서 각각 '인민People', '인간Menschen', '인민Peuple'이라는 표현을 사용하는 미국, 독일, 프랑스와 비교해 볼 때 '국민'이라는 용어가 갖는 폐쇄성과 배타성은 더 두드러진다. 참고로 대한민국 외에 헌법의 주체를 '국민'으로 규정한 나라는 일본이 유일하다. 헌법은 모든 법과 제도의 근간이자, 사회 구성원의 통념과 지배적 가치체계에 영향을 미치는 강력한 준거 기준이다. 그렇기에 헌법 전문에서 '인권'을 어떻게 해석하고 누구에게 부여하는지는 대단히 중요한 사안임에 틀림없다. 그런데 대한민국에서는 인권이 부여되는 대상을 '국민'으로 제한함으로써 우리의 상상력과 인권감수성을 빈곤하게 만드는 것이다.

"거 뭣이냐, 나는 지난번 테레비에 나와서 외국인 노동자가 어떻고, 인권이 어떻고 해쌓던 목사, 교수들 말 듣고 분개까지 했다니까. 뭐?

문학으로 읽는 나의 인권감수성

핍박? 돈 없으면 인간 대접 못 받는 건 당연한 것 아녀? 어이, 김 사장, 삼십 년 전에 우리 막 서울 와서는 어쨌어. 자국민 핍박받을 때는 암 소리 안 하고 있다가 외국인들 인권이 어쩌네, 야만이네, 하여간 배운 인간들 하는 짓거리란 이제나저제나 맘에 안 들드만 이?"

"우리가 이렇게 말하면 또 유식한 인간들이 뭐라 그런 줄 알아? 자국민 이기주의라나, 뭐라나. 우리같이 못사는 자국민이 얼마나 많은데 그럼, 자국민 이기주의 해야지 안 해?"(〈가리봉 연가〉, 88)

가난한 외국인 노동자의 인권과 자국민의 인권은 엄연히 다르며, 자국민의 인권이 우선되어야 한다고 말하는 이 장면은 결코 소설 속 이야기만이 아니다. 첫머리에서 언급한 것처럼 청와대 국민청원 게시판에 올라온 글의 대부분은 외국인과 자국민의 인권을 나란히 놓고 비교하면서 둘의 우위를 따지는 방식으로 이주노동자와 난민 문제에 접근하고 있다. 물론 태어날 때부터 부여되는 천부적 권리로서의 인권 개념을 모두에게 적용하기란 현실적으로 불가능하다. 지금 우리가 당연하게 누리고 있는 인간으로서의 권리가 보장되기 시작한 것은 근대 국가가 탄생하면서부터였고, 이때부터 인권 개념은 국가라는 정치 기구와 제도 속에서 구체적으로 실현된 형태로 인식되었다. 그에 따라 법적인 권리의 차등이 일어나기도 했으며 불가피하게 배제되는 대상이 생겨나기도 했다. 현대 사회의 인권 개념에 내포된 이러한 태생적 속성과 한계를 인정하지 않을 수 없지만, 그것이 누군가에 대한 배제와 혐오로 이어져서는 안 된다.

오랫동안 자신이 난민 신세였던 홍세화는 한국 땅을 찾은 난민을 보며 이렇게 생각했다고 한다. "난민 처지가 된 것도 엄청난 불행인데 참으로 마지막 운도 없구나. 유럽이나 캐나다가 아닌 한국 땅에 오다니! 난민 인정률이 세계에서 가장 낮은 2% 수준으로 '난민이 난민으로 인정받는' 게 '신의 일'로 여겨지는 나라, 기적처럼 난민으로 인정받아도 노동허가제가 아닌 고용허가제여서 노동권이 없고 고용주에게 '간택되어야' 겨우 일자리를 얻을 수 있는 곳, 하필이면 수많은 나라 중에 여기 왔을까."[4] 그의 말에서 더 마음이 쓰이는 부분은 낮은 난민 인정률이나 제한적인 노동권과 같은 법과 제도의 한계가 아니라 '혐오의 정서로 가득하다'는 부분이다.

난민을 더 많이 받아들이고 외국인에게 더 많은 노동권을 부여하며 더 나아가 일부 헌법 조항의 주체가 '국민'이 아니라 '인간'으로 바뀌기 위해서는 정치적 노력이나 경제력 향상이 아니라 무엇보다 '국민'이라 불리는 이들의 인식과 태도의 변화가 우선되어야 한다. 민주주의 사회에서는 법도 정치도 국민의 뜻을 따를 수밖에 없기 때문이다. 그러나 안타깝게도 우리 사회는 포용과 인정이 아니라 더 극단적인 차별과 배제, 더 나아가 혐오의 상태로까지 이어지고 있는 듯하다. 사회 전반에 만연한 혐오의 정서를 보며 두려움을 느끼는 것은 비단 나뿐인가? 점차 확산되고 있는 혐오의 정서를 보며 그 칼끝이 언젠가는 나를 향할지도 모른다고 생각하는 것은 과한 우려인가?

우리가 경계해야 할 것은 인간으로서의 자유와 권리가 국민이라는 잣대에 의해 차별적으로 부여된다는 사실보다 그러한 법을 근거로 끊임없이 누군가를 분리하고 차별하며 더 나아가 혐오하는 정서와 행동이 점점 습관화되어 간다는 사실이다. 이런 배타적 사회 분위기가 계속된다면 혐오는 단지 비국민에게만 그치지 않고 국민 가운데 사회적 약자들로 옮겨 갈 것이고 결국에는 그 혐오의 칼끝이 나에게도 향할 것이다. 그래서 언젠가는 우리도 이 시를 되뇌고 있을지 모른다.

나치가 공산주의자들을 덮쳤을 때,
나는 침묵했다.
나는 공산주의자가 아니었기 때문이다.

그 다음에 그들이 사회민주당원들을 가두었을 때,
나는 침묵했다.
나는 사회민주당원이 아니었기 때문이다.

그 다음에 그들이 노동조합원들을 덮쳤을 때,
나는 침묵했다.
나는 노동조합원이 아니었기 때문이다.

그 다음에 그들이 유대인들에게 왔을 때,
나는 침묵했다.
나는 유대인이 아니었기 때문이다.

그들이 나에게 닥쳤을 때는,
나를 위해 말해 줄 이들이
아무도 남아 있지 않았다.[5]

약자를 향했던 칼끝이 나를 향하기 전에, 그리고 내가 다른 누군가를 향해 그 칼날을 겨누기 전에, 인권 개념부터 다시 생각해 볼 필요가 있다.

'人權'에서 가리키는 '人'은 과연 누구인가? 단군할아버지가 널리 이롭게 하라던 그 '인간'은 우리와 같은 피부색과 국적을 가진 이들만을 뜻하는 것인가? 그렇지 않을 것이다. 한순간에 법과 제도를 바꾸는 것은 어려울지 몰라도 각자 자신의 생각과 태도를 변화시키는 것은 지금 당장이라도 가능한 일이다. 물론 쉽지는 않을 것이다. 그러나 끊임없이 상상해 보자. 다양한 피부색을 가진 이들이 함께 어울려 사는 새로운 세상에 대한 상상. 그리고 내가 언제라도 지금 저들이 처한 상황에 놓일 수 있다는 상상. 이런 상상을 해 본다면 적어도 타인을 향한 혐오의 시선을 조금은 거둬들일 수 있지 않을까? 그런 무한한 상상의 결과로 「대한민국헌법」에 명시된 인권의 주체가 대한민국 '국민'이 아니라 이 땅에서 함께 살고 있는 모든 '인간'이기를, 또한 상상해 본다.

문학으로 읽는 나의 인권감수성

❧ 미주 ··

1. 김해원, 〈"강간·대학살" 부르짖던 일본 혐한 극우, 결국…〉, 《데일리안》, 2013.4.3. 참조.
2. 김미나, 〈"이민자들, 지역사회 기여"… 스페인의 이유 있는 난민 포용〉, 《한겨레》, 2018.7.5. 참조.
3. 김해성, 〈다라카는 왜 전철에 몸을 던져야 했나〉, 《한겨레》, 2003.12.4.
4. 홍세화, 〈이 혐오감정은 어디서 비롯됐을까?〉, 《한겨레》, 2018.7.5.
5. 마르틴 니묄러(1892~1984) 作.

에필로그

인권감수성을 자극함으로써 사람들이 적극적으로 인권 문제를 해결하려고 행동하게끔 하는 데 문학이 할 수 있는 역할은 사람들이 외면하고 부인했던 불편한 상황과 마주하게 만드는 것이다. 누군가의 인권이 침해되는 상황을 보면 대부분 죄책감이나 불편함 또는 심란한 감정이 들게 마련이다. 이렇게 불편하고 부정적인 감정이 의식 속에 들어오는 것을 차단해 버리고자 하는 것은 무의식적 방어기제로 지극히 정상적인 반응이다.

그러나 대다수가 보이는 반응이며 무의식의 차원에서 일어나는 것이라는 이유로 이를 당연하게만 받아들여서는 안 된다. 많은 사람들이 침묵하고 부인하는 상황에서도 이들과 달리 문제를 인식하고 문제해결을 위해 행동하는 사람들이 존재하기 때문이다. 무의식적 방어기제의 일종인 무관심과 부인의 반응 또한 직면하기 싫은 진실

앞에서 자신을 속이는 '의식적' 행위인 셈이다. 타인의 고통을 모른 척하고 부정하는 행동이 의식적이며 습관적으로 이루어지는 것이라는 사실은 이것이 또한 충분히 개선하고 바꿔 나갈 수 있는 것임을 의미한다. 자신의 소극성을 자책하는 깊은 수치심을 사회적 행동의 원동력으로 역이용해 인권 문제를 해결할 수 있을 것이라고 했던 스탠리 코언의 주장도 이와 같은 맥락에서 이해할 수 있다.

사람들이 외면하고 부정했던 상황과 마주하게 만들고, 더 나아가 그 문제가 자신과도 무관하지 않음을 인지하게 함으로써 불편한 감정을 갖도록 하는 것이 바로 문학이다. 문학은 인간의 삶과 관계된 모든 문제를 다룰 수 있으며, 또한 다양한 미학적 장치를 활용해 친숙하고 자연스러운 방법으로 불편한 이야기를 할 수 있다. 특히 문학 작품을 읽는 동안 독자는 자연스럽게 작품 속 인물과 자신을 동일시하여 직접 경험해 보지 못했던 불편한 상황을 겪고 고통의 감정에 공감한다. 이를 통해 느끼는 불편함은 독자로 하여금 타인의 고통에 침묵하거나 외면하지 않고, 좀 더 민감하게 반응하도록 한다.

물론 인권 문제를 해결하는 가장 합리적이고 강력한 방법은 법이다. 실제로 문제가 되고 있는 인권침해 상황 중 상당수는 현행법상 불법행위에 해당하기 때문에 법적 해결은 마땅히 필요하다. 그러나 처벌과 보상이라는 법적 문제해결 방식은 사건이 발생한 다음 사후적으로 이루어질 수밖에 없다는 점에서 결정적인 한계를 지닌다. 인권 문제를 해결하는 최선의 방법은 문제 발생 이후의 강력한 처벌과 제재가 아니라 애초에 문제가 일어나지 않도록 예방하는 것이다.

또한 가해자와 피해자만을 가리는 법적 접근 방법으로는 사건과 직접적 관계가 없는 제3자의 책임에 대해서는 간과할 수밖에 없다. 그러나 제3자의 묵인과 방관, 외면으로 인권침해의 정도와 범위가 확대될 수 있으며, 나아가 제2, 제3의 인권침해가 발생할 수도 있기에 이런 행위 또한 넓은 의미에서의 인권침해로 볼 수 있다. 인권을 보호받지 못하고 차별과 배제의 고통에 시달리는 이들에게 무관심하고 무책임한 반응을 보이는 것이 홀로코스트 집행관의 그것과 다를 바 없다는 말은 결코 과장된 표현이 아니다. 홀로코스트 집행관들이 보인 공통된 태도가 바로 무관심과 무감각, 행동하지 않았던 것이기 때문이다. 이들은 고통받는 이웃을 보고도 팔짱을 낀 채 지켜보기만 했고, 피해자들을 못 본 척했을 뿐 아니라 그들의 지위나 재산을 차지하고도 아무렇지 않게 생각했다고 한다. 이들 역시 방관하고 침묵하였으며, 외면했을 **뿐**이었다. 그러나 그 결과는 모두가 아는 것처럼 대단히 참혹했으며 비극적이었다.

이렇듯 사건의 당사자가 아닌 제3자의 의식과 행동 역시 인권 문제를 얼마든지 심화하고 확대할 수 있다는 점에서 중요한 대상이지만, 사법적 책임을 물을 수 없다는 이유로 그동안 간과되었던 것이 사실이다. 법과 정치가 진보함에 따라 인권에 대한 법적·정치적 차원에서의 관심과 논의 수준이 상당해진 것에 비해 우리의 인권감수성은 여전히 부족하다. 오히려 사회가 점차 개인화되면서 타인의 문제에 무관심하고 방관하는 자세는 이전보다 더 증가했다고도 볼 수 있다. 그런 점에서 앞으로의 인권담론은 자신의 권리를 찾는 차원을 넘어서서 타인의 인권 문제에 공감하고 문제해결을 위해 적극적으로 행동할 수 있도록 인권감수성을 향상시키는 방향으로 나아가야 한다.

이 책을 읽는 동안 얼마나 불편했는지, 또 얼마나 부끄러웠는지 떠올려 보길 바란다. 그것이 바로 현재 당신의 인권감수성이다. 이 책은 단지 문제제기를 하는 첫걸음에 지나지 않는다. 이 책을 읽는 동안 조금이라도 부끄러웠거나 불편했다면 지금 당장 이 책에 소개된 소설 한 편을 읽어 볼 것을 권한다. 직접 책을 읽으면서 이야기 속 고통의 주인공이 되어 그에게 공감해 보는 경험이야말로 당신의 인권감수성을 예민하게 또 풍부하게 하는 가장 좋은 방법이기 때문이다.

인권을 중시하는 문화의 등장은 도덕과 관련한 지식이 늘어난 것과는 전혀 무관하며, 전적으로 슬프고 감상적인 이야기를 많이 들은 덕분이다.

사진 출처 🌿

- 45쪽. 《신동아》, shindonga.donga.com/3/all/13/808792/1

- 66쪽. 《미디어오늘》, www.mediatoday.co.kr/news/articleView.html?idxno =98393

- 110쪽. 《한국일보》, www.hankookilbo.com/News/Read/20190313102979617 5?did=NA&dtype=&dtypecode=&prnewsid=

- 126쪽. 《한겨레21》, h21.hani.co.kr/arti/cover/cover_general/45309.html

- 130쪽. 《오마이뉴스》, www.ohmynews.com/NWS_Web/View/at_pg.aspx? CNTN_CD=A0000385951

- 187쪽. 좌)《한겨레》, www.hani.co.kr/arti/society/society_general/862375.html 우)《경향신문》, news.khan.co.kr/kh_news/khan_art_view.html?artid=201808 060600035&code=940100

- 201쪽. 《연합뉴스》, www.yna.co.kr/view/AKR20151103116700064?input =1195

- 220쪽. 《민중의 소리》, www.vop.co.kr/A00001172388.html

- 235쪽. YTN, www.ytn.co.kr/_ln/0103_201902011106032815

- 248쪽. 《연합뉴스》, www.yna.co.kr/view/AKR20180429045400004

- 259쪽. 《연합뉴스》, www.yna.co.kr/view/AKR20110317233900069

- 271쪽. 《프레시안》, www.pressian.com/news/article/?no=129450&ref=nav_ search

문학으로 읽는 나의 인권감수성

부록, 작품 안내

각 작품의 표지 아래에는 이 책에서 언급한 곳을 표기하고 있습니다.

(5장)

공선옥, 〈가리봉 연가〉, 《유랑가족》, 실천문학사, 2005.

흑룡강 해림에 살던 중국동포 명화는 오빠의 치료비를 위해 한국의 농촌 총각과 결혼한다. 그러나 약속은 지켜지지 않았고 주변의 따가운 눈초리에 시달리던 명화는 배사장을 따라 야반도주한다. 배사장은 명화를 노래방에 팔아넘기고 방 보증금을 빌려 달아난다. 이후 가리봉동 조선족 노래방들에서 유명한 '카수'가 된 명화는 돈을 노린 강도의 칼에 찔려 숨진 채 발견된다.

(4장)

김숨, 《한 명》, 현대문학, 2016.

집 앞 강가에서 놀다 만주 위안소까지 끌려갔던 주인공은 일본 패망 후 어렵게 고향으로 돌아오지만 가족에게 자신이 일본군 '위안부'였다는 사실을 밝히지 못한 채 혼자 살고 있다. 그러던 어느 날 텔레비전에서 생존해 있는 일본군 '위안부'가 한 명밖에 남지 않았다는 소식을 듣고, 자신도 피해자였음을 털어놓기로 결심한다.

(5장)

김재영, 〈코끼리〉, 《코끼리》, 실천문학사, 2005.

열세 살 소년 아카스는 조선족 어머니가 집을 나간 후 네팔인 아버지와 함께 식사동 가구공단에서 살고 있다. 그의 아버지는 자신의 이름보다 '야 임마'라는 말로 더 많이 불리는 이주노동자다. 출생신고조차 되어 있지 않아 유령과도 같은 아카스는 한국인과 같은 피부색을 갖고 싶어 매일 탈색제로 세수를 하지만 현실은 독한 화학약품 냄새로 가득한 공장지대를 벗어나지 못한다.

문학으로 읽는 나의 인권감수성

문순태, 〈최루증〉, 5월문학총서간행위원회 엮음, 《5월문학총서2: 소설》, 문학들, 2012.

주인공 오동섭은 5월만 되면 가슴이 벌렁거리고 맥박이 빨라지며 이유 없이 눈물이 많아지는데, 이런 그의 병명은 '5·18 최루증'이다. 5·18 당시 상무관에 안치된 시신을 찍는 일을 했던 그는 자신과 가족들이 받을 불이익이 두려워 오랫동안 사진의 존재를 묻어 둔다. 그리고 마침내 망월동을 찾아 자신의 비겁함을 사죄하고 사진을 세상에 내놓는다.

(3장)

박민규, 〈갑을고시원체류기〉, 《카스테라》, 문학동네, 2014.

아버지의 사업 부도로 온 가족이 뿔뿔이 흩어지자 가진 돈이 30만 원뿐인 주인공은 고시원으로 갈 수밖에 없다. 방이라기보다는 차라리 관이라고 불러야 할 정도로 좁은 고시원에서 인간적인 교류나 사생활은 사치일 뿐이다. 이런 곳에서 주인공은 열패감과 좌절감, 무력감을 느끼며 마치 가구처럼 변해 간다.

(2장)

박범신, 《나마스테》, 한겨레출판, 2005.

네팔인 카밀은 사랑하는 여인 사비나를 찾으러 한국에 왔다 불법체류자 신세가 되어 여러 공장을 전전하다 한국 여성 신우를 만나 함께 지내게 된다. 둘 사이에 아이가 생기자 혼인귀화를 통해 카밀이 대한민국 국민이 될 수 있을 것이라는 신우의 기대와 달리 카밀은 여전히 이주노동자 신분이었고, 그사이 새로 생겨난 고용허가제 때문에 카밀은 본국으로 추방될 위기에 처한다.

(5장)

(5장)

박찬순, 〈가리봉 양꼬치〉, 《발해풍의 정원》, 문학과지성사, 2009.

한국으로 돈 벌러 떠난 어머니와 그녀를 찾아 떠난 아버지를 찾기 위해 관광비자로 한국에 들어온 재중동포 임파는 3개월의 체류기간이 지나자 불법체류자 신세가 된다. 가리봉 시장통의 중국식당에서 일하고 있는 그는 한국 사람들이 양고기를 좋아하도록 만들겠다는 꿈을 이루기 위해 요리 비법을 개발한 끝에 마침내 성공하지만 그것을 알아내려던 사내들로부터 죽음을 당하고 만다.

방현석, 〈랍스터를 먹는 시간〉, 《랍스터를 먹는 시간》, 창비, 2003.

베트남 주재 한국 조선소에서 근무하는 건석은 한국인 관리자들과 베트남인 직원들 사이의 갈등을 중재하던 중 베트남인 직원인 보 반 러이를 만나러 그의 고향을 찾게 된다. 그 마을은 모든 집이 같은 날 제사를 지내는데, '따이한 제삿날'이라 불리는 그날은 베트남전쟁 당시 '박정희 군대'라 불리던 한국군이 마을을 휩쓸고 지나갔던 날이다.

(4장)

방현석, 〈존재의 형식〉, 《랍스터를 먹는 시간》, 창비, 2003.

오랫동안 베트남에서 생활하며 번역과 통역, 한국 기업의 코디네이터 역할을 하는 재우는 베트남의 역사와 현재를 있는 그대로 이해하는 유일한 한국인이다. 그러나 자신의 의도와 다르게 많은 한국인이 여전히 베트남 사람들을 무시하고 그들에게 무례한 행동을 하는 것을 보며 그것이 마치 자신의 잘못인 듯 죄책감에 괴로워한다.

손아람, 《소수의견》, 들녘, 2010.

국선변호사인 진원은 아현동 뉴타운 재개발 사업부지에서 일어난 살인 사건 피고인의 변호를 맡게 된다. 재개발 사업에 반대하며 망루를 세우고 저항하던 철거민들을 경찰과 용역업체 직원들이 진압하는 과정에서 철거민과 경찰이 사망한 것이다. 변호를 위해 사건을 파헤치던 진원은 이 사건이 건설회사와 정치권이 연루된 거대한 사건임을 알고 국가를 상대로 소송을 시작한다.

(2장)

송기원, 〈경외성서〉, 《다시 월문리에서》, 창작과비평사, 1984.

베트남전에 참전한 주인공은 용맹심을 길러 주기 위해 막내에게 살인을 시키는 부대의 관습에 따라 포로로 잡혀 온 베트민 여성을 희롱하고 죽이게 된다. 망설임 끝에 겨우 살인에 성공한 그는 알 수 없는 쾌감을 느끼며 시체를 향해 사정을 하는 변태 성욕적인 모습을 보이고, 그의 이런 비정상적 모습은 귀국 후에도 계속된다.

(4장)

안정효, 《하얀 전쟁》, 고려원, 1990.

주인공 한기주는 베트남전쟁에 참전했던 인물로, 전쟁에 대한 막연한 동경과 낭만으로 자원한 전쟁터에서 그가 목격한 것은 폭력과 광기였다. 귀국 후에도 당시 기억으로부터 자유롭지 못해 방황하는 주인공 앞에 어느 날 과거 전우였던 변진수가 나타난다. 그는 전쟁터에서 정신 착란 증세를 보였던 인물로 한기주에게 권총을 내밀며 자신을 죽여 달라고 요구한다.

(4장)

윤흥길, 〈아홉 켤레의 구두로 남은 사내〉, 《아홉 켤레의 구두로 남은 사내》, 문학과지성사, 1997.

(2장)

남의 집 문간방에 세 들어 살던 오선생은 어렵게 마련한 자신의 집에 세 들어 온 권씨가 요시찰 인물임을 알게 된다. 원래는 '선량한 시민'이었던 권씨는 광주대단지사건 당시 앞장서서 시위를 주동했던 죄로 한순간에 범죄자가 되어 직장까지 잃고 출산을 앞둔 아내의 병원비조차 마련하지 못해 강도질을 하기에 이른다.

윤흥길, 〈엄동〉, 《아홉 켤레의 구두로 남은 사내》, 문학과지성사, 1997.

성남에 사는 '박'은 폭설로 늦어진 버스를 기다리면서 같은 곳에 살고 있는 '미스 정'을 알게 된다. 그녀는 전형적인 철거민 가족으로, 돈을 많이 벌어 다시 서울로 돌아갈 꿈을 꾸며 살아간다. 평소 자신은 성남에 사는 철거민들과는 다른 신분임을 강조하던 '박'은 그런 '미스 정'을 보며 상대적인 우월감을 느낀다.

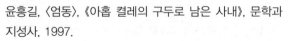

이순원, 〈얼굴〉, 구효서 외, 《부용산 외: 20세기 한국 소설》 43, 창비, 2006.

(3장)

김주호는 공수부대로 차출되어 충정교육이라는 이름으로 가혹한 데모 진압훈련을 받고 80년 5월, 광주에 투입된다. 제대 후 자신의 경험을 철저하게 숨긴 채 살아가던 그는 5·18 관련 영상이 텔레비전에 방영된 후 다른 사람들이 자신의 얼굴을 알아볼까 두려워하며 광주와 관련된 비디오를 모두 구해 보면서 자신의 얼굴을 찾아보기 시작한다.

이창래, 정영목 옮김, 《척하는 삶》, RHK, 2014.

주인공 프랭클린 구로하타는 어렸을 때 일본인 가정에 입양되어 일본인으로 자란 조선계 일본인으로, 태평양 전쟁 때 일본군 장교로 복무하던 중 일본군 '위안부'로 끌려온 조선인 여자 끝애에게 연민과 사랑의 감정을 느낀다. 구로하타는 그녀를 탈출시키고자 했지만 끝내 실패하고, 이후 그녀의 죽음에 대한 죄책감과 전쟁 트라우마로 괴로워하며 살아간다.

(4장)

이청준, 〈별을 기르는 아이〉, 《별을 보여드립니다》, 열림원, 2008.

배달 일을 하며 떠돌이 생활을 하던 주인공은 우연히 당돌한 소년 진용이를 알게 된다. 진용이는 돈 벌러 간 누나를 찾기 위해 서울로 올라와 중국집 배달원 생활을 하고 있는 인물로, 그의 사연을 들은 주인공은 진용이의 누나를 찾아 주고 싶다고 생각한다. 그러나 누나가 이미 이 세상 사람이 아니라는 사실을 알게 된다.

(1장)

임철우, 《백년여관》, 문학동네, 2017.

5월 이야기만 쓴다고 핀잔받던 주인공은 어느 날 '시간이 없다'는 환청을 듣고 백년여관으로 달려간다. 그곳에서 그는 5·18을 비롯해 제주 4·3사건과 한국전쟁, 베트남전쟁과 같은 국가폭력으로 희생되고 고통받은 여러 사람들을 만나 그들의 사연을 듣는다. 그리고 그들의 넋을 위로하고 그들의 이야기를 소설로 쓰기 시작한다.

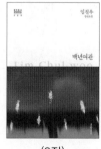

(3장)

(3장)

임철우, 〈어떤 넋두리〉, 최인석·임철우 엮음, 《밤꽃》, 이룸, 2000.

주인공의 남편은 5·18 이후 상무대에 잡혀가 고문을 받은 후 그 후유증으로 사망한다. 그러나 경찰은 남편을 알코올중독자로 만들어 버리고, 한순간에 그들은 불순분자로 낙인찍힌다. 한참을 쉬쉬하며 숨어 사는 동안 세상은 바뀌었지만, 누구 하나 책임지고 나서는 사람이 없는 상황에서 주인공은 넋두리를 할 뿐이다.

(5장)

정도상, 〈찔레꽃〉, 《찔레꽃》, 창비, 2008.

충심은 북한 함흥을 떠나 중국 헤이룽장성과 선양을 거치는 길고 험한 여정 끝에 대한민국 국민이 되지만, 그녀에게 주어진 일이라고는 타인의 즐거운 노래에 장단을 맞추거나 원하지 않는 성매매까지 해야 하는 노래방 도우미가 전부다. 그러나 탈북 과정에서 브로커에게 진 빚과 북한에 있는 가족에게 보낼 돈을 마련하기 위해서는 어쩔 수 없이 그 일을 해야 한다.

(5장)

정영선, 《생각하는 사람들》, 산지니, 2018.

'코'라는 별명으로 불리는 남철수는 안전부 직원으로, 그가 하는 일은 북한이탈주민을 신문하거나 정보원으로부터 각종 정보를 수집하는 것이다. 그의 또 다른 임무는 북한이탈주민에게 인터넷 댓글을 달게 하여 여론 조작 활동을 하는 것이다. 하지만 그는 자신에게 불리한 상황이 생기면 정보원으로 이용하던 북한이탈주민을 한순간에 간첩으로 만들기도 한다.

문학으로 읽는 나의 인권감수성

조남주, 《82년생 김지영》, 민음사, 2016.

지극히 평범한 82년생 김지영 씨는 어렸을 때부터 가정과 학교에서 남자가 우선인 삶에 익숙하다. 그뿐만 아니라 여자라는 이유 하나만으로 여러 가지 제약과 불평등을 감내해야만 한다. 이러한 상황은 취업을 하고 사회생활을 하는 중에도, 결혼을 하고 출산과 육아를 하는 중에도 그대로 이어진다. 결국 김지영 씨는 남편을 '정서방'이라 부르는 등 이상 증세를 보이기 시작한다.

(1장)

조세희, 〈난장이가 쏘아올린 작은 공〉, 《난장이가 쏘아올린 작은 공》, 이성과힘, 2000.

난장이 김불이 씨 가족은 재개발 계획으로 인해 하루아침에 살던 집을 빼앗긴다. 새로 짓는 아파트에 입주할 능력이 안 되는 난장이 가족은 시에서 주는 이주보조금보다 조금 더 많은 돈을 받고 아파트 입주권을 부동산업자에게 넘긴다. 난장이의 딸 영희는 그 부동산업자에게서 자신들의 입주권을 훔쳐 오지만 난장이 아버지는 이미 죽음을 맞이한 이후다.

(2장)

주원규, 《망루》, 문학의문학, 2010.

세명교회 담임 목사 조정인은 부당한 방법으로 아버지로부터 교회권력을 세습받고, 재개발 사업으로 교회를 개축해 자본을 확장하려는 야심 찬 계획을 가진 인물이다. 이에 맞서 재개발을 반대하는 시위대를 이끄는 윤서는 재림예수를 통한 인간구원을 시도하는 인물로, 철거민들과 함께 망루를 짓고 최후의 일전을 펼친다.

(2장)

(5장)

최인석, 〈스페인난민수용소〉, 김애란 외, 《오늘의 소설 2009》, 작가, 2009.

홍수로 강이 범람해 자갈밭이 된 곳에 스페인 난민수용소가 들어선다. 근처에서 산불이 나자 이것이 난민의 소행이라는 소문이 퍼지고 이내 난민수용소에 이유를 알 수 없는 불이 난다. 이후 일부 난민들의 폭동이 일어나고 이 과정에서 주인공 상철의 어머니가 죽자 상철은 단군청년단이라는 극단적 민족주의자 단체에 가입해 난민들에 대한 복수를 계획한다.

(5장)

표명희, 《어느 날 난민》, 창비, 2018.

영종도에 들어선 난민보호센터는 주변 사람들의 거부감을 의식해 '외국인 지원 캠프'라고 이름을 바꾼다. 난민 신청을 하고 허가를 받을 때까지 대기하는 이곳에는 여러 이유로 자신의 나라에서 살 수 없는 다양한 국적의 사람들이 모여 산다. 이들은 서로 좋은 친구가 되지만, 이들 중 난민으로 인정받은 사람은 찬드라 한 명뿐이다.

(2장)

하근찬, 〈삼각의 집〉, 한무숙 외, 《수난 이대 외: 20세기 한국소설》 18, 창비, 2005.

주인공은 아내의 사촌이 새로 지은 집을 방문하는데, 그 집이란 천막조각과 레이션박스조각을 아무렇게나 붙여서 만든 것으로 사진에서 본 미국의 개집만도 못한 수준이다. 그러나 수돗물도 하수 시설도 없는 이 집마저 하나님의 은혜를 베풀기 위한 교회가 들어선다는 이유로 철거되고, 이곳에 살던 이들은 쫓겨난다.

한강, 《소년이 온다》, 창비, 2014.

각 장의 주인공 모두가 5·18의 희생자들이지만, 친구 정대를 찾아 우연히 들른 상무관에서 희생자들을 돕다 억울한 죽음을 맞은 열여섯 살의 소년 동호가 소설 전체의 주인공이다. 이들을 제외한 다른 인물들은 동호와 정대처럼 희생된 이들을 지키지 못한 죄책감과 살아남았다는 부끄러움에 평생을 고통 속에서 지내고 있다.

(3장)

한승원, 〈어둠꽃〉, 5월문학총서간행위원회 엮음, 《5월문학총서2: 소설》, 문학들, 2012.

순애는 애인이 시민군 최후의 날 도청에서 죽은 후 그 충격으로 얼룩무늬 옷의 남자들이 자신을 잡으러 올 것이라는 공포에 시달리며 살아간다. 그녀의 남편 종남은 자신이 그 얼룩무늬 옷의 남자들 중 하나였다는 사실을 숨긴 채 불안과 공포를 느끼는 인물로, 아내의 정신병과 기행에 책임을 느끼며 살아간다.

(3장)

황석영, 〈돌아온 사람〉, 《객지》, 창비, 2000.

주인공은 베트남전에 참전했던 인물로 귀국 후 고열과 불면증에 시달리다 정양을 위해 시골로 내려간다. 그곳에서 그는 어린 시절 친구 만수가 한국전쟁 당시 군인들 편에서 마을 사람들을 죽이고 자신의 형을 미치게 만든 사람을 직접 심판하고 복수하는 상황을 보게 된다. 그 순간 그는 베트남전쟁에서 자신이 저지른 만행을 떠올린다.

(4장)

(4장)/(1장)

황석영, 〈낙타누깔〉, 《삼포 가는 길》, 창비, 2000.

베트남전에 참전했던 주인공은 정신신경성 노이로제 환자로 전투부적격자 판정을 받고 조기 귀국 중인데, 그가 귀국선물로 준비한 것은 낙타누깔이라는 성 보조기구다. 그는 휴양지에서 아이들이 파는 낙타누깔을 보고 성 보조기구의 명칭이 하필 우리말로 불린다는 사실과 아이들의 야유에 부끄러움을 느낀다.

황석영, 〈돼지꿈〉, 《삼포 가는 길》, 창비, 2000.

흉물스러운 굴뚝이 솟은 공장, 폐수와 쓰레기더미, 무허가 움막집들이 모여 있는 동네는 전형적인 도시 빈민의 주거지다. 죽은 개를 처리해 주는 대가로 돈과 함께 개 한 마리를 얻었다고 좋아하는 고물장수 강씨와 공장에서 일하다 손가락이 잘려 보상금 몇 푼을 받은 그의 아들 근호를 비롯해 포장마차 주인 덕배와 단골손님인 여공들까지, 다양한 도시 빈민의 삶이 이곳에서 펼쳐진다.